LUIGI PANELLA

Der Auftrag des Papstes

GOLDMANN

Buch

1274: Nach abenteuerlichen Jahren hat der päpstliche Inquisitor Yves Le Breton sein Amt aufgegeben und sich in ein bretonisches Kloster zurückgezogen. Zu seiner Überraschung erhält er eines Tages Besuch vom Papst, der ihn mit einer heiklen Aufgabe betraut: Yves soll den Tod des Theologen Thomas von Aquin untersuchen, der auf dem Weg zum Konzil von Lyon starb. In Begleitung einer ritterlichen Eskorte begibt Yves sich auf eine höchst gefährliche Reise durch das mittelalterliche Europa und kommt einer ungeheuerlichen Verschwörung auf die Spur …

Weitere Informationen zu Luigi Panella
sowie zu lieferbaren Titeln des Autors
finden Sie am Ende des Buches.

Luigi Panella

Der Auftrag des Papstes

Historischer Roman

Aus dem Italienischen
von Ingrid Ickler

GOLDMANN

Die Originalausgabe erschien 2024 unter dem Titel
»L'angelo dell'apocalisse« bei Rizzoli, Mailand.

MIX
Papier | Fördert
gute Waldnutzung
FSC® C014496

Penguin Random House Verlagsgruppe FSC® N001967

1. Auflage
Deutsche Erstveröffentlichung Februar 2024

Umschlaggestaltung: UNO Werbeagentur, München
Umschlagmotive: Arcangel Images/ Studio Benjamin; FinePic®, München
Redaktion: Kerstin von Dobschütz
BH · Herstellung: ik
Satz: GGP Media GmbH, Pößneck
Druck und Bindung: GGP Media GmbH, Pößneck
Printed in Germany
ISBN: 978-3-442-49321-0

www.goldmann-verlag.de

Für Gabriella

Die mittelalterlichen Datumsangaben des christlichen Teils basieren auf dem julianischen Kalender, der bis 1582 benutzt wurde, im Vergleich zum heutigen gregorianischen Kalender läuft er etwa zehn Tage nach.

Die kanonischen Stunden unterteilten früher den Tag und wurden von der katholischen Kirche für das gemeinsame Gebet entwickelt. Sie variieren je nach Ort und Jahreszeit.
Matutin, auch Vigil: zwischen zwei und drei Uhr morgens
Laudes: zwischen fünf und sechs Uhr morgens
Prim: gegen sieben Uhr morgens
Terz: etwa um neun Uhr morgens
Sext: mittags
Non: zwischen zwei und drei Uhr am Nachmittag
Vesper: zum Sonnenuntergang
Komplet: nach Sonnenuntergang und vorm Zubettgehen.

Prolog

Kathedrale von Avignon, 18. Juli 1323, nach der Vesper

In der großen Kirche auf dem Felsen über der Rhône war die Messe anlässlich der Heiligsprechung von Thomas von Aquin gerade zu Ende gegangen. Papst Johannes XXII. und König Robert von Sizilien waren zusammen mit den Prälaten und Würdenträgern langsam zum angrenzenden Bischofspalast gezogen. Nachdem Clemens V. sich vor fast fünfzehn Jahren geweigert hatte, nach Rom zurückzukehren, wo sich die verschiedenen Strömungen innerhalb der Kirche erbittert bekämpften, war Avignon der neue Sitz der Päpste.

Das Gotteshaus war jedoch immer noch brechend voll. Entlang der vier Gewölbe des von Hunderten von Kerzen erleuchteten Kirchenschiffs standen die Gläubigen und lauschten einem jungen Dominikanermönch, der in feierlichem Ton Episoden aus dem Leben des Heiligen vorlas. Es handelte sich um Auszüge aus den beiden Biografien, die als Beweis für Thomas' Heiligkeit herangezogen worden waren: eine Schrift von Guilelmus de Tocco, eine zweite von einem alten Mönch, der gegen Ende der Zeremonie auf dem Marmorthron Platz genommen hatte, auf dem zuvor der Papst gesessen hatte. Das Möbel zierte eine Darstellung des heiligen Markus in Form eines geflügelten Löwen, der die Heilige Schrift zwischen den Pranken hielt. Der alte Mann saß schweigend da, das Gesicht unter der schwarzen Kapuze der Dominikanerkutte verborgen. Sein ganzes Leben lang war er ein gefürchteter Inquisitor gewesen, der nun seine Rührung nicht offenbaren wollte. Auch ihm war dieses Gefühl neu. Dennoch wollte er nicht gehen, sondern diesen für den Dominikanerorden triumphalen Tag voll und ganz auskosten.

Den Dominikanern war es gelungen, einen ihrer umstrittensten Mitglieder die Ehre der Heiligsprechung zuteilwerden zu lassen, einem Mann, dessen Schriften von den wichtigsten Universitäten der Christenheit, in Paris und Oxford, als ketzerisch betrachtet worden waren.

Am 7. März 1277, genau drei Jahre nach Thomas' Tod, hatte Étienne Tempier, Bischof von Paris, neun seiner Schriften unter Androhung der Exkommunikation als gotteslästerlich verurteilt, allerdings ohne ihn ausdrücklich als Urheber zu benennen. Nur wenige Tage später, am 18. März, hatte Robert Kilwardby, der dominikanische Erzbischof von Canterbury, in Oxford dreißig Texte verurteilt, von denen einige eindeutig Thomas zuzuschreiben waren.

Doch nicht einmal das hatte den Weg des Mönches zur Heiligkeit aufhalten können. Die Reaktion des Ordens ließ nicht lange auf sich warten. Im Jahr 1278 waren zwei Inquisitoren nach England entsandt worden, um all jene zu bestrafen, die die Schriften vom ehrwürdigen Thomas nicht respektiert hatten, und nur seine Ernennung zum Kardinal hatte Kilwardby retten können. 1279 hatte die Generalversammlung der Dominikaner in Paris beschlossen, Angriffe auf Thomas und seine Schriften nicht länger hinzunehmen. Seitdem hatten sich die Dominikaner unerbittlich gezeigt. Das Ergebnis war heute für alle sichtbar. Die Verurteilungen würden bald widerrufen und vergessen werden.

Dieser Tag war gleichzeitig der Triumph eines anderen, aber das wusste nur der alte Inquisitor allein. Schon bald würden die Erinnerungen an die schrecklichen Tage fünfzig Jahre zuvor für immer vergessen sein.

Kapitel 1

»Sobald sie mich nur hören, gehorchen sie.«

Dominikanerkloster von Morlaix,
20. April 1274, zur Terz

Der Frühling erreichte diesen entfernten Zipfel der Bretagne stets spät. Seit drei Tagen regnete es ununterbrochen, und der alte Mönch hatte auf die langen Spaziergänge am Strand von Carantec verzichten müssen, wo er sonst, nur wenige Meilen von Morlaix entfernt, anhielt, um auf einem kleinen Friedhof am Ufer des Ozeans zu beten. Langsam durchschritt er nun den Kreuzgang des Klosters, die Kapuze auf dem Kopf schützte ihn vor dem Regen. Hin und wieder blieb er stehen, betrachtete die Tropfen, die stetig auf die Pflan-

zen rund um den Brunnen fielen, und sog den Geruch nach feuchter Erde in tiefen Zügen ein. Die Sonne hatte er nie gemocht. Sein Lieblingshimmel war grau mit tief hängenden Wolken.

Das Geräusch von Sandalen, die sich rasch näherten, überlagerte das Plätschern der Regentropfen auf den Blättern. Der alte Mann drehte sich nicht um. Es konnte niemand anders sein als Bernard Gui, der einzige junge Mann im Kloster. Einmal hatte er ihn ermahnt, dass Eile sich für einen Dominikaner nicht schicke, aber allzu streng durfte er mit dem Jungen nicht sein. Schließlich war er in seinem Alter nicht anders gewesen. Lebhaft erinnerte er sich an den Marsch um die hundertdreiundachtzig Pfähle, an denen die Häretiker bei lebendigem Leib verbrannt werden sollten, während sein Meister, Mathieu de Bourbon, im Schatten einer großen Eiche gesessen hatte. Bernard hatte seinen Tadel ignoriert, aber der Lauf der Zeit würde auch seine Schritte verlangsamen, ebenso wie es ihm selbst ergangen war.

Der junge Mann kam auf ihn zu und sagte: »Magister! Drei Reiter sind eingetroffen. Einer stellte sich als Herr von Castres vor und hat nach Euch gefragt.«

Der alte Mann drehte sich um und zog die Kapuze

zurück. Seine wenigen weißen Haare waren rund um die Tonsur kurz geschnitten.

»Wo sind sie jetzt?«

»Der Graf wartet im Atrium auf Euch, die anderen kümmern sich um die Pferde.«

»Lass uns gehen.«

Jean de Montfort, Herr von Castres, Graf von Squillace, Herr von La Ferté-Alais und Bréthencourt sowie diversen anderen Ländereien, war gerade mal dreißig Jahre alt. Er war mittelgroß, kräftig und trug immer noch seinen vom Regen durchnässten Umhang. Als er den alten Mönch eintreten sah, ging er lächelnd auf ihn zu: »Magister, welch Freude, Euch wiederzusehen!«

»*Pax tecum*, Jean. Damit habe ich nicht gerechnet.«

»Und doch bin ich hier. Ihr wisst ja, dass man mich nicht so leicht loswird ...«

»Was machst du hier? Bist du nicht auf den Ländereien, die Charles von Anjou deinem Vater im Königreich Sizilien vermacht hat?«

Der junge Mann streifte den Umhang ab und enthüllte ein rotes Kettenhemd mit seinem Wappen, einem aufgerichteten grauen Löwen und vier blauen, miteinander verbundenen Türmen.

»Ich habe die Bischöfe ins Königreich Lyon begleitet, wo am 7. Mai das große Konzil beginnt. Von dort komme ich gerade. Papst Gregor will Euch sofort sehen.« Lächelnd fügte er hinzu: »Er hat mich im Vertrauen darauf geschickt, dass ich Euch überzeugen kann.«

Die grünen Augen des Mönches verengten sich zu schmalen Schlitzen. Er hatte darauf gehofft, dass man ihn vergessen würde, aber seine Vergangenheit ließ ihn nicht los. Betont gleichgültig antwortete er: »Das muss ein Fehler sein …«

Jean wurde ernst. »Nein, Magister, der Papst meint wirklich Euch, Yves le Breton, Mönch des Dominikanerordens.«

»Warum?«

»Das sollte ich gar nicht wissen, aber ich weiß es. Am Vortag hat die Todesnachricht von Thomas von Aquin Lyon erreicht.«

»Wie bitte? Thomas ist tot?«

»Bedauerlicherweise ja, er starb Anfang März im Kloster Fossanova, als er auf dem Weg nach Lyon war.«

Yves schwieg. Er war mit Thomas in brüderlicher Freundschaft verbunden und hielt ihn für den brillantesten Denker des Ordens, auch wenn nicht all seine Schriften ihn überzeugt hatten. Er schloss die Augen

und sah ihn lächelnd vor sich im Kloster Saint-Jacques in Paris, wie er inmitten seiner Schüler auf einer Bank saß, die sich unter seinem Gewicht bog, um mit ihnen über die *correctio fraterna* und den *Timaios* von Platon zu debattieren. Thomas hatte Yves mit Ironie und Intelligenz von dem großartigen Projekt abbringen wollen, das er damals verfolgte. Er aber, vom Teufel und der Anmaßung geblendet, hatte seinem Rat keine Beachtung geschenkt und seinen König in einen katastrophalen Kreuzzug geführt. Yves hatte nicht einmal sein Versprechen gehalten, Thomas nach seiner Rückkehr nach Frankreich alles zu erzählen. Ihm war nichts geblieben, außer jeglichen Kontakt zu ihm abzubrechen und der Welt zu entsagen. Leise rezitierte er ein Requiem und fragte dann: »Wie ist er gestorben?«

»Ich weiß es nicht. Vielleicht solltet Ihr das herausfinden.«

»Meine Zeit ist vorbei, Jean.«

»Ihr seid noch immer der beste Inquisitor, Magister.«

»Nein, der Inquisitor ist in Karthago gestorben, zusammen mit dem König, deinem Vater, und vielen anderen. Kehr zurück zum Papst und berichte ihm das.«

Der Graf sah ihn ernst an, dann sagte er: »Vor neun Jahren, ich war fast noch ein Kind, bin ich Euch als benediktinischer Novize verkleidet in Manfreds Königreich gefolgt. Wir sind zusammen über die Mauer der Abtei Montecassino geklettert, haben in den Wäldern Wölfen getrotzt, der deutschen Kavallerie in Benevent und Umberto di Fondi in den unterirdischen Gängen von Karthago. Mein Vater hat mich Euch vor seinem Tod anvertraut. Wenn der Papst Euch jetzt, nach dem Tod eines Mitbruders und Freundes, nach Lyon ruft, bitte ich Euch, wenigstens persönlich dort zu erscheinen. Dann könnt Ihr ihm erklären, dass Ihr Euch nicht um den Fall kümmern wollt, weil Ihr noch zu sehr mit Eurem Selbstmitleid beschäftigt seid.«

»Ich bin sechzig Jahre alt, Jean. In meinem Leben hat es immer an edlen Taten gefehlt. Warum sollte sich das jetzt ändern?«

»Ich habe Euch einmal sagen hören, dass man den bitteren Kelch mit dem Willen Gottes stets leeren muss. Es ist der Stellvertreter Gottes auf Erden, der Euch ruft, Magister. Vielleicht hat Gott Eure Gebete erhört und gibt Euch eine zweite Chance.«

»Wirst du mich dazu zwingen?«

»Nein, auch wenn es Leute gibt, die das von mir erwarten.«

»Wer?«

»Bonaventura da Bagnoregio, Kardinal und Generalminister der Franziskaner. Er hat mich vom Wunsch des Papstes in Kenntnis gesetzt und mir gedroht, nicht ohne Euch zurückzukehren. Er hat mir auch eine persönliche Botschaft an Euch mitgegeben.«

»Welche?«

»Nur vier Worte: ›Es ist für Thomas.‹ So habe ich den Grund für den Ruf aufgefasst.«

Yves senkte den Kopf. Bonaventura war einer der bedeutendsten lebenden Theologen. Er war nicht nur der größte Gegner Thomas von Aquins in Paris in den Auseinandersetzungen über die Lehre gewesen, sondern auch sein brüderlicher Freund.

»Die Zeit drängt, *Magister*. Wir müssen noch heute abreisen«, beschwor ihn Jean. »Nehmt nur das Nötigste mit, auch einen Umhang gegen den Regen. Der Kardinal hat vorgeschlagen, Euch von einem der Mönche aus dem Kloster begleiten zu lassen.«

»Sie sind alle alt, außer Bernard, der ist fast noch ein Kind.«

»Bernard ist perfekt. In Montecassino war ich auch nicht älter als er.«

Lyon, Burg Pierre Scize, Sitz des Erzbischofs,
2. Mai 1274, vor der Vesper

Die vier wichtigsten Vertreter der Kirche auf Erden waren versammelt: der Papst, zwei Kardinäle, einer davon Generalminister der Franziskaner, und der Großmeister der Dominikaner.

Yves tat jeder einzelne Knochen weh, und doch gelang es ihm, vor dem Pontifex auf die Knie zu gehen. Die zwölftägige Reise auf dem Rücken des Maultiers war ausgesprochen anstrengend gewesen. Er war noch nie gerne geritten, aber Jean hatte auf sein Klagen geantwortet, dass es von Morlaix nach Lyon gerade einmal sieben Tage gedauert habe, während sie mit ihm viel langsamer vorankämen. Yves hatte ihm erklärt, dass eine Reise, die einem jungen Mann auf einem Pferd langsam vorkomme, dies mitnichten für einen alten Mann auf einem Maultier gelte. Immerhin hatte es Gott gefallen, dass sich das Wetter besserte, als er die feuchte Bretagne hinter sich gelassen hatte. Die zwei Reiter, die ihn begleiteten, schienen Brüder zu sein. Beide hatten dunkle Haare, waren von kräftiger Statur und schweigsam. Dabei war der eine Franzose, der andere Italiener. Yves hatte Godefroy de Montreveil bereits während der Eroberung des Königreichs Sizilien kennengelernt. Der andere, Ruggero di San Floro, stammte aus der Grafschaft Squillace in *Bruttium,* die Charles von Anjou Manfreds Cousin, Bartolomeo d'Agliano, entrissen und den vertrauenswürdigen Montforts übertragen hatte.

Der Sitz der Erzbischöfe von Lyon befand sich in der Burg Pierre Scize, die sich genau dort über der Saône erhob, wo der Fluss sich verengte und zwischen zwei Hügeln hindurchfloss. Der Eingang zur Burg lag am Fuße eines dieser Hügel. Von dort führten zweihundert Stufen empor, die Yves nur mit großer Mühe und einigen Pausen erklomm. Schwer atmend erreichte er den Burghof, wo er von einem Franziskaner in Empfang genommen wurde, der ihn über eine schmale Steintreppe bis in einen Salon im ersten Stock des Hauptturms führte.

Der Papst sprach zu ihm mit leiser Stimme: »Erhebt Euch, Bruder Yves.«

Gregor X. war vierundsechzig Jahre alt, hatte eine zwischen den eingefallenen Wangen markant hervorstechende Nase, ein vorstehendes Kinn und große Augen. Der gebürtige Tedaldo Visconti aus Piacenza war 1271 nach fast dreijähriger Diskussion von den neunzehn in Viterbo versammelten Kardinälen zum Papst ernannt worden. Um sie endlich zu einer Entscheidung zu zwingen, hatten die Bewohner Viterbos die Kardinäle schließlich in einem Salon eingeschlossen, die Lebensmittel rationiert und sogar das Dach des Palastes abdecken lassen. Deshalb hatten sie sich für Tedaldo entschieden, der kein Kardinal, nicht einmal Bischof war und nur die niederen Weihen empfangen hatte. Die Nachricht seiner Wahl hatte ihn in Akkon erreicht. Dort weilte er mit dem englischen Prinzen Eduard, der am Kreuzzug teilnehmen wollte, es zum Glück aber nicht rechtzeitig geschafft hatte, um sich Louis von Frankreich auf seinem Zug nach Tunesien anzuschließen.

Yves erinnerte sich, Tedaldo als jungen Mann einmal in Paris getroffen zu haben, vor dem Kreuzzug nach Ägypten. Er war ein Kanoniker, der häufig in Universitätskreisen verkehrte. Selbst nach Morlaix waren die Gerüchte gedrungen, denen zufolge Bonaventura da Bagnoregio die Wahl zu seinen Gunsten beeinflusst hatte. Wahr oder nicht, der Franziskaner war jedenfalls von Gregor erst zum Bischof, dann zum Kardinal ernannt worden und saß nun zur Linken des Papstes. Er zählte siebenundfünfzig Lenze, war groß und hager. Mit seinem weißen Bart und der formlosen grauen Kutte seines Ordens war er als Kardinal nicht zu erkennen.

Der Kardinal zur Rechten des Papstes war Pierre de

Tarentaise, ein weiterer alter Bekannter von Yves. Er hatte ein spitzes Gesicht mit einem kurzen grauen Bart und war ebenfalls wie ein einfacher Mönch gekleidet. Der ehemalige Provinzial des Dominikanerordens in Frankreich und Professor der Theologie in Paris war von Gregor zum Erzbischof von Lyon und Kardinalbischof von Ostia ernannt worden, um das Konzil vorzubereiten. Die Tatsache, dass Pierre auf der rechten Seite des Pontifex saß, zeichnete ihn als den dienstälteren Kardinal aus, auch wenn er mit gerade einmal fünfzig Jahren jünger als Bonaventura war.

Der Vierte im Bunde war Bruder Giovanni da Vercelli, seit zehn Jahren Ordensmeister der Dominikaner und inzwischen fast siebzig. Er war sehr dünn, mittelgroß, das glatt rasierte Gesicht ließ sein Alter nicht erkennen. Yves dachte, dass seine Reisen zu Fuß oder auf dem Rücken eines Maultiers in all jene Länder, in denen der Orden seinen Sitz hatte, ihm das Leben augenscheinlich verlängerten. Er war schon immer ein Anhänger Thomas von Aquins gewesen, auch wenn er die juristischen Vorgaben einhielt, im Gegensatz zu seinen kühnen Vorgängern Johannes Teutonicus und Humbert de Romans, die den Dominikanerorden in wenigen Jahrzehnten groß gemacht hatten.

Die Stimme des Papstes klang rau und schwach, ganz im Kontrast zu seinem massigen Körper. »Ich danke Euch, dass Ihr sofort aufgebrochen seid. Ich erinnere mich, Euch in Paris getroffen zu haben, bevor Ihr auf die unglücksselige *expeditio crucis* nach Ägypten aufgebrochen seid. Damals waren wir beide noch jung …«

»Vor fünfundzwanzig Jahren, Eure Heiligkeit.«

»Ja, das ist lange her. Leider hatten die Kreuzzüge von König Louis trotz aller Bemühungen wenig Erfolg. Was vom Königreich Jerusalem geblieben ist, steht kurz davor, in die Hände der Ungläubigen zu fallen. Die Nachricht unserer Wahl zum Diener Gottes auf Erden hat uns in Akkon erreicht, wir wissen also um die schwierige Situation in den Kreuzfahrerstaaten. Deshalb haben wir beschlossen, ein Konzil abzuhalten. Wir müssen die jahrtausendealte Spaltung zwischen der römischen und der byzantinischen Kirche überwinden, um den Grundstein für eine gemeinsame Anstrengung zugunsten der gesamten Christenheit zu legen: einen neuen Kreuzzug, um das Heilige Land zurückzuerobern.«

»Sicher, Eure Heiligkeit.«

Yves' Tonfall war voller Demut, dennoch begriff der Papst, dass er sich nicht weiter mit den Themen des Konzils aufhalten sollte.

»Aber deshalb haben wir Euch nicht gerufen. Wie Ihr wisst, ist am 7. März in der Abtei Fossanova unser Bruder Thomas von Aquin verstorben. Er war auf dem Weg nach Lyon, wohin wir ihn gerufen hatten. Er sollte eine einführende Predigt zu einer der Konzilsitzungen halten.«

Der Papst deutete auf den Generalminister der Franziskaner und fuhr fort: »Kardinal Bonaventura hat uns gebeten, Euch zu beauftragen, die Umstände seines Todes zu untersuchen, dem nach ersten Berichten eine natürliche Ursache zugrunde liegt.«

Der Mönch antwortete: »Ich hatte große Achtung vor Thomas von Aquin, ein gütiger und weiser Mann. Ich fühle mich geehrt, sein Freund gewesen zu sein. Wenn es Gründe gibt, die Kardinal Bonaventura dazu veranlasst haben, eine Untersuchung anzustrengen, fürchte ich, dass ich nicht der Richtige bin, sie durchzuführen. Ich bin alt geworden, Eure Heiligkeit, und seit langer Zeit nicht mehr für das *officium* der Inquisition tätig.«

Gregor verzog die Lippen zu etwas, das wohl ein Lächeln sein sollte. »Ihr seid jünger als wir und sogar zehn Jahre jünger als der Großmeister Eures Ordens. Wir wissen um die Freundschaft, die Euch mit Thomas von

Aquin verband, und auch um Eure große Erfahrung als Inquisitor. Und es gibt noch weitere Überlegungen, die Eure Beauftragung nahelegen. Der König Siziliens, Charles d'Anjou, hegt größte Wertschätzung für Euch und Euren Schüler, Bruder Berengario da Verona, den Inquisitor des Reiches.«

»Ich bitte in aller Bescheidenheit um Verzeihung, aber ich fürchte, mir entgeht etwas. Ihr habt gesagt, Thomas ist in Fossanova gestorben, also nicht im Königreich Sizilien, sondern innerhalb des Kirchenstaates. Gibt es einen Grund für Ermittlungen im Königreich?«

Es war weder üblich noch zulässig, dass ein einfacher Mönch dem Papst eine Frage stellte, und Yves' Tonfall war, auch wenn er sich zuvor entschuldigt hatte, mitnichten unterwürfig. Aber er war auch kein einfacher Mönch, und seine Gesprächspartner wussten das. Ihm war es zu verdanken, dass Charles d'Anjou sein Königreich erobern konnte, der aktuelle französische König Philippe, genannt der Kühne, sah in ihm eine Art Vater. Er war einer der bedeutsamsten Lehrer der tätigen dominikanischen Inquisitoren gewesen.

Unbeeindruckt antwortete ihm der Papst: »Wo Ihr ermittelt, liegt in Euren Händen. Wir ernennen Euch zum

Großinquisitor, und Eurem Mandat sind keine Grenzen gesetzt.«

Gregor hielt inne, als ob er darüber nachdenken würde, was er noch sagen sollte. Dann fügte er hinzu: »Wir können nicht ausschließen, dass Euch die Ermittlungen ins Königreich Sizilien führen ... Wisst Ihr, es gab noch einen weiteren Todesfall vor dem von Bruder Thomas, der uns sehr getroffen hat. Der letzte lateinische Herrscher Konstantinopels, Balduin von Courtenay, befand sich im Königreich im Exil, nachdem er von den Byzantinern aus seinem Reich vertrieben worden war. Auch er hätte im Geiste der Versöhnung mit den Griechen am Konzil teilnehmen sollen, verstarb aber im Oktober des vergangenen Jahres. Davon haben wir aber erst im Januar erfahren. Er soll mit weiteren sieben Rittern bei einem Abendessen in Apulien vergiftet worden sein. Außerdem müssen wir die Unversehrtheit der Gesandten des byzantinischen Königs Michael Palaiologos garantieren, der in Sizilien an Land gegangen ist, um weiter nach Lyon zu reisen. Wir haben Bernard Ayglier, den Abt von Montecassino, gebeten, ihn persönlich in Empfang zu nehmen und zu seiner Sicherheit bis an die Grenze zu begleiten. Der Erzbischof von Palermo hat König Charles um Geleitschutz gebeten. Und dazu die

Nachricht von Thomas' Tod, der ebenfalls nach Lyon unterwegs war … Ich nehme an, Ihr versteht.«

Yves nickte nachdenklich. Er dachte an den Besuch des byzantinischen Gesandten, den er in seiner Eigenschaft als päpstlicher Legat im Kreuzfahrerlager vor Tunis empfangen hatte. Dabei handelte es sich um General Alexios Strategopulos, den Eroberer Konstantinopels, welcher der fast sechzigjährigen Herrschaft der Christen ein Ende gesetzt hatte.

Es war kein Geheimnis, dass Charles d'Anjou die Stadt wieder zu erobern wünschte und die Unterstützung, die er Balduin von Courtenay gewährte, seinen Ehrgeiz verbarg, selbst den Kaiserthron zu besteigen. Eine Versöhnung zwischen der römischen und der griechischen Kirche konnte ihm nicht am Herzen liegen, stellte sie doch eine neue Bedrohung seiner persönlichen Ziele dar.

Der Mönch wandte sich an die vier Männer. »Gibt es Anzeichen, dass Thomas eines nicht natürlichen Todes gestorben sein könnte?«

Es war Bonaventura, der ihm antwortete: »Wir können nicht ausschließen, dass er ermordet wurde. Wie Euch bereits Eure Heiligkeit ausgeführt hat, ist Thomas in einem besonderen Moment gestorben, und ich habe den Papst gebeten, Euch die Ermittlungen anzuvertrauen. Ich weiß, dass Ihr entschieden habt, nicht mehr als Inquisitor tätig zu sein, und ich respektiere diese Entscheidung. Hier aber geht es um eine einzelne, ganz spezielle Untersuchung zum Tod eines gütigen und mit uns allen in Freundschaft verbundenen Mannes, trotz aller theologischen Differenzen. Außerdem handelt es sich um eine Anweisung Eurer Heiligkeit, dem wir alle Gehorsam schuldig sind.«

Der Verweis auf Gehorsam ließ keinen Widerspruch zu. Sobald sie mich nur hören, gehorchen sie, steht geschrieben.

Yves wiederholte seine Frage und wandte sich dabei direkt an Bonaventura, den er jetzt duzte, wie er es immer getan hatte: »Warum glaubst du, dass man ihn umgebracht hat?«

Der Franziskaner verzog den Mund, dann antwortete er: »Das Gefühl eines alten Mannes. Ich will dich mit meinen Vermutungen nicht beeinflussen, du sollst dir dein eigenes Bild machen, und ich werde deine Einschätzung akzeptieren. Du bist am besten dazu in der Lage, alle Aspekte dieser Situation zu überblicken … Vielleicht bist du der Einzige, der das überhaupt kann.«

»Die Gefühle eines alten Mannes sollte man nicht unterschätzen«, erwiderte Yves.

Der Großmeister der Dominikaner, Giovanni da Vercelli, schaltete sich ein: »Mit der Nachricht kam ein Brief von Mönch Réginald de Piperno, seit Jahren Thomas' rechte Hand, den du sicher in Paris kennengelernt hast. Er hat von einem friedlichen Tod gesprochen, begleitet von den heiligen Sakramenten, seinen Gebeten und denen der Mönche von Fossanova.«

Der dominikanische Kardinal Pierre de Tarentaise hatte bis zu diesem Augenblick geschwiegen. In gelangweiltem Ton gab er nun zu verstehen, dass diese Zusammenkunft bereits viel zu lange gedauert habe: »Ihr werdet morgen früh nach den Laudes aufbrechen, an der Rhône ein Schiff besteigen und von Lyon nach Arles reisen. Dort wartet ein weiteres Schiff, dass Euch nach Terracina bringt, dem Hafen, der Fossanova am nächsten liegt. Es wird dort ankern und Euch weiter zur Verfügung stehen. Die Bulle, mit der der Heilige Vater Euch zum Großinquisitor ernennt, ist bereit. Herr von Castres und zehn seiner Reiter werden Euch begleiten. Wir wollen nicht, dass Euch etwas zustößt. Auch der Mönch, der von Morlaix mit Euch bis hierher gereist ist, wird an Eurer Seite sein. Ihr werdet vor dem Ende des Konzils, das für Mitte Juli vorgesehen ist, wieder zurück sein und dem Heiligen Vater Bericht erstatten. Ihr habt also nur zweieinhalb Monate Zeit.«

Pierre warf Yves einen ironischen Blick zu, und Yves verstand die Botschaft. Widerspruch war nicht einmal in Betracht gezogen worden, es war bereits alles organisiert.

Der Papst fügte hinzu: »Natürlich werdet Ihr Euch auch näher mit den Umständen beschäftigen, unter denen Kaiser Balduin ums Leben gekommen ist …«

Yves ahnte, warum die Zeit drängte. Wenn er mit seiner unbestrittenen Autorität feststellen sollte, dass Charles von Anjou am Tod von Thomas von Aquin und Balduin von Courtenay schuld war, könnte der Papst ihn noch während des Konzils als König von Sizilien absetzen. Gleiches war bereits vor fast dreißig Jahren mit Friedrich dem Staufer in Lyon geschehen. Charles' Ehrgeiz und seine Skrupellosigkeit wurden sowohl für den Papst als auch für die mächtigsten Fürsprecher der Kirche in Frankreich und Aragon zur Last. Thomas von Aquins Tod bot für einige der Männer, die vor ihm saßen, die Chance, den König ein für alle Mal aus dem Weg zu räumen.

Dem alten Mönch blieb nichts anderes übrig, als niederzuknien und sich zu verabschieden.

Beim Hinausgehen dachte er an Pierre de Tarentaises Worte und die päpstliche Bulle. Garantierte man ihm damit nur absolute Handlungsfreiheit oder vermutete jemand, er würde es mit Häresie zu tun bekommen?

Kapitel 2

Das Gefühl alter Männer

Lyon, Burg Pierre Scize,
in der Nacht vom 2. auf den 3. Mai 1274

Nach der Komplet war Yves allein. Man hatte ihm eine Zelle an der Außenmauer der Burg zugewiesen, am Ende eines Flurs. Sie war geräumig, lag aber abgelegen. Die Einrichtung war schlicht: ein Feldbett, ein Schemel, ein kleiner Tisch mit einer Kerze darauf, eine Truhe und ein Wasserkrug. Durch die Schießscharten waren die schwarzen Umrisse der Hügel zu sehen, darüber leuchtete der Sternenhimmel. Früher musste hier eine Wache gewohnt haben. War das eine nette Geste ihm gegenüber, weil in der Burg alle anderen Zimmer von Prälaten belegt waren, die zum Konzil angereist waren? Das schloss er aus. Er setzte sich auf das Feldbett und wartete auf denjenigen, der ihm diese Unterbringung zugewiesen hatte.

Wo Jean und Bernard einquartiert worden waren, wusste er nicht. Wahrscheinlich irgendwo in der Stadt. Als er nach dem Treffen mit dem Papst in den Hof getreten war, hatte er sie mit leichter Verärgerung davon in Kenntnis gesetzt, dass er zum Großinquisitor ernannt worden war. Dann hatte er nur hinzugefügt, dass sie bei Sonnenaufgang mit dem Schiff nach Arles aufbrechen und von dort aus Richtung Meer zu einem Ort südlich von Rom reisen würden.

Jean hatte schon damit gerechnet, aber Bernard war feuerrot angelaufen und hatte seine Aufregung nicht verbergen können. Er war noch sehr jung und kam aus einem abgelegenen bretonischen Kloster. Jetzt fand er sich plötzlich als *socius* eines Großinquisitors wieder, der im Auftrag des Papstes unterwegs war. In Morlaix hieß es, Yves le Breton sei ein mächtiger Mann, Inquisitor von Frankreich, Professor der Theologie und Beichtvater des Königs, aber dem jungen Mann fiel es schwer, all das in dem alten Mann zu erkennen, der unsicheren Schrittes allein am Meer entlangspazierte. Als er ihn an diesem Morgen beobachtete, wurde ihm klar, dass er sich geirrt hatte. Er war fürwahr ein bedeutender Mann, in dessen freundlichem Auftreten eine große Autorität lag. Plötzlich konnte er sich vorstellen, wie er die Häretiker *ad maiorem gloriam Dei* auf den Scheiterhaufen schickte.

Yves fröstelte es, und er ging zu dem kleinen Fenster an der Schießscharte, um es zu schließen, aber es war kaputt. Er wickelte sich fester in seinen Umhang und zog die Kapuze über den Kopf. Trotz der anstrengenden Reise war er nicht müde.

Er musste nicht lange warten. Quietschend öffnete sich die Tür, und das Licht der Kerze fiel auf eine hochgewachsene, würdevolle Gestalt. Yves erhob sich und begrüßte den Franziskaner mit dem ordensüblichen Gruß: »*Pax et bonum.*«

»*Pax et bonum.* Ich wusste, dass du noch wach bist und auf mich wartest.«

»Such dir einen Platz aus.« Der Dominikaner deutete auf den Schemel und das Feldbett. Bonaventura da Bagnoregio sah auf beide und verzog dann das Gesicht. »Zu niedrig, da bleibe ich lieber stehen.«

»Du könntest einen bequemeren Stuhl in die Zelle bringen lassen.«

Der Franziskaner lächelte. »Bei deiner Rückkehr wird es einen geben.«

»Nun, was willst du von mir, und warum durfte ich nicht ablehnen?«

»Ärgere dich nicht, Yves … Ich habe mich oft gefragt, was dich nach Morlaix geführt hat. Ich verstehe, dass das Desaster in Tunis und der Tod König Louis' für dich ein schwerer Schlag waren. Ich nehme an, dass du dein eigenes Überleben als Strafe Gottes betrachtest, aber so ist es nicht. Wenn Gott dich am Leben gelassen hat, dann deshalb, weil er dich in diesem Jammertal noch braucht. Du bist der Einzige, der herausfinden kann, was mit Thomas geschehen ist.«

»Wurde er umgebracht?«

»Wie gesagt, ich möchte dein Urteil nicht beeinflussen, aber du solltest die Umstände kennen. Das Konzil wird nächsten Montag beginnen und hat zwei grundlegende Ziele: die Versöhnung zwischen der römischen und der griechischen Kirche und einen neuen Kreuzzug, um das zu retten, was von den Kreuzfahrerstaaten noch übrig ist: Akkon, Tripolis, Tortosa sowie einige Tempelritter- und Johanniterfestungen. Die Angriffe des ägyptischen Sultans Baibars waren vernichtend. Wie du dir denken kannst, sind das keine einfach zu erreichenden

Ziele, aber paradox ist, dass eines der größten Hindernisse der König von Sizilien ist, König Louis' und Robert d'Artois' Bruder, die beide auf dem Feld des Glaubens gefallen sind. Du weißt besser als jeder andere, dass Charles das Königreich nur dank der Kirche und mit der Hilfe Frankreichs bekommen hat, aber jetzt ist er blind vor Ehrgeiz und will Byzanz zurückerobern, um dort Herrscher zu werden. Du warst in Tunis und hast gesehen, was er getan hat, um das Vorrücken des christlichen Heeres zu verhindern, das erst am Todestag des Königs eingetroffen ist.«

Yves meinte wieder den Geruch des Todes über dem christlichen Lager in Karthago riechen zu können und sah das versteinerte Gesicht Charles' im Angesicht seines toten Bruders.

Der Franziskaner fuhr fort: »Eine Versöhnung der römischen mit der griechischen Kirche würde Frieden mit Byzanz bedeuten. Und damit das Ende seiner Herrschaftspläne.«

»Etwas verstehe ich noch nicht. Dass er Balduin von Courtenay loswerden möchte, der seit langer Zeit nur eine Marionette in seinen Händen ist, dass er verhindern möchte, dass er nach Lyon kommt, um sich im Tausch für ein Stück Brot von der Notwendigkeit der Versöhnung der christlichen Kirchen überzeugen zu lassen, kann ich nachvollziehen. Wenn er ihm nicht mehr im Weg steht, hat er direkten Zugriff auf den Herrscherthron. Aber warum Thomas? Er war harmlos und widmete sich lediglich seinen theologischen Studien«, erwiderte Yves.

»Es liegt an dir, das herauszufinden. Du solltest aber noch etwas wissen. Thomas wurde auf meine Initiative hin vom Papst nach Lyon beordert. Wie dir der Papst schon mitgeteilt hat, sollte er die Eröffnungspredigt zu einer der Konzilversammlungen halten und wäre danach zum Kardinal ernannt worden. Die Kirche brauchte ihn …«

»Das sagst gerade du? Die Kirche braucht einen Dominikaner? Und gerade diesen? Ich habe gehört, dass ihn in Paris einige deiner berühmten und gelehrten Mitbrüder sogar der Ketzerei bezichtigen.«

»Und einige Dominikaner ebenfalls, wie Robert Kilwardby, Erzbischof von Canterbury, der just heute in Lyon angekommen ist. Die letzten Jahre unseres Freundes in Paris waren … sagen wir … turbulent, aber ich bin überzeugt, dass Thomas mit seinem Glauben, seiner Logik und seiner Fähigkeit, jedem Problem mit Intelligenz und Präzision zu begegnen, der richtige Mann gewesen wäre, um die Kirche aus dem Nebel zu führen, in dem sie heute ohne Zweifel versunken ist.« Der Kardinal hustete.

»Du wolltest ihn als Papst?«, fragte Yves, und in seinem Tonfall lag eine gewisse Skepsis.

»Ich wollte einen Weg der Kirche einschlagen, der durch die Strenge, die Bescheidenheit und die Armut geprägt wäre, wie es die heiligen Franziskus und Dominikus gewünscht haben, und dabei habe ich an ihn gedacht. Frischer Wind, Yves, um schmerzliche Situationen zu vermeiden, wie die Bewohner Viterbos und alle Christen sie vor drei Jahren erleben mussten, vor der Wahl Gregors.«

»Ich habe immer an dich als seinen Nachfolger gedacht.«

»Das tun viele, aber ich spüre die Last des Alters, die Kräfte lassen nach. Mir geht es nicht gut … Ich spüre, dass die Rückkehr ins Haus des Vaters nicht mehr fern ist. Aber Thomas' Tod verändert alles. Ich werde widerstehen und mich der göttlichen Vorsehung anvertrauen.«

»Wer weiß von dem, was du mir gerade erzählt hast?«

»Nur du und der Papst.«

Bei diesen Worten kam der Franziskaner auf ihn zu und umarmte ihn.

»*Pax et bonum*, Bruder.«

Der Inquisitor antwortete nicht, und Bonaventura sagte leise: »Danke.«

Als er wieder allein war, setzte sich Yves zum Nachdenken auf das Lager, denn in dieser Nacht würde er keinen Schlaf finden. Und tatsächlich dauerte es nicht lange, bis es wieder an der Tür klopfte. Giovanni da Vercelli stand auf der Schwelle.

»Komm herein.«

Der Meister betrat die Zelle, überrascht, Yves wach vorzufinden.

»Hast du nicht geschlafen?«

»Es ging nicht, mir war kalt.«

»Lass dich umarmen. Ich freue mich, dich wiederzusehen.«

Ohne seine Reaktion abzuwarten, drückte er Yves an seine Brust. Yves blieb starr. Das letzte Mal, als sie sich vor drei Jahren getroffen hatten, hatte Yves ihm seine Entscheidung mitgeteilt, dass er das Amt als Inquisitor Frankreichs abgeben wollte. Der Großmeister hatte nichts dagegen gesagt, er schien damals sogar erleichtert gewesen zu sein und hatte nichts mehr von sich hören lassen, nicht einmal mit einem Brief.

Giovanni bemerkte die Kühle des Mitbruders und

sagte: »Es ist nicht, wie du denkst … Ich habe sehr unter deiner Entscheidung gelitten, dich in die Bretagne zurückzuziehen. Ich hatte noch keine Zeit … und vielleicht auch noch nicht den Mut gefunden, dir zu schreiben, aber ich habe mir geschworen, dich so schnell wie möglich zu besuchen. Du solltest dich nicht von deinen Schuldgefühlen auffressen lassen. Dem König vorzuschlagen, nach Tunis zurückzukehren, in der Hoffnung, den Emir zum Konvertieren zu bewegen, war ein Fehler des gesamten Ordens, nicht nur deiner.«

Yves wusste, dass außer ihm und Umberto di Fondi nur der Herr selbst die Gründe kannte, warum der Kreuzzug sich nach Tunis gewandt hatte, und wechselte lieber das Thema. »Was ist los, Giovanni?«, fragte er ihn ganz direkt.

»Bonaventura ist überzeugt davon, dass Thomas ermordet wurde. Ich weiß nicht, was ihn auf diese Idee gebracht hat. Die Nachricht, die mir Réginald de Piperno geschickt hat, lässt keinen Zweifel. Auf seiner Reise nach Lyon hat sich unser Mitbruder auf der Straße zwischen Neapel und San Germano den Kopf an einem Ast angeschlagen. Er hat das nicht ernst genommen, aber dann hat sich sein Zustand verschlechtert, und sie unterbrachen die Reise in Magentia, wo seine Nichte ein Schloss besitzt. Dort muss er gespürt haben, dass seine Stunde gekommen war, und wollte in ein Haus Gottes nach Fossanova, wo er sanft entschlafen ist.«

»Wenn das alles so klar auf der Hand liegt, warum bist du dann hier, mitten in der Nacht wie ein Verschwörer?«

Giovanni antwortete verlegen: »Nun … die Zeiten sind schwer für den Orden, und sogar innerhalb unseres Ordens hat Thomas' Werk für Missverständnisse gesorgt.«

»Habt ihr ihn deshalb vor zwei Jahren aus der Universität in Paris geworfen?«

»Er wurde nicht hinausgeworfen, Yves. Das Kapitel der römischen Provinz hatte ihn beauftragt, eine Theologieschule zu gründen. Ich war dabei, als der Beschluss zu Pfingsten gefasst wurde, im Kloster Santa Maria Novella in Florenz. Thomas entschied sich für Neapel.«

»Er hat Neapel gewählt?«

»Formal lag dieses Recht beim Kapitel, aber es wurde ihm überlassen.«

»Warum gerade Neapel?«

»Das hat er nicht gesagt. Vielleicht, weil er die Stadt gut kannte, dort war er als Novize. Bei seinem ersten

Aufenthalt im Königreich, um 1260 herum, hatte er auch einige Jahre dort gelebt. Unter der französischen Herrschaft war es dort sicher, während Rom noch vom Kampf zwischen den verschiedenen Strömungen zerrissen war. Charles von Anjou, der unserem Orden immer schon wohlgesinnt war, wollte die Universität, die Friedrich der Staufer gegründet hatte, erneuern. Just in dieser Zeit hatte er einen Brief an die von Unruhen gebeutelte Universität in Paris geschrieben und alle Magister und Studenten eingeladen, nach Neapel zu kommen. Thomas wurde herzlich aufgenommen, er bekam eine Goldunze pro Monat für seine Lehrtätigkeit, die pünktlich vom Prior des Klosters San Domenico ausgezahlt wurde.«

»Charles hat Thomas herzlich empfangen?«

»Sicher. Er nannte ihn ›geschätzten Freund‹.«

Yves war verwirrt. All das passte nicht zu der Hypothese, dass der König von Sizilien den Dominikaner aus dem Weg hatte räumen lassen. Auf der anderen Seite kannte der Inquisitor Charles d'Anjou gut. Er hätte nicht gezögert, einen Bruder umzubringen, wenn es seinen eigenen Zielen genutzt hätte. In gewissem Sinne hatte er das sogar getan.

»Giovanni, du hast meine Frage nicht beantwortet.

Warum wurde Thomas aus Paris vertrieben? Die Entscheidung des Provinzkapitels war keine Entschuldigung für ein Exil.«

Der Meister zögerte und gestand dann: »In Paris wäre er in Gefahr gewesen.«

»In Gefahr?«

»Thomas war ein bedeutender Theologe. Der beste, den unser Orden je hatte. Seine analytischen Reflexionen, die auf der Bibel und den Schriften Aristoteles beruhten, waren manchmal so tiefschürfend, dass manche sie für Ketzerei hätten halten können.«

»Und wer war dieser Meinung?«

»Nun, um nur einige zu nennen: der Bischof von Paris, Étienne Tempier, die Führer der Franziskaner, wie John Peckham, und auch einige der unseren, wie Robert Kilwardby. Die Stimmung wurde unerträglich.«

»Was habt ihr getan, um ihn zu verteidigen?«

»Wir haben ihn aus Paris weggebracht. Wenn du noch Inquisitor gewesen wärst, hätte Tempier es nicht gewagt, ihn anzugreifen, aber ohne dich schwebte er in großer Gefahr … Dein Rückzug nach Morlaix war tatsächlich einer der Gründe, warum Thomas Paris verlassen hat. Aber jetzt schenkt dir der Herr eine zweite Chance. Als Großinquisitor, wenn du wieder in Amt und Würden bist, kannst du dich um Étienne Tempier, Peckham und sogar um Bonaventura kümmern.«

Giovannis Augen glänzten. Aber nicht aus Liebe für seine franziskanischen Brüder.

»Du vergisst Kilwardby.«

»Er ist einer der Unseren, Yves. Wir müssen zusammenhalten, jetzt mehr denn je. Hier in Lyon, zeitgleich mit dem Konzil, wird auch unsere Generalversammlung abgehalten, ab dem 1. Juni. Ich muss dich deshalb warnen. Und du solltest noch etwas wissen. Der Tod unseres Mitbruders Thomas hat nichts Verdächtiges. Er war fast fünfzig und übergewichtig. In den vergangenen Monaten hatte er sich zudem verändert. Irgendetwas war geschehen, etwas Ernstes und … Krankes.«

»In welchem Sinne krank?«

»Er war krank. Vielleicht hatten auch die Studien, mit denen er sich beschäftigte, seinen Geist verwirrt. Er, der sein ganzes Leben lang geschrieben hatte, mehr als jeder andere, beschloss plötzlich, damit aufzuhören … Bonaventura schickt dich dorthin, damit du als dominikanischer Inquisitor einen Blick auf sein Werk und unseren Orden wirfst. Du musst sehr vorsichtig sein, Yves. Diese Mission könnte eine Falle sein.«

»Welchem Thema hatte er sich zuletzt gewidmet?«

Wieder zögerte der Großmeister, dann war seine Stimme nur noch ein Flüstern, als fürchtete er, jemand könnte ihn hören: »Die getrennten Substanzen bei Aristoteles … die Dämonen.«

Bei Sonnenaufgang,
nahe der Mole der Saône

Der Fluss lag noch im Nebel, und Pierre de Tarentaise erwartete ihn ganz allein, den Mantel trotz der Feuchte offen. Jean, Bernard und die Reiter der Eskorte waren bereits an Bord des Schiffes, das sie bis zur Mündung der Saône in die Rhône und dann hinaus aufs Meer bringen würde. Yves hatte die ganze Nacht kein Auge zugetan, und seine Füße fühlten sich eiskalt an. Er näherte sich seinem Mitbruder.

»*Pax tecum*, Pierre. Willst du dich davon überzeugen, dass ich mich auch wirklich auf den Weg mache?«

»Ich bin gekommen, um dir eine gute Reise zu wünschen. Ich weiß, dass du mit Giovanni und Bonaventura gesprochen hast.«

Yves fragte ihn nicht, woher er das wusste. Als Erzbischof von Lyon war er der Hausherr, und die nächtlichen Besuche beim Inquisitor konnten seinen Männern nicht verborgen geblieben sein.

»Was denkst du darüber?«

»Du kennst Giovanni. Er ist ein Angsthase und sieht überall Verschwörungen, aber du kannst sicherlich die Spreu vom Weizen unterscheiden.«

»Er hat mir erzählt, dass Thomas in letzter Zeit verändert war und etwas Krankhaftes an sich hatte.«

Der Kardinal verzog das Gesicht. »Thomas war von einer außerordentlichen Intelligenz, und dessen war er sich durchaus bewusst. Wahrscheinlich war der Stolz seine einzige Sünde. Er wollte Gott durch die Vernunft und nicht durch den Glauben näher kommen und bediente sich dabei der aristotelischen Philosophie. Er sagte, dass die Vernunft von Gott stamme, sodass unser Geist, bei all seiner Beschränkung, auch so funktionieren könne wie der Geist Gottes oder zumindest mit der gleichen Logik. Auf der Suche nach einer vernünftigen Antwort auf seine unzähligen Fragen ist er sehr weit, vielleicht zu weit gegangen. Ich kann das sagen, weil mir das Gleiche passiert ist. Vor zehn Jahren ist, wie du weißt, Giovanni da Vercelli gerade Großmeister unseres Ordens geworden, und man legte ihm hundertacht Sätze aus den ersten beiden Büchern meines Kommentars zu den *Sentenzen* von Pietro Lombardo vor. Du warst damals Inquisitor, es gab nichts zu befürchten, und trotzdem wollte Giovanni mir die Theologieprofessur in Paris entziehen. So wurde ich zum Provinzial Frankreichs gewählt, was ich drei Jahre lang blieb. Nur dank Thomas' positiver Beurteilung Giovannis in der *Stellungnahme zu 108 Zweifeln* bekam ich den Lehrstuhl zurück, den ich Thomas dann vor fünf Jahren überließ.«

»Bei welchen Themen hat sich Thomas zu weit vorgewagt?«

»Die beiden kontroversesten betreffen die Ewigkeit des Universums und die Struktur der Substanzen. Auf den ersten Blick subtile Themen, fernab der alltäglichen Realität und für die meisten Menschen unverständlich, aber wir wissen beide, dass es dabei um fundamentale Fragen geht. Ist das Universum ewig? Wenn dem so wäre, dann könnte Gott es nicht erschaffen haben, weil es den Schöpfer vor der Schöpfung gegeben haben muss. Dann wäre Gott gar nicht nötig gewesen, und das ist Gotteslästerung. Ich nehme an, du hast Leute für weit weniger auf den Scheiterhaufen geschickt.«

Yves blieb ungerührt, und Pierre fuhr fort: »Thomas hatte sich im ersten Teil seiner *Summa theologiae* damit beschäftigt. Für Bonaventura und die Franziskaner ist ein ewiges Universum unmöglich, weil Gott es geschaffen hat und nur er ewig ist. Thomas dagegen war zu dem Schluss gekommen, dass es keine Methode gibt, um rational zu beweisen, dass das Universum nicht ewig ist. In einem Werk, dass er in Paris geschrieben hatte, nachdem du, sagen wir mal, nach Morlaix zurückgekehrt bist, und das den Titel *De aeternitate mundi* trägt, hat er argumentiert, dass das Universum von Gott aus der Ewigkeit heraus geschaffen worden sein könnte, also mit Gott gemeinsam, wie eine Flamme, die Wärme produziert, genau in dem Moment, in dem sie angezündet wird. Dieser Meinung liegt offensichtlich die Haltung zugrunde, dass das Universum ewig ist … genau wie Gott. Ist dir klar, was dieser Gedanke für Konsequenzen hat?«

»Dieser Argumentation zufolge kann Gott die Erde nicht als bewussten Akt geschaffen haben«, erwiderte Yves. »Um das Universum willentlich geschaffen zu haben, musste es ihn vorher gegeben haben. Wenn sie aber gleichzeitig entstanden sind, wie die Wärme und das Feuer, dann kann Gott es nicht aus seinem Willen heraus getan haben.«

»Thomas war der Meinung, es sei nicht unbedingt notwendig, dass der Wille zeitlich vor dem Resultat liegt«, erklärte der Kardinal, »aber das ist nicht logisch, und das wusste er sehr gut. Am Ende blieb er der Gefangene seines eigenen Geistes.«

Yves dachte nach. Er betrachtete den Fluss, auf dem der Nebel sich langsam lichtete, dann auf die Männer auf dem Schiff. Alles war bereit, aber niemand wagte es, sich den beiden Dominikanern zu nähern.

Pierre sprach weiter: »Das zweite Thema war noch brisanter, die Struktur der Substanzen. Wie du weißt, sagte Augustinus, dass der Mensch eine vernünftige Seele besitzt, die einem sterblichen und irdischen Körper dient. Davon ausgehend, wurde der Körper als etwas Sündiges und Minderwertiges angesehen, das Gefängnis des Geistes, wie Origenes behauptet. Auf der anderen Seite kann der Körper nicht etwas ganz und gar Negatives sein, wissen wir doch, dass sogar das Fleisch wiederauferstehen wird und der Körper die Hülle ist, durch die wir die Sakramente empfangen. Thomas, auch dieses Mal auf Basis der aristotelischen Philosophie, hat versucht, dem Körper die wichtige Rolle zurückzugeben, die die Bibel ihm zuweist. Er sagte, die Vereinigung zwischen Leib und Seele sei natürlich und elementar und nicht rein zufällig. Die Natur der Seele kann demnach nur perfekt sein, wenn sie Teil des Körpers ist. Der

Mensch ist demzufolge ein substanzielles Wesen, bestehend aus Leib und Seele. Die menschliche Seele ist ebenfalls ewig, das heißt, sie existiert auch unabhängig vom Körper. Anders ausgedrückt, die Seele kann ohne den Körper existieren, nicht aber der Körper ohne die Seele.«

»Und seiner Meinung nach ist die Seele einzigartig?«

»Genau. Die Franziskaner in Paris, die Augustinus folgten, glaubten indes, dass sich die Formen des Menschen unterscheiden. Denk an Richardus de Media Villa, der sechs grundlegende Wesensformen des Menschen identifiziert hat. Aus dieser Vervielfältigung folgt klar und deutlich, dass die Identität eines Menschen bestehen bleibt, auch wenn der Körper durch den Tod verwandelt wird. Der Tod beendet die lebenswichtigen Funktionen des Körpers, aber von jedem einzelnen Individuum bleibt etwas, was wir deshalb in Liturgien, Trauerfeiern und Beerdigungen in geweihter Erde feiern oder verurteilen und deshalb in ungeweihtem Boden beisetzen. Es muss also eine Verbindung geben, die die Identität auch nach dem Tod mit dem Körper verbindet. Aber wenn wir Thomas' These folgen, ist der Körper ohne Seele nur ein Stück lebloses Fleisch, ein Leichnam, der sich von anderen in nichts unterscheidet. Ich spreche mit einem Inquisitor. Die häretischen Anteile in diesen Gedanken liegen auf der Hand.«

Yves schwieg. Diese Worte erinnerten ihn an eine Nacht vor vielen Jahren auf dem Ölberg.

Der Kardinal fuhr fort: »Wie kann man an die Wiederauferstehung Christi glauben, wenn sein Körper durch den Tod am Kreuz seine substanzielle Form, seine Identität verloren hat? Dann könnte nach dem Tod nicht der Leib Christi wiederauferstanden sein. Thomas war natürlich klar, welche gefährlichen Schlussfolgerungen sich aus einer solchen These ziehen ließen, aber es war nicht seine Art, sie aufzugeben. Deshalb erklärte er, dass sich in Christus zwei Naturen zu einem einzigen Individuum verbanden, die menschliche und die göttliche. Das Fleisch gewordene Wort. Mit dem Tod konnte er zwar seine menschliche Natur verlieren, nicht aber die göttliche. Und damit war die Identität des Corpus Christi am Kreuz und im Grab gewahrt. Er stellte eine Ausnahme dar, sonst wäre er nicht Christus gewesen. Offensichtlich ist dies ein Versuch, die Frage aufzuschieben, ähnlich wie die Frage des göttlichen Schöpferwillens, der zeitgleich mit der Wirkung existierte, um die Ewigkeit der Welt zu erklären.«

Yves verstand, dass ihr verstorbener Mitbruder nicht

gezögert hatte, sich mit Fragen zu beschäftigen, die sein logisches Denken auf eine harte Probe gestellt haben mussten. Auch er hatte sich vor vielen Jahren mit einer solchen Frage beschäftigen müssen. Damals hatte er geahnt, dass nur die mystische Kraft des Glaubens ihn vor dem Wahnsinn bewahren konnte. Thomas hatte dagegen nicht auf seine analytischen Fähigkeiten verzichtet und war vielleicht wirklich zum Gefangenen seines eigenen Geistes geworden, wie Pierre de Tarentaise es angedeutet hatte. Wer weiß, warum er sich am Ende seines Lebens gerade mit Dämonen beschäftigt hatte. »Könnte all das irgendwie mit seinem Tod zusammenhängen?«

»Das ist eine schwierige Frage.«

»Fragen sind nie schwierig, Pierre, manchmal aber sind es die Antworten.«

Der andere lächelte. »Du hast recht. Ich weiß nicht … ich glaube nicht. Réginalds Nachricht deutet auf einen natürlichen Tod hin. Sicherlich könnte sein Geist am Ende nicht mehr standgehalten haben. Wie es scheint, hat er schlussendlich aufgehört zu schreiben und zu diktieren, was ihm gar nicht ähnlich sieht. Aber das wirst du schon herausfinden.«

»Glaubst du, dass das eine Falle von Bonaventura ist, wie es Giovanni vermutet?«

»Ehrlich gesagt, nein. Über die unterschiedlichen Meinungen bezüglich der Lehre hinaus waren die beiden gute Freunde. Bonaventura hat Thomas' Tod sehr getroffen, heißt es. Außerdem: Wenn jemand sich deiner Person bedienen wollte, um unserem Orden eine Falle zu stellen, müsste er feststellen, dass er sich heftig getäuscht hat. *Dominus tecum*, Yves.«

Kapitel 3

Fossanova

Kloster Fossanova, 20. Mai 1274,
am späten Nachmittag

Die untergehende Sonne tauchte die Klostermauern in rosafarbenes Licht, das in einem einzigartigen Kontrast zu den schwarzen Wolken stand, die sich über den Hügeln der Umgebung zusammenbrauten.

Die Reitergruppe kam gerade aus einem Eichenwäldchen. Yves und Jean ritten an der Spitze, gefolgt von Bernard und den Männern der Eskorte, sechs Franzosen und vier Italienern.

Fossanova war ein kleines Dorf mit großen gemauerten Gebäuden, keine Festung wie Montecassino. Der

Weg führte zu einem Torbogen in der Stadtmauer. Vor dem weit geöffneten Tor standen zwei Mönche in weißer Kutte und schwarzem Skapulier. Zisterzienser. Jemand musste sie von ihrem Kommen unterrichtet haben.

»Ein Ort, der einen allein bei seinem Anblick näher zu Gott bringt!«, rief Bernard.

Jean antwortete, ohne sich umzudrehen: »Stimmt. Aber hoffentlich kommen wir ihm dieses Mal nicht zu nahe ...«

»In welchem Sinne?«, fragte der junge Mann verwirrt.

»Nichts ... Ich musste an ein anderes Kloster denken, das ich mit dem Magister vor mehr als zehn Jahren erblickt habe, als wir nahe daran waren, zu Gott zurückzukehren.«

Yves warf ihm einen finsteren Blick zu und trieb sein Maultier in Richtung Tor.

Sie waren am frühen Nachmittag in Terracina von Bord der *Santa Maria* gegangen, ein genuesisches Handelsschiff, mit dem Zwiebeln zwischen Südfrankreich und Neapel gehandelt wurden und das die Abgesandten des Papstes für sie gemietet hatten.

Der Kapitän, Martino Buonfiglio, war breiter als hoch und verstand sein Handwerk. Er stellte keine Fragen. Man hatte ihm gesagt, er müsse einige Mönche und ein Dutzend Reiter an einen Ort südlich von Rom bringen und sich dann zu ihrer Verfügung halten. Das hatte genügt. Erst als Jean ihm Terracina als ihr Ziel genannt hatte, verzog er den Mund und erklärte, dass der Hafen eng und von Fischerbooten überfüllt sei. Er hatte daher vorgeschlagen, weiter südlich zu landen, in Gaeta, aber der Graf hatte auf Terracina bestanden. Sollten sie keinen Platz im Hafen finden, würde er sich persönlich darum kümmern. Der Genueser hatte darauf nichts mehr erwidert.

Die Überfahrt hatte dank stabiler Mistralwinde nur vier Tage gedauert, was Bernard sofort als Zeichen göttlicher Vorsehung interpretiert hatte.

Terracina war ein Fischerdorf an den Hängen einer Hügelkette, die aussah, als hätte sie eine riesige Hand zerrissen und am Ende, dem Meer zugewandt, nur einen schmalen Felsvorsprung übrig gelassen. Auf dem Gipfel waren die Bogen eines alten römischen Tempels zu sehen. Der Hafen war tatsächlich klein, aber die Fischerboote waren noch auf See, und das Schiff konnte ohne Schwierigkeiten festmachen.

Der Anblick der bewaffneten Männer an Bord hielt die Neugierigen fern, nur zwei ältere Männer hatten ohne jegliche Furcht nach den Tauen gegriffen und das

Schiff an der Mole festgemacht. Anschließend hatten die beiden dem Kapitän den Weg nach Fossanova erklärt, das etwa zehn Meilen entfernt lag.

Die beiden Zisterzienser am Eingang des Klosters verbeugten sich vor Yves. Der Dominikaner stieg von seinem Maultier ab, Bernard half ihm dabei und reichte ihm dann die Bulle mit dem päpstlichen Siegel, die er während der Reise sorgfältig gehütet hatte.

Der ältere Mönch war etwa fünfzig Jahre alt, sein sonnengegerbtes Gesicht war von Falten durchzogen, die seine eisblauen Augen einrahmten. Der andere war jünger, etwa dreißig, hochgewachsen und hager, leicht gebeugt, mit schwarzem Bart.

Auch der Inquisitor verbeugte sich und erwiderte: »*Pax vobiscum, fratres.*«

»*Et cum spiritu vestro*«, antwortete der Mönch mit den hellen Augen. »Ich bin Giacomo de Ferentino, der Prior des Klosters, und heiße Euch und Eure Mitbrüder willkommen.«

»Yves le Breton, Großinquisitor des Heiligen Vaters.«

Er hob die päpstliche Bulle gerade so weit, dass das Siegel sichtbar war. Der jüngere Mönch wurde bleich. Giacomo aber blieb ungerührt und verbeugte sich ein weiteres Mal.

»Es ist mir eine Ehre, Euch kennenzulernen, Magister. Ich habe schon viel von Euch gehört.«

Sein Tonfall ließ nicht erkennen, ob Gutes oder Schlechtes, aber der Dominikaner reagierte nicht darauf und deutete stattdessen auf seine Begleiter. »Das sind Jean de Montfort, Herr von Castres, der mir seine Eskorte zur Verfügung gestellt hat, und Bruder Bernard Gui.«

Der Prior wandte sich seinem Mitbruder zu: »Bruder Pietro da Monte San Giovanni. Unser ehrwürdiger Abt, Teobaldo de Ceccano, ist zum Konzil gereist, sodass es an mir ist, Euch in seinem Namen willkommen zu heißen. Wir werden alles, was wir haben, mit Euch teilen. Wohin führt Euer Weg?«

Yves dachte, dass die Zisterzienser die Antwort bereits wussten, und antwortete: »Hierher.«

»Wegen Bruder Thomas?«

Der Dominikaner nickte und schaute in Richtung Tor. »Wo können wir uns unterhalten?«

»Bitte folgt mir.«

Sie betraten einen großen Innenhof, der von zwei Gebäuden begrenzt wurde. Der Prior deutete auf das größere der beiden. »Das Gästehaus, hier könnt Ihr wohnen.« Dann deutete er auf das Gebäude zu seiner Rechten, mit einem Portikus aus Holz. »Die Krankenstation für Pilger, dahinter liegt das Hauptgebäude.« Ein Blitz und ein Donnerschlag kündigten ein Unwetter an.

Zwei junge Laienbrüder kamen herbei, und Giacomo sagte: »Nicola und Giovanni werden die Pferde in den Stall bringen, dann könnt Ihr Euch einrichten. Im Gästehaus befindet sich auch ein *refectorium*, lasst Euch etwas Gutes zu essen bereiten. Gerade heute haben wir zwei Schafe geschlachtet, und der Wein von unseren Hügeln mundet ausgezeichnet.«

»Ich danke Euch«, antwortete Yves, »während die Reiter sich stärken, würde ich gerne am Grab meines Mitbruders beten.« Dann wandte er sich an Jean: »Du und Bernard, ihr werdet mich begleiten.«

Der Graf nickte wenig begeistert. Yves war klar, dass Jean lieber gegrilltes Fleisch und ein Glas Wein genossen hätte, er aber wollte sich unverzüglich im Kloster umschauen. In Montecassino hatte sein Orientierungssinn ihnen beiden das Leben gerettet. Bernard hingegen war aufgeregt, auch wenn er versuchte es zu verheimlichen und eine solch ernste Miene auflegte, die er für den *socius* eines Großinquisitors auf Mission für angemessen hielt.

Während die Reiter und die Laienbrüder die Tiere in den Stall brachten, sagte der Prior zu Bruder Pietro, der sich immer unbehaglicher zu fühlen schien: »Geh ins *refectorium* und kümmere dich darum, dass Fleisch, Brot und Wein aufgetragen werden.«

Der Mönch eilte davon, und Yves wechselte einen wissenden Blick mit Jean. Der Prior wollte mit ihnen allein sprechen. Sein Mitbruder schien ihm etwas zu nervös.

Der Prior und die drei Ankömmlinge passierten das Gästehaus und erreichten eine weite Lichtung mit Obstbäumen.

Giacomo deutete auf ein Gebäude zu ihrer Rechten. »Das *refectorium* und der Schlafsaal der Laienbrüder. Wie Ihr wisst, wollen wir Zisterzienser das vermeiden, was in den reichen Benediktinerklöstern geschieht, wo die Mönche keine niederen Arbeiten mehr verrichten und sich damit von ihren Regeln entfernen. Wir versuchen, auch mithilfe einiger Laienbrüder, an denen es uns dank der Gnade Gottes nicht mangelt, alles selbst zu erledigen. Dort hinten rechts befindet sich die Hauptkirche, links seht Ihr die Pilgerkapelle und das Hospiz. Bruder Thomas wurde dort in der Kirche begraben.«

Große Regentropfen fielen vom Himmel, und die vier eilten mit großen Schritten in Richtung Kirche. Sie war aus hellem Stein errichtet, mit drei Schiffen, einfach und gleichzeitig doch majestätisch, mit einer großen runden Fensterrose an der Fassade. Der Eingang war mit konzentrischen Spitzbogen verziert, getragen von schmalen Säulen, drei auf jeder Seite, deren Ausschmückung an das Muster der Fensterrose erinnerte.

Gerade als sie die Kirche betraten, brach das Unwetter mit aller Macht los, es blitzte, donnerte, und der Regen prasselte nieder.

Der Innenraum der Kirche war geräumig, aber schmucklos. Die Zisterzienser hatten Gold, Silber, Gemälde, bunte Glasfenster, Teppiche und Seide aus ihren Kirchen verbannt, überflüssiger Luxus, der von der Konzentration auf das Gebet nur ablenkte. Trotz der beiden Fensterrosen an der Vorder- und Rückseite und den großen Fenstern lag der Raum durch das Unwetter im Halbdunkel.

Der Prior ging in Richtung Querschiff, das vom Hauptschiff abzweigte, und blieb vor dem Altar stehen, genau im Zentrum des im Bauplan beschriebenen perfekten Kreuzes.

»Hierher kam er gleich nach seiner Ankunft, um seinen Dank auszusprechen, und hier haben wir ihn begraben.«

Sie bekreuzigten sich. Yves senkte den Kopf und murmelte leise: »*Requiem aeternam dona dei, Domine …*« Ein Donner übertönte seine Stimme.

»Er war ein Mann tiefen Glaubens und großen Wissens«, fügte Giacomo hinzu, »aber er besaß auch die Demut der Großen … Es war ein Geschenk Gottes, dass er hier bei uns war und die letzten Tage vor seiner Heimkehr ins Haus des Herrn mit uns verbracht hat.«

Der Inquisitor blieb regungslos stehen, die Stille wurde nur von Donnerschlägen unterbrochen. Nach einer Weile fügte Giacomo hinzu: »Ihr könnt ihn nicht mitnehmen.«

Yves hob den Blick und las die Herausforderung in den Augen seines Gegenübers. Der Prior sprach weiter: »Bevor er abreiste, hat Bruder Réginald aus Eurem Orden ein Dokument unterschrieben, in dem er ihn der Obhut des Klosters überließ. Wie bereits gesagt, weilt der Abt in Lyon, und bis zu seiner Rückkehr können wir nichts unternehmen.«

»Wir sind nicht hier, um ihn mitzunehmen«, antwortete der Dominikaner ruhig.

Der Prior schien überrascht. »Warum seid Ihr dann hier? Noch dazu mit bewaffneten Männern?«

»Um herauszufinden, was mit ihm passiert ist.«

Giacomo blickte zu Boden, als müsse er nachdenken, dann sagte er: »Kommt mit. Dazu braucht es Zeit, wir setzen uns lieber. Seid Ihr sicher, dass Ihr nichts essen wollt?«

Yves kam Jean zuvor. »Sicher.«

»Wie Ihr meint.«

Der Prior bat sie, ihm zu folgen. Sie durchquerten eine Tür auf der rechten Seite der Kirche und kamen im Kreuzgang des Klosters heraus. Mit tiefen Zügen atmete Yves die feuchte Regenluft ein, die ihn an die Bretagne erinnerte. Es war erst ein Monat vergangen, aber es schien ihm, als würde sein Leben in Morlaix einer anderen Zeit angehören. Er war wieder auf der Jagd, wie ein alter Wolf, der nach langer Gefangenschaft in die Wälder zurückkehrt. Er hoffte, dass ihm dieses Mal die Erfahrung aus der Vergangenheit und die Gebete am Meeresufer dabei halfen, die Fallstricke des Bösen schneller zu erkennen.

Bruder Giacomo brachte ihn in einen Kapitelsaal, der ebenfalls leer war. Das ganze Kloster wirkte verlassen.

»Ich entschuldige mich für die Uhrzeit, aber leider haben wir es eilig«, sagte Yves.

Der Mönch, der gerade zwei Kerzen auf einem Eichentisch anzündete, antwortete: »Wir haben bereits die

Vesper gefeiert und sind jetzt bei der Komplet. Ich stehe Euch zur Verfügung.« Er deutete auf die Stühle, und nahm selber auf einer Steinbank an der Wand Platz. »Wo soll ich beginnen?«, fragte er sie.

Wenn seine Frage ironisch klingen sollte, reagierte Yves nicht darauf und antwortete ernst: »Am Anfang.«

»Anfang Februar, den genauen Tag weiß ich nicht mehr, wurde der Abt in Kenntnis gesetzt, dass Bruder Thomas auf seinem Weg zum Konzil in Lyon im Schloss in Magentia eingetroffen war. Es ging ihm nicht gut, und er würde ein paar Tage ausruhen. Das Schloss liegt nur sechs Meilen von hier, deshalb bin ich und drei Mitbrüder, Pietro da Monte San Giovanni, den Ihr schon kennengelernt habt, Giovanni da Piedimonte und Bruder Fedele, zu ihm gegangen. Wir sind dann vier oder fünf Tage dort geblieben.«

»Kanntet Ihr Thomas?«

»Ja, ich habe ihn vor etwa zehn Jahren in Orvieto kennengelernt.«

»Wie habt Ihr ihn in Magentia vorgefunden. War er verändert?«

»Zehn Jahre gehen an niemandem spurlos vorüber. Er war gealtert, hatte an Gewicht verloren und war inzwischen fast kahl. Wir wussten, dass er in Magentia eine

Rast eingelegt hatte, weil er krank war, und tatsächlich wirkte er sehr müde und erschöpft. Er war unkonzentriert, ins Gebet versunken, sprach nur wenig und hatte keinen Appetit.«

»Wem gehört das Schloss?«

»Dem Herrn von Ceccano, Annibaldo, der mit König Charles im Streit liegt und auf dem Gebiet des Kirchenstaates im Exil lebt. Seine Frau Francesca ist Thomas' Nichte, die Tochter seines Bruders Filippo.«

»Ist der Graf mit Umberto di Fondi verwandt, dem Banditen, einem ehemaligen Seneschall Manfreds?« Yves erinnerte sich noch an jedes Wort seines Zusammentreffens mit Umberto in der Nacht vor fast fünfundzwanzig Jahren. Er hatte ihm eröffnet, der Sohn Angelas, einer Gräfin von Ceccano, zu sein.

Der Prior antwortete: »Das kann ich Euch nicht sagen. Aber der Abt könnte das wissen, er stammt aus der gleichen Familie.«

»Wer hat Thomas begleitet?«

»Zwei Mönche Eures Ordens. Sein *socius*, Réginald de Piperno, und Giacomo da Salerno, der ihm als *famulus* diente.«

»Habt Ihr Thomas auf Euer gemeinsames Treffen in Orvieto angesprochen?«

»Ja, natürlich. Aber er schien sich nicht daran zu erinnern.«

Thomas war gegenüber den Dingen, die ihn nicht interessierten, nicht sehr aufmerksam gewesen. Es war nicht ungewöhnlich, dass er sich an eine Begegnung mit einem Zisterzienser, die bereits zehn Jahre zurücklag, nicht mehr erinnerte.

»Aber jetzt, da Ihr fragt«, fügte Giacomo nachdenklich hinzu, »hat mir Réginald de Piperno im Schloss eine seltsame Frage gestellt. Eines Abends nahm er mich beiseite und bat mich leise, den Magister danach zu fragen, was damals geschehen war, als er den Lehrstuhl für Theologie in Paris bekommen hatte, vor mehr als zwanzig Jahren. Ich kam seiner Bitte nach.«

»Und was hat Thomas Euch erzählt?«

»Als der Prior des Klosters Saint-Jacques ihn davon in Kenntnis gesetzt hat, dass man ihm zusätzlich zu seinem Lehramt der Theologie die Aufgabe des *cancellarius Parisiensis* übertragen hatte, so sagte er, fühlte er sich ob seiner jungen Jahre der Aufgabe nicht gewachsen. Er wusste nicht, was zu tun war, und kniete vor dem Altar, um zu beten. Dort schlief er ein, und im Traum erschien ihm ein hagerer alter Dominikanermönch, der ihn fragte: ›Was denkst du, Bruder Thomas?‹ Und er antwortete: ›Ich bereite mich darauf vor, in einem Kloster aufgenommen zu werden, und überlege, was ich sagen soll.‹ Und der andere antwortete darauf: ›Du tränkst die *Berge* aus *deinen* Kammern, von der *Frucht deiner Werke* wird die *Erde* satt.‹ Und das hat er dann auch in seiner berühmten Predigt gesagt. Ich erinnere mich, dass er Tränen in den Augen hatte, als er mir das erzählte. Genau wie damals, als er die Messe las.«

Der Inquisitor kannte die Geschichte und meinte: »In Paris heißt es, der alte Mönch sei der heilige Dominikus gewesen … Thomas weinte während der Messe?«

»Ja, jedes Mal. Solange seine Kräfte es ihm erlaubten, las er jeden Tag voller Rührung die Messe und hörte einer anderen mit Hingabe zu.«

»Hm … Habt Ihr Euch nicht gewundert, weshalb Réginald Euch diese Frage gestellt hat?«

»Vielleicht zweifelte er an der Erinnerung seines Meisters und wollte ihn auf die Probe stellen, wagte aber nicht, es selbst zu tun. In jedem Fall ging es Thomas nicht gut. Auch während der Messe hatte er Schwierigkeiten, sich auszudrücken, und er war nicht zum Essen zu bewegen. Nicht mal als wir, wie durch ein Wunder, Heringe aufgetrieben haben, die er doch immer so sehr geliebt hatte.«

»Heringe?«

Der Prior lächelte das erste Mal seit ihrer Ankunft. »Ja genau, Magister. Wir waren seit ein paar Tagen im Schloss, als Bruder Réginald angesichts seines erbärmlichen und geschwächten Zustands fragte, was er denn gerne essen würde. Und Thomas antwortete, vielleicht auch im Scherz: ›Meint Ihr, hier könnte man frische Heringe auf Pariser Art bekommen?‹ Woraufhin Réginald antwortete: ›In Frankreich oder in England bestimmt, aber sicher nicht hier.‹ Trotzdem machte er sich zusammen mit einem Diener des Schlosses auf die Suche. Sie trafen Bordonaro, einen Fischer aus Terracina, und Réginald fragte, welchen Fisch er habe. Er hätte Sardinen, meinte er, doch als er in einem Korb nachsah, stellte er verwundert fest, dass er voll frischer Heringe war. Réginald kehrte also mit einem Korb Heringe ins Schloss zurück, und alle waren sehr überrascht, da sie in dieser Gegend noch nie gefangen wurden. Réginald eilte sofort zu Thomas und sagte: ›Gott wollte Euch gefallen. Ich habe Heringe gefunden, wie Ihr es Euch gewünscht habt.‹ Der Magister war ebenfalls erstaunt und fragte: ›Woher kommen sie, wer hat sie hierhergebracht?‹ Und Réginald antwortete: ›Gott hat sie Euch geschickt.‹«

»Habt Ihr das Gespräch persönlich verfolgt?«

»Ich habe es mit meinen eigenen Ohren gehört, und ich habe ebenfalls von den in Brühe gekochten und dann frittierten Heringen gegessen.«

»Wer hat noch von ihnen gegessen?«

»Wir alle. Wir, Bruder Thomas, die Dominikaner, die ihn begleiteten, Gräfin Francesca und Graf Annibaldo.«

»Habt Ihr zuvor schon einmal einen Hering gesehen?«

»Ja, Salzheringe, in Rom, aber noch niemals frische.«

»Woher wusstest Ihr dann, dass es sich tatsächlich um Heringe handelte?«

»Bruder Réginald hat sie als solche erkannt.«

»Wie hat es sich der Fischer erklärt, dass sich in einem seiner Körbe Heringe befanden?«

»Ich habe danach mit Bordonaro gesprochen. Noch heute ist er der festen Überzeugung, nur Sardinen mit nach Terracina gebracht zu haben, und er war der Erste, der sich über die Heringe gewundert hat.«

Yves wusste, dass der Prior den Fischer befragt hatte, weil er Zweifel hegte, und fragte: »Wir wissen beide, dass Heringe nicht in diesem Meer, sondern im Ozean zu finden sind. Es gibt demnach nur zwei Erklärungen. Die erste ist, dass die Sardinen durch ein Wunder in Heringe verwandelt wurden. Die zweite, dass die Fische, die ihr gegessen habt, in Wirklichkeit Sardinen waren, und dass der gute Réginald, um Thomas zum Essen zu bewegen, ihn nur glauben ließ, dass es Heringe waren, und sie auf Pariser Art zubereiten ließ.« Und im Stillen fügte er hinzu: Auf jeden Fall habt ihr alle davon gegessen, und allen ging es gut.

Giacomo wechselte das Thema: »Und auf jeden Fall hat sich Thomas' Gesundheitszustand nicht verbessert, und vier Tage nach unserer Ankunft im Schloss bat er mich, mit ihm hierherzukommen.«

»Er hat darum gebeten?«

»Ja, er sagte, wenn Gott ihm einen Besuch abstatten wollte, wäre es besser, in einem religiösen Haus zu weilen als in einem weltlichen. Wir haben ihn also auf sein Maultier gesetzt und uns auf den Weg nach Fossanova gemacht. Kaum angekommen rezitierte er den Psalm: ›Dies ist die Stätte meiner Ruhe ewiglich; hier will ich wohnen, denn es gefällt mir wohl.‹«

»Wo habt Ihr ihn untergebracht?«

»Der Abt überließ ihm sein Zimmer. Danach folgten Tage, die keiner von uns vergessen wird. Sein Gesundheitszustand verschlechterte sich, aber er ertrug die Krankheit mit Geduld, nahm bescheiden die Sakramente entgegen und war jedes Mal zu Tränen gerührt, wenn er zum Abendmahl ging. Als er zum letzten Mal sprach, waren sein Zimmer und das Nebenzimmer voller Mönche, Dominikaner wie Franziskaner, die aus den umliegenden Klöstern herbeigeeilt waren. Ich saß neben ihm, und seine Worte werden mir für immer im Gedächtnis bleiben. ›Über diesen allerheiligsten Körper und die anderen Sakramente habe ich im Glauben an Jesus Christus und die Heilige Römische Kirche viel geschrieben und gelehrt. Sie soll meine Worte nun ihrem Urteil unterwerfen.‹ Dann empfing er das letzte Abendmahl, und am Morgen des dritten Tages entschlief er mit dem Segen des Herrn. Es war am 7. März in der Fastenzeit. Bruder Réginald sagte uns, dass Thomas erst vor Kurzem neunundvierzig Jahre alt geworden war.«

Der Prior schwieg. Er musste ein strenger Mann sein, aber selbst er schien gerührt. Stille breitete sich im Raum aus. Man hörte keinen Donner mehr und auch keinen Regen.

Yves dachte nach. Der Thomas, der ihm hier beschrieben wurde, war anders als der, den er gekannt hatte. Auf jeden Fall zu viele Tränen. Darüber hinaus war sein Mitbruder gebildet, stolz, manchmal sogar arrogant gegenüber seinen theologischen Gegnern gewesen. Nicht mal auf dem Totenbett hätte er seine Lehren dem Urteil der Kirche unterworfen. Gott ganz sicher, aber der Kirche gewiss nicht. War das etwa alles dem Bewusstsein seines nahen Endes geschuldet? Nein. Thomas wäre Gott mit Freude und sogar mit Neugier entgegengetreten, aber nicht mit all diesen Tränen und dem Wunsch, die Kirche möge über seine Lehre urteilen. Das sah ihm nicht ähnlich. Ihm kamen die Worte von Giovanni di Vercelli und Pierre de Tarentaise wieder in den Sinn. Vielleicht war er wirklich gebrochen gewesen. Der Inquisitor spürte den kalten und sündigen Zorn von früher in seiner Seele aufsteigen, den er in Morlaix um jeden Preis zu vertreiben versucht hatte. Auch jetzt wollte er ihn unterdrücken, und dennoch kam die nächste Frage scharf wie ein Dolchstoß.

»Und dann?«

»Die Beerdigung fand zwei Tage später statt. Daran nahmen der Abt, die Mönche des Klosters, der franziskanische Bischof von Terracina und zahlreiche Mönche der umliegenden Dominikaner- und Franziskanerklöster teil. Réginald feierte die Totenmesse. Er sagte, er sei schon lange Bruder Thomas' Beichtvater gewesen, und seine letzte Beichte hätte die eines fünfjährigen Kindes sein können, denn sein Fleisch sei nie versucht gewesen.

Wir begruben ihn in der Kirche, und Réginald reiste noch am selben Tag ab. Er überließ den Leichnam im Namen Eures Ordens dem Abt.«

Yves' Tonfall klang wieder freundlich: »Haben auch Würdenträger meines Ordens an der Trauerfeier teilgenommen?«

»Nein. Wie gesagt, einige Dominikaner aus den umliegenden Klöstern, aus Anagni und Gaeta.«

»Auch jemand aus Neapel?«

»Nein.«

»Ich danke Euch. Ich denke, das genügt für heute. Morgen, wenn möglich, würde ich gerne dort beten, wo Thomas seine letzten Tage verbracht hat.«

»Selbstverständlich, ich werde Euch selbst dorthin begleiten und würde mich geehrt fühlen, Euch das ganze Kloster zeigen zu dürfen. Und jetzt, falls Ihr nicht fasten wollt, sollten wir in die Küche gehen.«

Sie standen auf und verließen den Saal. Das Unwetter hatte mittlerweile aufgehört. Während sie durch den Kreuzgang gingen, lief der Prior neben Yves und sagte: »Ich glaube, ich weiß, warum Ihr hier seid.«

»Und wenn dem so ist, habt Ihr mir dann noch etwas zu sagen?«

»Nein, Magister. Nur, dass er schon in Magentia krank

war. Wir haben uns vor und nach seinem Tod um ihn gekümmert.«

Später in derselben Nacht

Yves hatte die Einladung des Priors, an den Vigilien teilzunehmen, abgelehnt, ihm aber versichert, gemeinsam mit Bernard die Laudes mit ihm zu feiern. Er war in einer der wenigen Einzelzellen im ersten Stock des Gästehauses untergebracht, mit einem Fenster, das auf den Hof vor der Hauptkirche hinausging.

Er hatte sich gerade auf seinem Lager ausgestreckt, als jemand an die Tür klopfte. Bei dieser Angelegenheit, so schien es ihm, hielt ihn immer etwas vom Schlafen ab.

»Magister?«

Er erkannte die Stimme Jean de Montforts und antwortete, ohne sich zu erheben: »Komm herein.«

Der Graf trat ein und flüsterte: »Entschuldigt, ich wusste nicht, ob Ihr schlaft, und wollte Euch lieber gleich informieren, bevor Ihr es bei den Laudes von den Mönchen erfahrt.«

»Was ist geschehen?«

»Ihr habt Ruggero di San Floro, einen meiner Ritter,

ja schon kennengelernt. Heute Abend, als wir die Pferde und das Maultier in den Stall gebracht haben, hat er einige Worte mit einem Bruder gewechselt, der wie er aus *Bruttium* stammt. Unter den Bewohnern dieser Region herrscht ein großer Zusammenhalt, ganz besonders, wenn sie sich fern der Heimat treffen. Der Bruder hat ihm erzählt, dass Thomas' Maultier gestorben ist, nachdem es seinem Herrn die letzte Ehre erwiesen hat, und dass den Hund des Abtes das gleiche Schicksal ereilt hat.«

»Wie kann ein Maultier einem Toten die letzte Ehre erweisen oder auch nur das Zimmer erreichen, wo er liegt?«

»Die Mönche haben die Leiche zum Hintereingang des Klosters getragen, nahe der Ställe, um ihn Thomas' Nichte zu zeigen, die als Frau das Klostergelände nicht betreten darf. Das Maultier ist aus dem Stall gelaufen, hat sich dem Körper seines Herrn genähert und ist kurz darauf gestorben.«

»Und der Hund?«

»Es war ein kleiner Hund, den der Abt in dem Gebäude hielt, in dem auch Thomas untergebracht war. Er ist noch am selben Tag gestorben.«

»Interessant«, kommentierte Yves. »Entweder sind die

Tiere vor Schmerz gestorben, was nicht ausgeschlossen ist, oder irgendetwas hat sie umgebracht.«

»Sie könnten den Körper abgeleckt haben … Bei beiden war das vorstellbar. War es womöglich etwas Giftiges?«

»Ja, das kann sein, Jean. Und der Prior hat es uns auf seine Weise auch schon mitgeteilt.«

Kapitel 4

Das *Rhizotomikon*

Kloster Fossanova, 21. Mai 1274, am Morgen

Während der Laudes sahen Yves und Bernard die Mönche des Klosters zum ersten Mal. Es waren etwa fünfzig, darunter viele junge Männer. Wie es schien, hatte der Zisterzienserorden im Gegensatz zu den Benediktinern keine Probleme mit dem Nachwuchs. Zu Beginn des Gebets hatte Bruder Giacomo ein Grußwort an die dominikanischen Gäste gerichtet, die, so fuhr er fort, gekommen seien, um an Bruder Thomas' Grab zu beten. Yves hatte allerdings das Misstrauen der Zisterzienser gespürt, und außer dem Prior hatte sich ihnen bislang niemand genähert. Die bewaffnete Eskorte hatte sie befürchten lassen, dass der eigentliche Grund ihres Besuchs darin bestand, den Leichnam des Meisters mitzunehmen.

Am Ende der Messe geleitete Giacomo Yves und Bernard zum Haus des Abtes im nordöstlichen Teil des Klosters, wo Jean sie schon erwartete. An das gemauerte Gebäude schloss sich die Krankenstation der Mönche an. Auf der anderen Seite lag das *scriptorium*. Über eine hölzerne Außentreppe gelangte man direkt in den ersten Stock. Von dort ging es über eine Steintreppe in den zweiten Stock, der vom Abt bewohnt wurde. Es gab dort drei Zimmer: eine kleine Küche mit Kamin, einen Salon mit einem großen Eichentisch und eine Schlafkammer. Diese war nur mit einem einfachen Lager, einer Truhe und einem Kruzifix an der Wand ausgestattet. Durch das Ostfenster drang das Sonnenlicht herein. Keine Wolke trübte den Himmel.

Yves bekreuzigte sich, die anderen taten es ihm nach.

»Hier war es«, erklärte der Prior, »der Abt war in den Salon nebenan gezogen. Das Kaminfeuer in der Küche brannte zu jeder Zeit, und mit seiner Wärme wurde auch der Salon und diese Kammer beheizt. Meine Mitbrüder sammelten das Holz im Wald und trugen es mit ihren eigenen Händen hierher, ohne dafür die Tiere zu nutzen. Sie fanden es unwürdig, das Holz zum Heizen von den Tieren tragen zu lassen. Als Thomas sie kommen sah, fragte er in aller Bescheidenheit: ›Warum in aller Welt bringen mir diese heiligen Menschen Holz?‹«

»Das Feuer brannte die ganze Zeit?«, fragte Yves.

»Es war Februar, und es war kalt.«

»Wie verbrachte Thomas seine Tage?«

»Er betete mit uns, umgeben von unserer Liebe. Bei seiner Ankunft konnte er noch gehen und allein die Treppen steigen, auch wenn es ihm bereits schwerfiel. Dann verschlechterte sich sein Zustand, und er kam nicht mehr von seinem Lager hoch. Nach weniger als einem Monat ist er dann gestorben.«

»War er bei Bewusstsein?«

»Anfangs ja. Wie ich bereits gesagt habe, hielt er jeden Tag die Messe und nahm an einer zweiten teil. Einmal kommentierte er auch kurz mit einigen meiner Mitbrüder das Hohelied der Liebe, jedenfalls sagten sie das so, ich war nicht dabei.«

»Wer war dabei?«

»Das kann ich nicht mit Sicherheit sagen.«

Yves warf ihm einen skeptischen Blick zu: »Wenn Thomas die Bibel erklärt hat, muss das ein erinnerungswürdiges Ereignis gewesen sein. Ich nehme an, Ihr wisst auch nicht, was er gesagt hat, ob er aus eigenen Stücken über diesen Text sprechen wollte oder auf Wunsch der Mönche.«

Die eisblauen Augen des Priors hielten dem Blick des Inquisitors stand.

»Nein, Magister, tut mir leid. Wie Ihr Euch denken könnt, waren es schwierige Tage. Aber ich werde mich darum kümmern, von meinen Mitbrüdern mehr darüber zu erfahren, und es euch dann wissen lassen.«

»Gut, ich danke Euch.« Yves sah sich um und fragte dann: »Nachdem er starb, wo habt Ihr ihn vorbereitet?«

»Im *lavatrinum*, genau unter uns.«

»Können wir uns das ansehen?«

»Aber sicher, folgt mir.«

Sie gingen ins Untergeschoss und betraten die Kapelle der Krankenstation, die genau unter dem Wohnzimmer des Abtes lag. Die Kammer, die Thomas bewohnt hatte, lag direkt über dem *lavatrinum*, dem Marmorbett, auf dem die Körper der verstorbenen Mönche gewaschen und für die Beisetzung hergerichtet wurden.

»Hier haben wir ihn vorbereitet ... Es war nicht einfach, ihn nach unten zu tragen. Obwohl er seit einigen Tagen nichts mehr gegessen hatte, war er immer noch sehr schwer«, erklärte Giacomo.

Unter einem weiteren Fenster an der Nordseite, auf der Seite des *scriptoriums*, stand ein großer Schrank mit Regalböden voller Keramikgefäße. Yves ging darauf zu und fragte: »Was ist hier drin?«

»Das kann ich nicht genau sagen. Das sind Salben und Kräuter für die Vorbereitung der Leichen. Darum kümmert sich Giovanni da Piedimonte, der Kräuterkundige des Klosters.«

»Hat er Euch aus Magentia begleitet?«

»Ja. Als er gehört hat, dass Thomas krank ist, hat der Abt beschlossen, auch ihn zu schicken. Ihm obliegt die Pflege der Kranken, und er ist sehr gut darin. Er hat den Magister bis zum Ende begleitet.«

»Kann ich mit ihm sprechen?«

Der Prior seufzte. »Er ist nach Lyon gereist, unser Abt wollte ihn auf der langen Reise in seiner Nähe haben.«

»Wie alt ist der Abt?«

»Fünfundvierzig.«

»Verstehe. Und in der Abwesenheit des Kräuterkundlers, wer kümmert sich da um die Kranken?«

»Ein junger Mitbruder, sein Assistent, Anselmo da Sessa, aber er ist noch recht unerfahren. In der Praxis müssen wir uns Gott und unseren Gebeten anvertrauen.«

Ganz offensichtlich war Giacomo gegen die Entscheidung des Abtes gewesen, den Kräuterkundigen mit nach Lyon zu nehmen. Der Inquisitor blieb hartnäckig. »In diesem Fall müssen wir eben mit Anselmo da Sessa sprechen. Wo finden wir ihn?«

»Folgt mir.«

Wieder durchquerten sie die Kapelle, bogen dann nach links ab und gelangten in einen großen Saal mit einer sehr hohen Decke. Beleuchtet von zahlreichen Fenstern, standen dort Reihen leerer Feldbetten. Der Prior erklärte: »Die Krankenstation der Mönche. Gott sei Dank ist niemand krank.«

Weiter ging es ins Erdgeschoss und hinaus in den »kleinen Kreuzgang« der Krankenstation, wo ein blonder junger Mann, groß gewachsen und kräftig, mit einigen Büschen beschäftigt war. Er schien nicht viel älter zu sein als Bernard. Beim Anblick des Priors mit den Gästen wischte er sich eilig die schmutzigen Hände an seiner Kutte ab.

»Anselmo«, begrüßte ihn Giacomo, »der *Magister* möchte mir dir sprechen.«

Der junge Mann deutete eine Verbeugung an: »*Pax vobiscum.*«

»*Et cum spiritu tuo.* Der Prior hat gesagt, dass du gerade der Kräuterkundige des Klosters bist.«

Anselmo da Sessa schien ebenso geschmeichelt wie verwirrt. Er warf Giacomo einen Blick zu und antwortete: »Ich bin nur der Lehrling.«

Yves betrachtete das Gebüsch genauer.

»Wermut?«

»Ja, das Kraut ist fiebersenkend und gut gegen Würmer im Darm. Giovanni liegt die Pflanze besonders am Herzen. Wir werden die Blätter im Sommer ernten, wenn er aus Lyon zurück ist.«

»Hat er damit auch Bruder Thomas behandelt?«

Anselmo sah ihn bedauernd an. »Das weiß ich nicht. Er hat sich ganz allein um Bruder Thomas gekümmert.«

»Hat er versucht, ihn zu heilen?«

»Er hat bis zum Ende alles getan, was in seiner Macht stand.«

»Hat dein Meister nichts über die Krankheit gesagt?«

»Bruder Giovanni ist nicht sehr gesprächig, und in dieser Zeit hat er sogar noch weniger gesprochen. Mir fiel auf, dass er sich große Sorgen machte, aber er hat nur ein einziges Mal mit mir darüber geredet. Eines Abends, wenige Tage, bevor Thomas ins Haus des Vaters zurückgekehrt ist, wirkte er sehr erschöpft. Ich fragte ihn nach Thomas' Befinden, und er antwortete, dass er alles getan habe, was in seiner Macht stand, die Lage aber aussichtslos sei. Dann sagte er noch einen Satz, der mich betroffen gemacht hat …«

»Und welchen?«

»Nun, Magister … Er sagte, Bruder Thomas sei bereits tot gewesen, als er ihn zum ersten Mal in Magentia gesehen hat.«

»Und du hast nicht gefragt, was er damit meinte?«

»Nein. Ich dachte, er wolle sich trösten, weil er ihn nicht retten konnte. Ich sagte ihm, dass wir uns Gottes Willen nicht widersetzen könnten, aber er antwortete nicht.«

»Schade, dass dein Meister nicht hier ist, um es uns zu erklären.« Yves wandte sich an den Prior: »Bruder Giacomo, was denkt Ihr darüber? Hat Giovanni auch mit Euch gesprochen?«

»Nein, Magister, aber in Magentia war Thomas ganz offensichtlich noch am Leben, und das blieb er bis zum 7. März.«

»Ihr seid intelligent genug und habt verstanden, dass er das im übertragenen Sinne meinte und auf etwas anderes hinauswollte …«

Der Inquisitor verstummte, dachte kurz nach und fuhr dann fort: »Auf jeden Fall danke ich Euch und möchte Euch auch nicht weiter aufhalten. Ich habe bereits genug von Eurer Zeit in Anspruch genommen. Schließlich habt Ihr ein Kloster zu führen. Ich denke, ich habe meine Prüfung hier abgeschlossen.«

»Wollt Ihr uns schon wieder verlassen?«

Yves bemerkte die Erleichterung in seinem Tonfall.

»Wir reisen bald, vielleicht schon morgen.«

»Gut, dann nehme ich Euer Angebot an und gehe jetzt. Wir sehen uns später im *refectorium*.«

»Sicher. Dürfte ich in der Zwischenzeit einen Blick in die Heilpflanzensammlung werfen?«

Erst nach einem kurzen Moment des Zögerns antwortete ihm Giacomo.

»Es wäre mir eine Ehre, Euch zu führen.«

»Habt Ihr nicht andere Verpflichtungen?«

»Das kann warten. Anselmo, hast du den Schlüssel?«

Der junge Mönch nickte und ging auf den Eingang der Krankenstation zu. Neben dem Eingang, durch den sie das Gebäude verlassen hatten, befand sich eine verschlossene Tür. Der Lehrling zog einen großen Schlüssel aus der Kutte und steckte ihn ins Schloss. Knarrend öffnete sich die Tür. Sie betraten einen großen, durch ein Fenster beleuchteten Raum, in dessen Mitte sich ein Tisch und zwei Stühle befanden. In den wandhohen Regalen standen unzählige dicke Bücher und Keramikgefäße, genau wie im *lavatrinum*. Alles war ordentlich, kein Staubkorn war zu sehen.

Yves deutete auf die Bücher und fragte: »Darf ich einen Blick hineinwerfen?«

Der Prior antwortete prompt: »Das ist auch Euer Haus.«

»Ich bitte Euch, Bruder Giacomo, wenn Ihr anderes zu tun habt, fühlt Euch nicht verpflichtet zu bleiben.«

»Seid unbesorgt. Anselmo, hilf dem Magister, die Bände aus den Regalen zu nehmen.«

Und so verbrachten sie einen Großteil des Morgens: Der junge Zisterzienser zog Bücher heraus, Yves blätterte in ihnen, während die anderen ihm schweigend dabei zusahen.

Endlich stand der Inquisitor auf und sagte: »Das Studium der Pflanzen hat mich schon immer fasziniert, und ich habe interessante Texte dazu erwartet, aber diese Werke sind wirklich einzigartig und haben meine Erwartungen bei Weitem übertroffen. Ich weiß nicht, wie ich Euch dafür danken soll, dass ich sie mir ansehen durfte.«

Der Prior verbeugte sich. »Eure Worte ehren unser bescheidenes Kloster, Magister.«

Auch Yves verbeugte sich und erwiderte: »Mit Eurer Erlaubnis ziehe ich mich jetzt zurück.«

»Bis später.«

Yves, Bernard und Jean verließen das Gebäude in Richtung Kreuzgang. Der Prior und Anselmo sahen ihnen nach.

Der Lehrling fragte: »Hätte ich das nicht sagen sollen?«

Ohne den Blick von Yves abzuwenden, antwortete sein Mitbruder: »Du warst perfekt …«

Ein Spatz setzte sich auf die Eingangsmauer zum Kreuzgang, unter einem der Säulenpaare, die die Spitzbogen trugen. Yves beobachtete den kleinen Vogel, der ihn ebenfalls neugierig zu mustern schien und dann davonflog. Der Garten war herrlich, die Rosen standen in voller Blüte. Der Inquisitor schritt langsam einher, die Hände in den Taschen der Kutte vergraben, Jean ging zu seiner Rechten, Bernard zu seiner Linken. Sie waren allein. Wie es die Regel vorsah, waren die Mönche um diese Zeit noch mit ihren morgendlichen Aufgaben beschäftigt.

Jean sagte: »Dann reisen wir also morgen ab … Habt Ihr schon eine Vorstellung, was mit Bruder Thomas geschehen ist?«

»Nein.«

Die beiden jungen Männer sahen sich verwirrt an. »Und warum reisen wir dann ab?«, hakte der Graf nach.

»Das habe ich dem Prior nur gesagt, um ihn zu beruhigen. Wir haben hier noch einiges zu erledigen. Die Aussage des Jungen hat etwas zu bedeuten. Giovanni da Piedimonte war ein erfahrener Kräuterkundler, der Abt hat ihn sogar mit nach Lyon genommen. Und er war in Magentia, um Thomas zu pflegen. Wir haben gehört, dass er sein Bestes gegeben hat, aber er hat seinem Lehrling anvertraut, dass Thomas schon tot war, als er ihn das erste Mal gesehen hatte. Als erfahrener Heiler hat er sofort erkannt, dass Thomas unheilbar krank war.«

»Das ist die einzig mögliche Erklärung«, meinte Bernard.

»Es gibt nie nur eine einzige mögliche Erklärung«, erwiderte Yves geheimnisvoll.

Der junge Mönch fragte: »Aber welche andere könnte es geben, Magister?«

»Unser Mann hat gefährliche Bücher in seinem Regal stehen, zum Beispiel ein seltenes Exemplar des *Rhizotomikon* von Krateuas, einem griechischen Arzt, der sich hervorragend mit Pflanzen und Giften auskannte. Deshalb nannte man ihn auch ›Wurzelschneider‹. In seinem Werk hat er viele Pflanzen präzise gezeichnet und ihre

Wirkweisen beschrieben, auch die tödlichen. Ich habe in meinem Leben bisher nur ein einziges Exemplar gesehen und es verbrennen lassen, vor vielen Jahren, nach dem Tod seines Besitzers.«

Dass es sich dabei um Mathieu de Bourbon handelte, seinen Meister, erwähnte er nicht, einen Mann, der ebenfalls mit Freuden Pflanzen mitsamt den Wurzeln aus dem Boden riss.

»Dann hätte Giovanni die Symptome einer Vergiftung feststellen können, die in diesem Buch beschrieben sind«, sagte Bernard.

»Oder er hat ihm das Gift selbst verabreicht«, setzte der Inquisitor hinzu.

»Aber warum hätte er das tun sollen?«, unterbrach ihn Jean.

»Das weiß ich nicht. Es ist kein Motiv erkennbar. Oder es liegt in der Vergangenheit. Abt Teobaldo de Ceccano ist mit Umberto di Fondi verwandt, dem Sohn eines Ceccano, der mit dem Rest der Familie von den Verbündeten des Papstes umgebracht wurde. Eine Familienrache? Und doch ist heute eine Frau aus der Familie von Aquin mit dem Herrn von Ceccano verheiratet. Wer weiß? Es ist jedenfalls unsere Pflicht, einen Blick auf die sterblichen Überreste des armen Thomas zu werfen. Schaut euch aufmerksam um und sucht nach einer Möglichkeit, heute Nacht in die Kirche zu gelangen. Das Hauptportal wird mit Sicherheit verschlossen sein und hat keine Schlösser. Wir müssen vom *refectorium* her kommen, das nicht weit vom Gästehaus entfernt liegt, und es über den Seiteneingang versuchen, den wir gestern zusammen mit dem Prior benutzt haben. Jean, ich hoffe, du weißt noch, wie man ein Schloss aufbricht.«

»Ihr wollt den Leichnam untersuchen?«

»Ja, vorher können wir nicht abreisen. Thomas selbst hat gesagt, dass es für jede Wirkung eine Ursache geben muss, und davon ausgehend hat er sogar nach einem Beweis für die Existenz Gottes gesucht. Den Leichnam zu untersuchen könnte uns helfen, die Todesursache festzustellen.«

»Entschuldigt, Magister«, fragte Bernard, »aber warum machen wir das nachts wie gemeine Diebe? Mit der Autorität, die Euch der Papst verliehen hat, könntet Ihr ihn jederzeit sehen und exhumieren lassen. Wer sich Euch in den Weg stellen sollte, würde sofort exkommuniziert und verhaftet.«

»Nun, Bernard, bis jetzt haben wir keine Anhaltspunkte, dass die Mönche Thomas etwas angetan haben.

Tatsächlich haben sie ihn mit all ihrer Fürsorge gepflegt und für ihn gebetet. Auch der Besitz des Buches von Krateuas bedeutet nicht zwangsläufig, dass Giovanni da Piedimonte ein Giftmörder ist. Ich möchte deshalb die Ruhe dieses heiligen Ortes nicht stören, das Licht der Christenheit – jedenfalls nicht, solange ich es vermeiden kann. Das sind wir unserem Bruder schuldig, meinst du nicht?«

Der junge Mönch senkte den Blick. »Natürlich, Meister. Verzeiht.«

Kapitel 5

In der Kapelle Santo Stefano

Kloster Fossanova,
in der Nacht vom 21. auf den 22. Mai 1274

Es war Vollmond. Wäre jemand wach gewesen und hätte auf den Hof des Klosters geblickt, wäre er der fünf Schatten gewahr geworden, die aus dem Gästehaus in Richtung der Latrinen des *refectoriums* schlichen. Yves, Jean, Bernard, Godefroy de Montreveil und Ruggero di San Floro drückten sich an der Wand entlang, bis sie nach einer Weile den Eingang des *refectoriums* erreichten. Die Tür war von innen nicht verriegelt, und Jean hatte das Schloss bereits genauer unter die Lupe genommen. Er gab Bernard die Spitzhacke, die sie alle dabeihatten, und stocherte eine Weile mit einem gebogenen Eisendraht im Schloss herum, dann hörten sie ein metallisches Geräusch, und die Tür öffnete sich. Der große Raum lag im Halbdunkel, durch die hohen Fenster fiel Mondlicht herein. Viel gab es aber nicht zu sehen, über das man hätte stolpern können, nur einen langen Holztisch, Bänke aus Eiche sowie ein mit Kreide gestrichenes Pult, an dem der diensthabende Mönch während der Essenszeiten Bibelstellen oder Auszüge aus Werken der Kirchenväter vorlas. Die Küche, in der für beide Refektorien gekocht wurde, befand sich hinten links, während an der Rückwand eine weitere Tür zum Kreuzgang führte. Durch sie verließen sie das Gebäude, bogen erst nach links, dann nach rechts ab, bis sie vor der Seitentür der Kirche standen. Auch sie hielt Jeans Dietrich nicht stand.

Im Inneren holte Bernard auf ein Zeichen Yves' hin einen Zunder aus der Kutte und entzündete eine Kerze. Schweigend näherten sie sich dem Altar und dem langen rechteckigen Stein, auf den der Prior gezeigt hatte: Thomas' Grab. Der Inquisitor deutete darauf. »Dort ist es.«

Jean, Bernard und die beiden Ritter hoben den Stein mit den Spitzhacken langsam an, dann schoben sie ihn so leise wie möglich beiseite.

Jean war der Erste, der hineinsehen konnte. »Da ist nichts. Der Prior hat uns belogen«, rief er aus.

Bernard ließ die Hacke fallen, bekreuzigte sich und murmelte: »Vielleicht ist er auferstanden, wie unser Herr …«

Yves leuchtete mit der Kerze auf den alten Marmorsarkophag, offensichtlich aus römischer Zeit, der völlig leer war. Dann antwortete er: »Rede keinen Unsinn, Bernard! Jean hat recht. Der Prior hat uns etwas vorgespielt.«

Er sah in das leere Grab und musste an Bernards Reaktion denken. Er sah und glaubte es, es stand geschrieben, aber er hatte keine Sekunde daran geglaubt, dass der arme Thomas auferstanden war. Und doch hatte er seinen Mitbruder getadelt, weil er in seinem Glauben daran gedacht hatte. Simon Petrus hatte sich Johannes gegenüber nicht so verhalten. Er schob den Gedanken beiseite und bat den Herrn um Vergebung. Thomas' sterbliche Überreste waren nicht hier. Entweder waren sie nie hier gewesen, oder jemand hatte sie weggebracht. Punkt. In jedem Fall würde der Prior schon bald merken, dass ihm ein schwerer Fehler unterlaufen war.

»Legt den Stein zurück.«

Später in der Nacht

»Deus, in adiutorium meum intende. Domine, ad adiuvandum me festina.«

Die Stimme des Vorsängers durchbrach die Stille der Nacht, und fünfzig Mönche antworteten ihm. Die Gebetswache der *vigiliae* fand mitten in der Nacht statt und symbolisierte das Licht der Christenheit, das die Dunkelheit erhellte. Mit der Teilnahme der beiden Dominikaner, die an das Hauptportal geklopft hatten, hatte keiner gerechnet.

Nach der Wache gingen die Mönche auf den Ausgang zum Kreuzgang zu. Fast alle kehrten in den Schlafsaal zurück, um sich noch ein paar Stunden auszuruhen und im Gebet auf die Laudes zu warten. Yves näherte sich dem Prior.

»Entschuldigt mich, Bruder Giacomo, aber ich muss mit Euch sprechen.«

Sein Tonfall ließ keinen Widerspruch zu. Der Mönch schien nicht überrascht und nickte.

Sie warteten, bis sie allein waren. Dann deutete der Inquisitor auf den Stein vor dem Altar und erklärte: »Wir wissen beide, dass es eine Todsünde ist, einen Inquisitor zu belügen.« Erneut hielt der Prior seinem Blick stand. »Ich fürchtete, dass Ihr nicht aufgeben würdet, aber ich kann ihn Euch nicht geben.«

Yves wechselte zum Du. »Ich habe dir schon gesagt, dass ich deshalb nicht hier bin. Meine Mission besteht darin, die Todesursache herauszufinden, und deshalb muss ich den Leichnam sehen.«

»Das geht nicht.«

Yves blieb ungerührt. Es war nicht das erste Mal, dass jemand sich ihm in den Weg stellte. Sein Ton wurde schneidend: »Giacomo de Ferentino, es obliegt nicht dir, was möglich ist und was nicht, sondern dem Willen Gottes, der durch den Papst weitergegeben wird, und er hat mich beauftragt, die Todesursache von Thomas von Aquin zu ermitteln. Deshalb muss ich den Leichnam untersuchen. Und du wirst mich nicht daran hindern.«

»Der Abt ist nicht da, und Bruder Réginald hat ihm den Körper mit einer unterzeichneten Urkunde anvertraut.«

»Du bist der Stellvertreter des Abtes, und Réginalds Urkunde zählt nichts gegenüber dem Willen Gottes. Ich weise dich darauf hin, dass die Behinderung eines Inquisitors in seiner Arbeit die sofortige Exkommunikation nach sich zieht. Oder sollte ich annehmen, dass es noch einen anderen Grund gibt, weshalb du mir den Körper nicht zeigen willst? Hast du ihn umgebracht? Wohlgemerkt, wenn mich dein Verhalten einen solchen Verdacht vermuten ließe, dann müsste ich dich den *quaestiones* unterwerfen. Du weißt, was das bedeutet.«

Das bedeutete Folter, und der Prior wusste das nur zu gut. Er bestritt es entschieden: »Nein, Magister … wir haben ihn nicht getötet. Wir liebten Bruder Thomas und haben alles dafür getan, ihn zu heilen. Aber glaubt mir, ich kann nicht.«

Der Inquisitor erkannte, dass der Prior einen inneren Kampf ausfocht. Er wollte weder die Exkommunikation noch die Folter riskieren, und doch hielt ihn irgendetwas zurück. Vielleicht war er immer noch der Überzeugung, Yves wolle den Leichnam mitnehmen.

Betont ruhig wiederholte der Dominikaner deshalb: »Ich muss den Körper nur untersuchen. Ich werde ihn nicht mitnehmen.«

Giacomo schwieg, dann murmelte er leise: »Wir haben nur dem Wunsch von Bruder Thomas entsprochen. Er wollte hierbleiben, das hat er offen und deutlich bei seiner Ankunft geäußert, und auch der Abt hat das bestätigt.«

»Warum?«

»Das weiß ich nicht, aber vielleicht findet Ihr es heraus. Nachdem Réginald abgereist war, ließ der Abt den Leichnam an einen anderen Ort bringen, aus Angst, Ihr Dominikaner könntet ihn uns wegnehmen. Wir haben den Auftrag eines Nachts erledigt, ich und drei Mitbrüder, Pietro da Monte San Giovanni, Giovanni da Piedimonte und Nicola di Fresolino. Die anderen wissen nichts davon, und das ist auch gut so. Kommt nach der Komplet zur Unterkunft der Laienbrüder, dem Gebäude neben dieser Kirche. Bringt die Spitzhacken mit, die ihr auch hier verwendet habt. Ich werde Euch zu Bruder Thomas bringen.«

Nach der Komplet

Yves, Jean und Bernard traten aus der Tür des Gästehauses, die auf den vom Mond beleuchteten Hof führte. Der Prior erwartete sie bereits. Um nicht aufzufallen, hatte er sich neben einer Hütte im Obstgarten postiert. Als er sie kommen sah, näherte er sich der Tür auf der linken Seite des Gebäudes der Laienbrüder. Er öffnete sie, winkte sie zu sich und schlüpfte hinein. Während Giacomo die Kerzen in einem Kandelaber anzündete, betraten auch die anderen den Raum. Sie standen in einer kleinen Kapelle mit zwei quadratischen Säulen in der Mitte und einem Altar an der Wand gegenüber dem Eingang. Zu ihrer Rechten befand sich eine weitere Tür.

Sie bekreuzigten sich, und Giacomo sagte: »Die Kapelle der Laienbrüder, sie ist dem heiligen Stefanus geweiht. Er liegt hier in einem Wandgrab, das wir mit hellen Ziegelsteinen verschlossen haben.« Er deutete auf die verputzte Wand auf der linken Seite.

Yves gab Jean und Bernard ein Zeichen, während der Prior die Wand abklopfte. »Versucht, die Steine von dieser Stelle aus zu entfernen. Möglichst ohne viel Lärm zu machen: Die Laienbrüder schlafen ganz in der Nähe.«

Jean und Bernard lösten Stein für Stein und legten eine Öffnung frei, hinter der Eichenholz zu erkennen war. Um den Sarg herauszuziehen und auf den Boden zu stellen, mussten alle vier anpacken. Sodann breitete sich ein starker Blütenduft aus. Bruder Giacomo öffnete die Tür, um frische Luft hereinzulassen, aber der Duft blieb intensiv.

Vorsichtig hob Jean mit der Spitzhacke den Sargdeckel an, wich dann erschrocken zurück und murmelte: »Möge Gott uns helfen, das ist Teufelswerk!«

Mit klopfendem Herzen näherte sich nun Yves dem Sarg.

Es war Thomas' Leichnam, daran bestand kein Zweifel. Er trug das Gewand der Dominikaner, sein Körper war unversehrt, nur dünner und eingefallener, als er ihn in Erinnerung hatte. Lediglich die Nasenspitze fehlte. Was zu Jeans entsetztem Ausruf geführt hatte, war das Leuchten des Leichnams im Dunkeln, als ob er aus Alabaster wäre.

Der Duft wurde währenddessen noch intensiver. Yves bekreuzigte sich und befahl streng: »Niemand rührt ihn an.«

Dann wandte er sich an den Prior: »Das ist das Werk des Kräuterkundigen, nicht wahr?« Giacomo schwieg, und der Inquisitor fuhr fort: »Er muss wirklich gut sein. Nach seinem Tod wurde Thomas' Körper ins *lavatrinum* im Erdgeschoss gebracht, und dort hat Giovanni da Piedimonte ihn nicht nur gewaschen und angekleidet, sondern auch versucht, ihn einzubalsamieren. Er hatte einen besonderen Menschen vor sich, fast einen Heiligen, und er tat sein Bestes, um seine sterblichen Überreste zu konservieren. Wie wir gesehen haben, mangelte es ihm nicht an Salben und Tinkturen. Das erklärt auch den starken Geruch, und es könnte den Tod der Tiere erklären, die ihn vor der Beisetzung abgeleckt haben, das Maultier und der Hund des Abtes. Bestimmt habt ihr auch eine tote Maus im *lavatrinum* gefunden. In einer der Behandlungspausen hat das Tier dem Toten in die Nase gebissen, aber ich glaube nicht, dass es das überlebt hat. Bei einer solchen Behandlung kommen hochgiftige Substanzen zum Einsatz.«

»Euer Ruhm ist hochverdient, Magister«, erwiderte der Prior. »Es stimmt, Giovanni hat den Körper behandelt, um ihn zu konservieren.«

»Etwas, das nur den Heiligen zusteht. Als Inquisitor Frankreichs habe ich von vielen ähnlichen Fällen erfahren, immer ging es dabei um Bestattungen in Klöstern. Der heilige Severus von Rouen wurde vier Jahrhunderte nach seinem Tod wieder exhumiert: Sein Körper war in Binden gehüllt, die mit kostbaren Parfüms getränkt waren, und immer noch intakt. Was hat Euer Kräuterkundiger benutzt, Substanzen auf Quecksilberbasis?«

»Das weiß ich nicht. Er hat uns nur aufgetragen, uns gründlich die Hände zu waschen, nachdem wir den Leichnam in den Sarg gelegt hatten.«

»Was bringt ihn so zum Leuchten?«, fragte Jean.

»Vielleicht ein konservierendes und fäulnishemmendes Harz, das im Halbdunkel Lichtreflexe abgibt«, antwortete ihm Yves.

Der Inquisitor nahm den Kerzenleuchter vom Altar

und näherte sich dem Leichnam, um ihn genauer zu untersuchen. Kurz darauf rief er aus: »Der Daumen der rechten Hand fehlt, glatt abgetrennt.«

»Den hat Bruder Réginald als Reliquie mitgenommen.«

Der Dominikaner verzog das Gesicht und nahm weiter den toten Körper in Augenschein. Beim Kopf angekommen, nickte er, stellte den Leuchter ab und sagte: »Das reicht mir. Bevor wir den Sarg wieder verschließen, möchte ich den Körper aber noch segnen.«

Der Prior faltete die Hände zum Gebet, Jean und Bernard taten es ihm gleich. Yves hob die rechte Hand und sagte: »Herr, himmlischer Vater, nimm in deiner Barmherzigkeit die Seele unseres Bruder Thomas auf und vergib ihm seine Sünden. Sein ganzes Leben lang hat er dir treu gedient, hat seine Vernunft in den Dienst des Glaubens gestellt, um ihn zu erklären, zu stärken und zu verteidigen. Er hat gesündigt, wie wir alle und wie es in der menschlichen Natur liegt, aber er tat es nur aus Stolz, der aus dem Wissen erwuchs, auf dem Weg zu deiner unendlichen Liebe zu sein. Darum beten wir. Amen.«

Drei Stimmen wiederholten: »Amen.«

22. Mai 1274, am Morgen

Die Sonne schien über Fossanova, und Schwalben flogen am strahlend blauen Himmel. Yves ging allein unter den Bäumen auf dem Platz vor der Kirche spazieren. Der Prior hatte ihm gerade versichert, dass er noch in der Nacht persönlich die Mauer in der Kapelle von Santo Stefano erneuert und verputzt hatte.

Der Dominikaner dachte über das wunderliche Schicksal nach, das Gott für Thomas' Körper vorgesehen hatte: von den Mönchen einbalsamiert, von seinem *socius* Réginald verstümmelt, um sich eine Reliquie zu sichern. Nach Giacomos Worten hatte Thomas darum gebeten, für immer im Kloster bleiben zu dürfen, und dies auch öffentlich verkündet. Gerade er, der in Paris für seine These der Substanzen die Exkommunikation riskiert hatte. Der Thomas, den er gekannt hatte, hätte sich nicht darum gekümmert, was aus seinem Leichnam würde, da er davon überzeugt war, dass es für seine Identität keine Rolle spielte. Warum hatte er sich am Ende seines Lebens doch Sorgen darum gemacht? Und warum hatte er nicht in einem Dominikanerkloster beigesetzt werden wollen? Logen die Zisterzienser etwa, um seine sterblichen Überreste für sich behalten zu können?

Auf jeden Fall war dieser Körper so manipuliert worden, dass es unmöglich war, auf die Todesursache zu schließen. Und doch hatte ihn jemand sorgfältig untersucht. Jemand, der über eine Ausgabe des *Rhizotomikon* verfügte.

Langsam ging er auf das Gästehaus zu, als Jean aus der Tür trat und ihm entgegenkam.

»Die Männer sind bereit, Magister.«

»Danke, Jean. Ich habe über unser weiteres Vorgehen nachgedacht. Wir müssen uns aufteilen.«

»Und wie?«

»Ich werde zusammen mit Bernard nach Magentia reisen und dann weiter nach Neapel. Du kehrst nach Lyon zurück, findest Giovanni da Piedimonte, um ihn zu befragen. Und du sorgst dafür, dass er dort bleibt, bis ich zurück bin. Nachdem das Schiff dich nach Arles gebracht hat, soll es sofort umkehren und uns in Neapel abholen. Ich muss vor dem Ende des Konzils wieder in Lyon sein.«

»Glaubt Ihr, Giovanni hat Thomas getötet?«

»Im Moment denke ich nur, dass er etwas weiß. Alle halten ihn für sehr gelehrt, und er besaß ein Exemplar des *Rhizotomikon*. Er behauptete, Thomas sei bereits in Magentia tot gewesen. Er hat ihn während seiner Krankheit gepflegt und nach seinem Tod einbalsamiert. Genug Gründe also, um ihn zu befragen.«

Jean sah verwirrt aus. »Und wenn Giovanni oder der Abt mir die Auskunft verweigern?«

»Das können sie nicht. Ich gebe dir einen Brief mit, der dich mit den nötigen Befugnissen ausstattet.«

»Bitte erledigt das gleich, Magister. Uns bleibt nicht viel Zeit, und ich werde noch heute Terracina verlassen. Ich nehme zwei meiner Männer mit, Euch überlasse ich die anderen beiden, Godefroy de Montreveil und Ruggero di San Floto. Sie sind mutig und werden Euch beschützen. Seid trotzdem vorsichtig. Ich spüre etwas Düsteres und Gefährliches in dieser Geschichte, gegen das sie mit ihren Schwertern nichts ausrichten können. Seid Ihr wirklich sicher, dass ich gehen soll?«

Yves lächelte ihn an. »Wir stehen unter dem Schutz Gottes, einen besseren gibt es nicht.«

Der Graf teilte seinen Optimismus nicht. Er seufzte: »Wie Ihr meint, Magister.«

Der Moment des Abschieds war gekommen. Jean war bereits abgereist, und nun standen auch Yves und Bernard reisefertig am Tor. Die beiden Reiter saßen im Sattel, zwei Laienbrüder hielten die Maultiere am Zügel.

Giacomo de Ferentino verabschiedete sie allein.

»Adieu, Magister. Möge der Herr Euch beschützen und zur Wahrheit führen.«

»Adieu, Bruder Giacomo. Möge der Herr dich und die Deinen beschützen. Ich hoffe, den Abt in Lyon auf dem Konzil zu treffen.«

»Kehrt Ihr schon nach Lyon zurück?«

Yves spürte die Enttäuschung des Zisterziensers.

»Nein, nicht sofort. Zuerst reisen wir nach Magentia.«

»Dann ermittelt Ihr also weiter? Ich wäre geehrt, wenn ich von Euren Resultaten erfahren dürfte.«

Yves sah ihm in die eisblauen Augen. »Und welche Resultate erwartet Ihr?«

»Ihr seid ein geschickter Inquisitor, Magister, und wenn hinter dem Tod von Bruder Thomas ein teuflischer Plan steckt, dann werdet Ihr ihn sicherlich aufdecken. Ich habe mit ihm den letzten Monat seines Lebens verbracht. Schon in Magentia war er schwer krank. Wenn es ihm bereits in Neapel so schlecht gegangen wäre, dann hätte ihm der Prior Eures Klosters, davon bin ich überzeugt, die Reise sicher nicht gestattet. Réginald sagte, er habe sich auf dem Weg zwischen Teano und San Germano den Kopf angeschlagen. Vielleicht hat dieser Schlag zu seiner Krankheit und schließlich zu seinem Tod geführt. Das wäre nicht das erste Mal, dass so etwas passiert.«

»Stimmt.«

»Werden Eure Mitbrüder den Leichnam an sich nehmen?«, fragte Giacomo.

»Ich denke nicht … Ich werde sie jedenfalls nicht dazu anregen. *Pax tecum, frater.*«

Kapitel 6

Magentia

Zwischen Fossanova und Magentia,
22. Mai 1274, zur Non

»Magister, kanntet Ihr Bruder Thomas gut?«

Im Schritttempo ritten sie Richtung Magentia und folgten einem Pfad vorbei an Eichen, Wiesen und Kanälen. Ruggero di San Floro hatte sich den Weg weisen lassen und ritt mit zwei Männern voran, danach kamen die Mönche und zum Schluss Godefroy de Montreveil und die anderen vier Ritter. Bis zu diesem Moment hatte Yves geschwiegen und über Thomas' Leichnam nachgedacht. Bernards Frage bot ihm die Gelegenheit, das Bild abzuschütteln, und er antwortete ungewohnt wortreich: »Ich habe ihn kennengelernt, als ich von der *expeditio crucis* ins Heilige Land nach Frankreich zurückgekehrt bin, das war vor etwa zwanzig Jahren. Damals war er nicht mal dreißig Jahre alt und lehrte bereits Theologie. Der Unterricht fand im Kloster Saint-Jacques statt. Nach einigen Jahren zog er nach Italien, kehrte aber nach Paris zurück, bevor ich zum Kreuzzug nach Tunis aufbrach.«

»Wart Ihr damals Inquisitor?«

»Ja … ich habe in meinem Leben nicht viel anderes gemacht.«

»Und wie war Bruder Thomas?«

»Sein körperliches Aussehen hast du gestern noch gesehen. Hochgewachsen, korpulent, wenig Haar. Der weiseste Mensch, den ich jemals kennengelernt habe, hingebungsvoll, intelligent und mit einem außergewöhnlichen Sinn für Ironie. Er sprach wenig und nur über Themen, die ihn wirklich interessierten. Oft war er in Gedanken versunken, einmal sogar während eines Abendessens mit dem König von Frankreich. Geboren wurde er in Roccasecca, und er war stolz auf seine Heimat. Er stammte aus der Familie der Grafen von Aquin. Als Kind wurde er in Montecassino unterrichtet und später in Neapel. In den Orden ist er dann gegen den

Widerstand seiner Familie eingetreten, derzufolge er Benediktiner und später Abt werden sollte. Er war ein vielversprechender Schüler, und *Magister* Albertus Magnus nahm ihn mit, als er unser *studium generale* in Köln begann.«

»Stimmt es, dass er die Existenz Gottes beweisen konnte?«

»Es trifft es wohl eher zu sagen, dass er es versucht hat, genau wie Anselm von Canterbury und Pietro Lombardi, deren Werke Thomas kommentiert hat. Seine Arbeit war präziser als die seiner Vorgänger. Im ersten Teil der *Summa theologiae*, das Werk, dem er viele Jahre seines Lebens gewidmet und an dem er auch in Neapel weitergeschrieben hat, beschreibt er, dass die Existenz Gottes auf fünf Arten rational bewiesen werden kann.«

»Fünf?«

»Ja, die erste geht von der Bewegung aus, *ex motu*. Thomas sagt, dass einige Dinge sich bewegen und verändern, aber auch von anderen bewegt werden, so wie das Feuer das Holz verbrennt und verwandelt. Aber das Feuer wird seinerseits von einem Menschen oder einem Blitz entzündet. Alle Wirkstoffe, die bewegen – wir könnten sie Motoren nennen –, werden ihrerseits bewegt. So kann es aber nicht unendlich weitergehen, weil

Unendlichkeit nach Aristoteles nicht vorstellbar ist und deshalb nicht existiert. Es muss also einen ersten Beweger geben, der keine Materie, sondern reine Form ist und etwas anzieht, ohne sich zu bewegen, und damit alle anderen Bewegungen im Universum auslöst. Dieses erste unbewegte Bewegende, quasi der Ur-Motor, ist Gott. Der zweite Beweis geht von der effektiven Ursache aus, *ex causa*, also das, was eine Wirkung erzeugt. Thomas stellt fest, dass in der begreiflichen Welt alles durch eine Ursache bewirkt wird und es eine Ordnung zwischen wirksamen Ursachen gibt. Jedes Ding wird von einem anderen verursacht, das wiederum eine Ursache hat und so weiter. Auch dies kann nicht unendlich fortgeführt werden, weil das Unendliche nicht denkbar ist. Es muss also eine erste ursächliche Ursache geben, die sich selbst verursacht hat und von der alles andere ausgeht. Und diese erste Ursache ohne Ursache, sozusagen die Ur-Ursache, ist Gott. Die dritte Art ist das Mögliche oder Kontingente, *ex possibili*. Es gibt Dinge, die können sein, aber auch nicht sein. Manches geschieht, anderes könnte geschehen, aber es passiert aus verschiedenen Gründen nicht, zum Beispiel weil Menschen sich anders entscheiden. Dich gibt es, weil es deine Eltern gab, aber hätten sich deine Eltern oder deine Großeltern nicht getroffen, dann gäbe es dich nicht. Dennoch kann nicht alles möglich oder notwendig sein, sonst gäbe es auch das Nichts, und das wäre undenkbar. Es muss also ein erstes Wesen geben, das aus sich selbst notwendig ist, das niemand anders braucht, und das ist Gott. In anderen Worten: Nur Gott ist und kann nicht nicht sein, während alles andere zufällig ist und auch nicht sein könnte. Die vierte Art beruht auf dem Grad, der Abstufung der Dinge, *ex gradibus*. Thomas nimmt den Gedanken von Anselm von Canterburys *Monologion* wieder auf. Unter den Dingen gibt es das Gute, das Schöne, das Edle und so weiter in höherem oder niedrigerem Maße. Eine Sache kann mehr oder weniger schön sein, mehr oder weniger warm, heller oder weniger hell und so weiter. Der Grad der Dinge wird ihnen also im Vergleich zu etwas anderem, dem Vollkommenen oder dem Absoluten, zugewiesen. Es gibt also ein absolutes Höchstes, über das man nicht hinausgehen kann: das absolute Wahre, das absolute Gute, das absolute Edle, das absolute Vollkommene und Perfekte, und das ist Gott. Die fünfte Art schließlich ist *ex fine*, das heißt das Ziel, nach dem alle Dinge des Universums streben. Thomas schreibt, dass sogar unbelebte Dinge, wie die Natur oder die Dinge, ein Ziel haben, was man daran erkennt, dass sie immer gleich vorgehen. Dabei verfügen sie über keine Intelligenz. Damit sie unbewusst immer gleich handeln, müssen sie von einem wissenden und intelligenten Wesen gelenkt werden, so wie der Pfeil vom Bogenschützen. Es muss also ein intelligentes Wesen geben, das alles auf ein Ziel hin ordnet und steuert, und das ist Gott.«

»Er muss von einer außerordentlichen Intelligenz gewesen sein.«

»Ganz genau.«

»Darf ich Euch fragen, was Ihr darüber denkt?«

Yves wandte sich um. Aus den Worten des jungen Mönches hörte er eine gewisse Unsicherheit heraus.

»Überzeugt dich das nicht?«

»Ich würde mir niemals erlauben, die Lehre eines so großen Meisters in Zweifel zu ziehen. Es wäre mir allerdings eine Ehre, Eure Meinung zu hören.«

»Ich hatte keine Möglichkeit, mich mit Thomas über diese Themen auszutauschen. Das Leben hat uns auf unterschiedliche Wege geführt. Er schrieb, lehrte und lernte, ich jagte die Wölfe, die den Weinberg des Herrn vergiften …, oder die Träume, die sich in Albträume verwandelten. Wenn wir darüber gesprochen hätten, hätte ich ihm gesagt, dass man die Existenz Gottes nicht beweisen muss. Gott existiert durch den Glauben. Auch Thomas wusste, dass er versucht hatte, Gottes Existenz zu beweisen, nicht aber seine Essenz. Wenn er das Wesen und die Eigenschaften Gottes betrachtete, musste er sich auf die Heilige Schrift und den Glauben berufen. In anderen Worten, er hat versucht, die Existenz Gottes zu beweisen, aber um zu erklären, wie Gott ist und welche Wesenszüge ihm eigen sind, hat er sich der Bibel bedient. Und dort steht auf jeder Seite, dass Gott existiert. Seine Existenz auf rationale Weise zu belegen ist dann unsinnig, vielleicht sogar gefährlich. Unsinnig, weil wir bereits aus der Heiligen Schrift wissen, dass es Gott gibt, und das muss genügen. Gefährlich, weil Thomas' Darlegungen sich so sehr auf einen universellen Gott beziehen, dass auch ein Moslem damit erklären könnte, dass es Allah gibt. Aber wir glauben an Gott, der in Jesus zu Fleisch geworden ist und unter uns gelebt hat. Unser Glaube ist ein Glaube an die Dreifaltigkeit von Vater, Sohn und Heiligem Geist. Unser Glaube gründet auf Christus, der gestorben, auferstanden und in den Himmel aufgefahren ist. Diese Wahrheiten lassen sich nicht durch Vernunft beweisen, sondern nur durch den Glauben, was sie jedoch nicht weniger wahr macht.«

»Könnte also an der Argumentation von Bruder Thomas etwas nicht stimmen?«

Yves dachte an die Worte von Pierre de Tarentaise und antwortete: »In allen Versuchen, Gott näher zu erforschen, können sich Fallen verbergen. Außerdem bin ich während meiner Zeit als Inquisitor noch nie einem Häretiker begegnet, der nicht geglaubt und Gott auf seine Weise gesucht hätte. So paradox das auch klingen mag, so habe ich doch gelernt, dass man den Glauben braucht, um ein Häretiker sein zu können. Thomas hat mit Methodik und Intelligenz versucht, Gott zu ergründen. Er war mit Sicherheit kein Häretiker, aber einige seiner Schlussfolgerungen könnten diejenigen verärgern, die glauben, allein die Tatsache, sich mit diesem Thema zu befassen, sei eine Sünde.«

»Und ist es das, Magister?«

»Nein, nicht wenn man es mit der Liebe tut, die Thomas in sich trug. Jeder Liebende möchte die geliebte Person besser kennenlernen. Dennoch muss es in jedem Fall ausreichen, aufrichtig ›Ich glaube‹ zu sagen. Alles andere ist vergebens.«

Bernard lächelte beruhigt. »Richtig, Magister.«

Sie begannen den Aufstieg auf den Felsen von Magentia.

Schloss Magentia, vor der Vesper

Donna Francesca war groß und hager, mit regelmäßigen Gesichtszügen, dunklen Augen und Lippen so rot, dass sie förmlich aus ihrem blassen Gesicht zu springen schienen. Sie trug ein schwarzes Kleid, als ob sie immer noch um ihren Onkel Thomas trauern würde. Sie saßen in einem Salon im dritten Stock des kleinen Schlosses, kaum mehr als ein Turm im Zentrum eines Dorfes mit schmalen Gassen und eng aneinandergeschmiegten kleinen Steinhäusern. Die Reitergruppe war nicht unbemerkt geblieben, und Graf Annibaldo da Ceccano hatte sie am Fuße des Schlosses in Empfang genommen. Er war ein Mann um die dreißig, dunkelhäutig, mit schwarzem Bart und entschlossenem Blick. Yves kam er bekannt vor, obwohl das kaum möglich war. Dann wurde ihm klar, dass er ihn an Umberto di Fondi erinnerte, wie er ihn einst kennengelernt hatte. Ein weiterer Beweis für die Verwandtschaft seines Gastgebers mit dem meistgesuchten Banditen im ganzen Königreich Sizilien, einem Freund von Sultan Baibars, der schon so viele Schlachten gegen die Christenheit geschlagen hatte. Sie brauchten einander nicht vorzustellen. Der Herr von Magentia war von der Ankunft des berühmten Inquisitors aus Fossanova bereits unterrichtet worden, und nach kurzem höflichem Geplänkel wurden die Mönche ins Schlossinnere geführt, während die Dienstboten sich um die Pferde kümmerten.

Francescas Stimme klang hart, fast männlich. »Magister, es ist mir eine Ehre, Euch hier zu haben. Seid Ihr gekommen, um mir das Beileid Eures Ordens auszusprechen oder um den Tod meines Onkels zu untersuchen?«

Yves verbarg seine Überraschung über ihre direkten Fragen und antwortete: »Möge der Frieden mit Euch sein, edle Dame. Ich habe am Grab unseres Bruders gebetet und möchte Euch nun mein persönliches Beileid bekunden. Glaubt Ihr, dass es etwas zu ermitteln gäbe?«

»Es würde mich nicht wundern. Sicherlich, mein Onkel war schon fast fünfzig Jahre alt. Aber nach dem, was wir gesehen haben, war sein Tod keine friedliche Rückkehr ins Haus des Vaters. Ein erfahrener Inquisitor wie Ihr kann vielleicht die Zeichen deuten, die wir gesehen haben.«

»Und welche Zeichen waren das, edle Dame?«

Sie schaute kurz zu ihrem Mann, der ihr zustimmend zunickte, und fuhr dann fort: »Wie Ihr sicher wisst, hat er hier haltgemacht, weil er sich auf seiner Reise nach Lyon plötzlich unwohl fühlte. Er wurde von zwei Mitbrüdern begleitet, Réginald de Piperno und Giacomo da Salerno. Vor ein paar Jahren haben wir ihn kennengelernt, nach dem Tod von Ruggero dell'Aquila, dem Grafen von Fondi und Treazzo, dem zweiten Ehemann von Adelasia von Aquin, der Schwester meines Vaters. Ruggero hatte Thomas zum Testamentsvollstrecker ernannt, und Annibaldo interessierten die Erbschaftsfragen, da die Grafschaft Fondi an seine Ländereien grenzt. Und da gibt es alte … Unstimmigkeiten zwischen Annibaldos Familie und König Charles, weshalb wir es vorzogen, das Königreich nicht mehr zu betreten. Deshalb kam mein Onkel von Traetto aus bis an die Grenze des Kirchenstaates. Das war Ende September, er hatte erst kürzlich den König getroffen und die Erbschaftsangelegenheit gut und ordentlich gelöst. Zu jener Zeit war er stark, freundlich und bei bester Gesundheit. Im Februar hatten wir es dann mit einem ganz anderen Mann zu tun. Er sprach wenig und unzusammenhängend, aß nicht, war in Gedanken versunken und wirkte abwesend. Etwas hatte ihn verändert, Magister.«

»Habt Ihr ihn gefragt, was ihm zugestoßen war?«

»Natürlich, aber er antwortete, er sei einfach nur sehr

müde. Und doch musste er gespürt haben, dass sein Ende nahe war, denn nach wenigen Tagen bat er darum, nach Fossanova abreisen zu dürfen.«

»Habt Ihr mit Bruder Réginald darüber gesprochen? Er war viele Jahre lang sein *socius*.«

»Réginald war genauso besorgt wie ich. Ich würde sogar so weit gehen zu sagen, er hatte Angst, auch wenn er das nicht zeigen wollte. Er wusste, dass es Thomas nicht gut ging, und berichtete, dass er sich auf dem Weg von Neapel nach Borgonuovo, auf der Via Latina nördlich von Teano, den Kopf an einem Ast angestoßen habe. Sie hätten sofort in Aquin angehalten, aber mein Onkel wollte nicht bis nach Montecassino hinauf und hat sogar schriftlich auf eine theologische Frage geantwortet, die ihm der Abt gestellt hatte.«

»Eine theologische Frage? Welche?«

»Réginald hat sie mir nicht genannt, und selbst wenn, hätte ich sie wahrscheinlich nicht verstanden. Dann sind sie weitergereist, aber Thomas war bewusst, dass er es nicht schaffen würde, und so sind sie hierhergekommen.«

Der Inquisitor nickte. »Ich habe mit dem Prior von Fossanova gesprochen. Er hat mir von den Heringen erzählt …«

»Réginald hat alles versucht, um ihn ein wenig aufzuheitern, er hat sogar Heringe aufgetrieben … Selbst nach einem Arzt haben wir geschickt, aber es hat nichts genützt.«

»Meint Ihr den Kräuterkundigen des Klosters, Giovanni da Piedimonte?«

»Nein, einen richtigen Arzt, der an der medizinischen Fakultät in Salerno studiert hat. Er heißt Giovanni di Guido und lebt in Piperno. Er wusste nicht, woran mein Onkel litt, der sich dann ein paar Tage später auf den Weg nach Fossanova machte.«

»Könnte ich mit diesem Arzt sprechen?«

Diese Frage konnte nur eines bedeuten, und Francesca verstand sofort. Sie nickte zufrieden: »Deshalb also seid Ihr hier … Ich lasse sofort jemanden nach Piperno schicken. Morgen früh könnt Ihr ihn befragen.«

»Ich danke Euch, edle Dame. Man hat mir gesagt, dass Ihr nach Fossanova gereist seid, als Ihr von seinem Tod erfahren habt.«

»Ja, die Nachricht erreichte mich am Nachmittag, und gleich am nächsten Tag bin ich nach Fossanova aufgebrochen. Natürlich durfte ich das Kloster nicht betreten, aber der Abt ließ den Leichnam vor den Eingang tragen, auf die Straße nach Magentia.«

»War er schon für die Beerdigung vorbereitet?«

»Ich denke schon. Er trug das dominikanische Ordensgewand, und sein Gesicht war mit einer Paste eingerieben.«

»Kennt Ihr die Geschichte vom Maultier?«

»Nein, welches Maultier?«

»Neben dem Eingang befinden sich die Stallungen. Es scheint, dass Thomas' Maultier herausgekommen ist und sich dem Leichnam genähert hat. Auch das Tier ist tot.«

Francesca zeigte sich erstaunt. »Davon weiß ich nichts, Magister. Als ich dort war, habe ich keine Maultiere gesehen. Aber manchmal sind Tiere sensibler als Menschen ...«

»Habt Ihr an diesem Tag auch Réginald gesehen?«

»Ja, er war dort mit dem Abt und dem Prior und folgte dem Leichnam unter Tränen. Er schien am Boden zerstört und hat kein Wort mit mir gewechselt.«

»Hat Thomas in Magentia die Messe gefeiert?«

»Ja, jeden Morgen in aller Frühe. Wir wären übrigens geehrt, wenn Ihr morgen früh die Messe lesen würdet, Magister. Wir haben eine kleine Kapelle im Schloss, aber wenn Ihr die Kirche vorzieht, sie ist auch ganz in der Nähe.«

»Die Kapelle ist wunderbar, danke. Hat Bruder Thomas während der Messe geweint?«

»Ja, er war oft gerührt, nicht nur während der Messe. Sein Leiden war offensichtlich.«

Am selben Abend

Francesca, Annibaldo und Yves hatten zusammen zu Abend gegessen. Es gab Lamm, Erbsen und mit Wasser verdünnten Rotwein. Als Francesca aufstand, taten es die anderen ihr nach. Sie verbeugte sich in Richtung des Inquisitors. »Ich wünsche Euch eine gute Nacht.«

Yves segnete sie und antwortete: »Möge der Frieden mit Euch sein, edle Dame.«

Sobald der Graf und der Dominikaner allein waren, sagte Annibaldo: »Ich bringe Euch auf Euer Zimmer. Es ist auf diesem Stockwerk, das gleiche, in dem auch Thomas gewohnt hat.«

»Ich danke Euch.«

Als sie vor dem Zimmer standen, blieb Yves abrupt stehen, als wäre ihm etwas Wichtiges eingefallen. »Entschuldigt, Graf, eine Frage noch. Die Erbschaftsangelegenheit bezüglich Ruggero dell'Aquila, von der

Eure Frau sprach und die Bruder Thomas verwaltet hat …«

»Ja?«

»Darf ich fragen, worum es dabei ging?«

»Alte Zwistigkeiten zwischen meiner Familie und derer von Aquila. Die Ländereien von Fondi und Ceccano haben eine gemeinsame Grenze, und einige unserer Gebiete wurden von ihnen besetzt.«

»Liegt in diesem Gebiet auch ein Dorf namens Acquaviva, das von Riccardo dell'Aquila, Ruggeros Vater, zerstört wurde?«

Annibaldo erstarrte und entgegnete dann vorsichtig: »Das ist mehr als fünfzig Jahre her. Ich dachte nicht, dass Ihr diese alte Geschichte kennt.«

»Ich habe mich in der Vergangenheit damit beschäftigt«, antwortete der Inquisitor. »Ihr seid mit Angela da Ceccano verwandt?«

Annibaldo begriff, worauf der Mönch hinauswollte.

»Sie war die Schwester meines Großvaters, Baronin von Acquaviva, und wurde damals mit ihrem Mann und ihrer Tochter von Riccardo dell'Aquila getötet.«

»Und sie war die Mutter von Umberto di Fondi, Eurem Onkel. Ich erkenne eine gewisse Ähnlichkeit.«

Der Ton des jungen Mannes klang nun fast herausfordernd: »Ist das ein Verbrechen, Magister? Ich habe ihn seit fast zehn Jahren nicht gesehen, damals war er Seneschall des Königreichs Sizilien und kein Bandit.«

»Nein, das ist kein Verbrechen. Es wäre ein Verbrechen, ihm zu helfen. Lebt er noch?«

»Ich weiß es nicht.«

»Und wenn, würdet Ihr es mir nicht sagen. Aber macht Euch keine Sorgen. Ich suche nicht nach ihm. Hat diese Verwandtschaft mit den Unstimmigkeiten mit König Charles zu tun, von denen Donna Francesca gesprochen hat, und damit, dass Ihr hier auf den Ländereien der Kirche als Verbannter lebt?«

Annibaldo schwieg, dann sagte er: »Die Unstimmigkeiten haben mit Acquaviva und den Grenzregionen zu tun. König Charles hat den von Friedrich dem Staufer gefangen genommen dell'Aquilas immer unter die Arme gegriffen. Aber Umberto di Fondi ist inzwischen zur Legende geworden. Die Männer des Königs und die Inquisitoren unter Berengario da Verona suchen nach einem Geist.«

»Berengario …«

»Ich weiß, dass er Euer Schüler war, genau wie der junge Mann, der euch heute begleitet. Werdet Ihr auch aus ihm eine blutrünstige Bestie machen?«, fragte der Graf und ging, ohne die Antwort abzuwarten.

Thomas von Aquin saß ihm lächelnd gegenüber, sie befanden sich im Erdgeschoss des Klosters Saint-Jacques in Paris, in einem der Säle mit den hohen Gewölbedecken.

»Francesca ist wunderschön, nicht wahr, Yves? In ihr vereinen sich Integrität, Harmonie und Wohlgestalt. Erinnert sie dich nicht an Isabelle?«

»Woher kennst du Isabelle?«

»Ich weiß jetzt alles.«

»Was ist mit dir geschehen, Thomas?«

»Warum willst du das unbedingt wissen, Yves? Welchen Sinn hat es, die Ursache zu suchen? Ich habe versucht, Gott als die Ursache von allem zu erklären, aber ich hätte dazusagen sollen, dass es ›meiner Meinung nach‹ eine ursächliche Ursache geben muss. Das war kein Beweis, weil ich – ähnlich wie Anselm – von einer nicht bewiesenen Annahme ausgegangen bin. Nein, Yves, das ist nicht der richtige Weg … Er hat es mir gesagt.«

»Wer?«

Thomas deutete auf etwas hinter Yves.

Der Inquisitor versuchte sich umzudrehen, wachte dabei aber auf. Er brauchte einen Moment, bis ihm klar wurde, dass er geträumt hatte. Der Raum war klein, und durch die Schießscharte, die als Fenster diente, drang das Licht der aufgehenden Sonne. Er setzte sich auf und sah, auf was Thomas gezeigt hatte: An der Wand hing ein Kruzifix.

23. Mai 1274, am Morgen

Giovanni di Guido war etwa dreißig, von großer Statur, mit rötlichem Schopf und Bart und klugen Augen. Er war in aller Frühe im Schloss angekommen und hatte der von Yves gelesenen Messe beigewohnt. Anschließend hatte ihm der Inquisitor einen Spaziergang vorgeschlagen. Langsam schlenderten sie durch die Gassen des Dorfes, gefolgt von Bernard und zwei Rittern zu Fuß. Jean de Montfort hatte befohlen, den Magister niemals aus den Augen zu lassen, und Godefroy de Montreveil nahm seine Aufgabe sehr ernst. Die wenigen Menschen, denen sie begegneten, grüßten den Arzt und verbeugten sich vor dem Mönch, der im Gegenzug ein Kreuz über ihnen zeichnete.

Es war ein herrlicher Tag. Vom Westen her wehte eine leichte Brise, die den Duft des Meeres mit sich trug.

Yves begann das Gespräch. »Ich habe von Donna Francesca erfahren, dass Ihr an der Fakultät von Salerno ausgebildet wurdet.«

»Ja, ich habe dort acht Jahre verbracht und zunächst drei Jahre Logik und Literatur studiert, dann fünf Jahre Medizin. Zum Abschluss erhielt ich die Erlaubnis, den Arztberuf auszuüben, und bin nach Piperno zurückgekehrt.«

»Ihr habt Euer Studium also noch unter der Herrschaft von Manfred begonnen.«

»Ich war in Salerno, als Charles ihn in Benevent besiegt hat.«

»Warum habt Ihr den Kirchenstaat verlassen und seid zum Studium ins Königreich Sizilien gegangen?«

»Es gab keine andere Möglichkeit. Hier dürfen nur Mönche Medizin studieren. Ich kann Euch versichern, dass es einzig und allein mein Wunsch war, mich der Heilkunst zu widmen, der mich in Manfreds Königreich gezwungen hat.«

»Seid beruhigt, deshalb habe ich Euch nicht rufen lassen.«

»Was kann ich für Euch tun?«

»Ich würde gerne Eure Einschätzung zur Krankheit von Thomas von Aquin hören.«

Giovanni nickte. »Das habe ich mir gleich gedacht, als sie mir gestern Abend mitgeteilt haben, dass Ihr mich treffen wollt. Es war im Februar. Der Graf hat mich rufen lassen, weil Bruder Thomas erkrankt war. Als ich im Schloss ankam, fand ich ihn im dritten Stock. Er war, wenn auch unter großen Mühen, allein hinaufgestiegen. Ich fühlte ihm den Puls und zählte bis hundert. Er war sehr schwach. Einer der Mönche, die bei ihm waren, Réginald, ebenfalls aus Piperno, genau wie ich, berichtete mir, dass der Magister sich den Kopf an einem Ast angeschlagen hätte und davon ›überrascht‹ gewesen sei. Er hat genau dieses Wort benutzt. Als ich ihn fragte, ob er sich wehgetan hätte, sagte er: ›ein wenig‹. Mehr nicht. Ein Schlag auf den Kopf kann zu inneren Blutungen im Gehirn und zum Tod führen. Das könnte auch der Grund für seine … Abwesenheit gewesen sein, die deutlich zu erkennen war.«

»Habt Ihr Zeichen für den Schlag entdecken können?«

»Keine offensichtlichen, aber es waren bereits einige Tage vergangen, und eine fehlende Schwellung schließt die Möglichkeit einer inneren Blutung nicht aus.«

»Hat Thomas über Kopfschmerzen geklagt?«

»Er hat sich gar nicht beklagt. Er nahm das Leid mit großer Würde auf sich.«

»Hat er aus der Nase oder den Ohren geblutet?«

»Nein, zumindest, soweit ich es sehen konnte.«

»Glaubt Ihr, er ist an einer Hirnblutung gestorben?«

»Möglich. Mir ist aber noch etwas anderes aufgefallen …«

»Was?«

»Ich habe seinen Urin untersucht, er roch nach Honig.«

»Was bedeutet das?«

»Avicenna schreibt in seinem *Canon medicinae*, dass ein Honiggeruch des Urins auf eine Leberkrankheit hinweist. Aretaios von Kappadokien nannte sie Diabetes. Auch Galen hat sie studiert, als Ursache aber die Nieren angegeben.«

»Heißt das, von dem Schlag einmal abgesehen, dass er schon vorher krank war?«

»Ja, Magister.«

»Habt Ihr mit dem Kräuterkundigen von Fossanova darüber gesprochen?«

»Ich kenne Bruder Giovanni gut, Piperno liegt nicht weit vom Kloster entfernt, und wir arbeiten oft zusammen. Er stimmte mir bezüglich der Diabetes zu, erachtete die Krankheit aber nicht als das eigentliche Problem.«

»Was dachte er?«

»Er hat es mir nicht gesagt, aber darauf bestanden, ihn nach Fossanova zu bringen.«

»Also war es gar nicht Thomas, der den Wunsch geäußert hat, ein Haus Gottes aufzusuchen, als er sein Ende kommen sah?«

»Das weiß ich nicht, möglich ist es. Bruder Giovanni teilte mir lediglich mit, dass er Thomas ins Kloster bringen und sich dort um die gesamte Behandlung kümmern würde. Ich konnte nichts weiter tun, auch wenn ich die Idee, ihn in einem solchen Zustand auf einem Maultier mitzunehmen, nicht für die beste hielt.«

»Habt Ihr Euch, auch im Nachhinein, nie gefragt, was Bruder Giovanni über Thomas' Krankheit dachte?«

»Sicher habe ich mich das gefragt, ich habe ihn sogar direkt gefragt, aber er hat sich dazu nicht geäußert.«

»Nicht mal einen kurzen Kommentar?«

»Er ist nicht der Typ für Kommentare. Ich erinnere mich nur an seine Grimasse, als ich Donna Francesca sagte, dass der Schlag auf den Kopf und die Diabetes den Zustand ihres Onkels erklären könnten … Mehr möchte ich dazu nicht sagen, Magister. Ich habe keine Beweise, die eine Anklage gegen irgendjemanden rechtfertigen würden. Ihr solltet darüber mit Bruder Giovanni persönlich sprechen.«

»Verstehe. Nur noch eine letzte Frage: Habt Ihr Réginald schon vorher gekannt?«

»Nicht persönlich. Er ist aus Piperno weggegangen, als ich noch ein Kind war. Aber ich kenne seine Familie, alle leben noch hier, es sind ehrliche und brave Menschen. Réginald ist ein Dominikaner voll tiefem Glauben und großem Wissen, und unser kleines Dorf war sehr stolz, dass er der *socius* eines so großen Meisters wurde.«

Der Inquisitor nickte. »Ich danke Euch, mein Herr, auch für das, was Ihr für Thomas getan habt.«

Etwas später

»Ihr verlasst uns schon, Magister?«, fragte Donna Francesca enttäuscht.

Sie befanden sich im selben Raum, in dem sie ihn auch am Vortag empfangen hatte. Annibaldo wartete unten mit den Rittern der Eskorte, während Yves und

Bernard hinaufgegangen waren, um sich von der Gräfin zu verabschieden.

»Ja, edle Dame. Wir reisen weiter nach Neapel mit einem Halt in Montecassino. Euer Ehemann hat uns einen Führer zur Seite gestellt, der auch Latein spricht.«

»Ja, davon hat er mir berichtet. Er heißt Puccio, von klein auf hat er in Fossanova studiert. Seine Eltern wollten, dass er Mönch wird, aber er war von etwas rebellischer Natur. Er kennt die Gegend gut. War das Treffen mit Giovanni di Guido hilfreich?«

»Hilfreich, wenn auch nicht entscheidend.«

»Bruder Thomas wurde ermordet, nicht wahr?«

Yves zögerte mit der Antwort. »Das kann ich noch nicht sagen. Aber es gibt einige Dinge, die noch im Dunkeln liegen.«

Francesca lächelte traurig. Die Worte des Inquisitors waren für sie Bestätigung genug. »Ergreift sie, Magister, und werft sie in die Feuersbrunst der Hölle«, zischte sie leise.

Kapitel 7

Wölfe

Gebirge zwischen Vallecorsa und Lenola,
in der Nacht vom 23. auf den 24. Mai 1274

Das Heulen kam immer näher, die Pferde wurden unruhig. Godefroy de Montreveil hielt einen Scheit ins Lagerfeuer, zündete ihn an und näherte sich dann unter dem ängstlichen Blick Bernards langsam dem Rand der Lichtung.

Zusammen mit Puccio, einem kleinen jungen Mann mit aufgewecktem Blick, waren sie am frühen Nachmittag aufgebrochen. Yves hatte ihm erklärt, dass sie in nur einem Tag Montecassino erreichen sollten. Nachdem sie das Amaseno-Tal durchquert hatten, ging es zwischen den Bergen weiter Richtung Lenola und der alten Römerstraße, die die Via Appia mit der Via Latina verband. Als die Nacht hereinbrach, hatten sie auf einer Waldlichtung haltgemacht, ein Feuer entzündet und ein Zelt für die Mönche aufgestellt. Die anderen würden, eingehüllt in ihre Mäntel, draußen schlafen. Zum Abendessen gab es für alle Brot und Schafskäse, mit dem sie der Graf von Ceccano großzügig ausgerüstet hatte.

Yves folgte Godefroy, während Bernard wachsam am Feuer sitzen blieb.

»Sind es viele?«

»Ein hübsches Rudel, Magister. Mindestens zehn, vielleicht mehr.«

»Merkwürdig, dass sie so nah kommen.«

»Sie sind hungrig und haben die Pferde gerochen.«

»Meint Ihr, sie greifen uns an?«

»Wir zünden weitere Feuer an und machen die Pferde in der Mitte der Lichtung fest«, antwortete Godefroy seufzend. »Wenn die Wölfe schlau sind, bleiben sie fern.«

Yves gedachte wieder der Nacht mit Jean de Montfort vor acht Jahren, als sie, begleitet von Wolfsgeheul, durch die Wälder von Montecassino geflohen waren. Damals waren sie allein und unbewaffnet gewesen, aber der Herr hatte sie beschützt.

»Ich würde mich nicht zu sehr auf die Intelligenz eines Wolfes verlassen.«

»Sie sind schlau. Wenn Hunde in der Nähe sind, greifen sie die Herde selten an. Selbst wenn dem nicht so ist, werden sie es statt mit Pferdefleisch mit Schwertern und Pfeilen zu tun bekommen. Seid also beruhigt.«

Sie kehrten zu den anderen zurück, und der Ritter gab den Befehl: »Zündet Feuer an den Rändern der Lichtung an und bringt die Pferde in die Mitte. Heute Nacht wird nicht geschlafen … Das gilt natürlich nicht für Euch, Magister.«

Doch Yves war nicht müde, und statt sich ins Zelt zurückzuziehen, setzte er sich auf einen Stein ans Feuer und starrte nachdenklich in die Flammen. Bernard gesellte sich zu ihm und nahm neben ihm im Gras Platz.

»Darf ich bei Euch bleiben?«

»Sicher.«

Der Inquisitor stimmte das Vaterunser an, und gemeinsam sprachen sie das Gebet. Doch dann konnte sich der junge Mönch nicht mehr zurückhalten. »Entschuldigt, Magister, aber darf ich Euch etwas zu Giovanni di Guido fragen?«

»Bitte.«

»Warum hat er gesagt, dass er niemanden anklagen will?«

»Das hat er nicht gesagt, sondern, dass er keine Beweise habe, um jemanden anzuklagen. Er sprach von der Grimasse des Kräuterkundigen, was man als Anklage deuten könnte.«

»In welchem Sinne?«

»Denk daran, was passiert sein muss. Der Arzt erklärt Donna Francesca, dass der Schlag auf den Kopf und die Diabetes Thomas' ernsten Zustand verursacht haben könnten, woraufhin der Kräuterkundige sein Gesicht zu einer Grimasse verzieht. Und dann darauf besteht, Thomas nach Fossanova zu bringen.«

»Vertraute er Giovanni di Guido nicht?«

»Wenn der Arzt die Miene Giovanni da Piedimontes als Misstrauen ihm gegenüber ausgelegt hätte, hätte er mir nicht davon berichtet, denn damit hätte er den Verdacht auf sich selbst gerichtet. Aber er hat mir eine klare Botschaft übermittelt.«

»Und welche?«

»Der Kräuterkundige glaubte nicht an den Schlag auf den Kopf. Der Arzt hatte das verstanden, wollte oder konnte mir aber nicht sagen, ob er diese Meinung teilte oder nicht.«

»Weil er damit Bruder Réginald verdächtig gemacht hätte, der aus demselben Dorf stammt wie er?«

»Genau, Bernard. Wenn Thomas diesen Unfall nicht gehabt hätte, hätte Réginald gelogen. Ich habe am Körper unseres Mitbruders keinerlei Zeichen für einen Schlag entdeckt, aber er war auch schon einbalsamiert. Giovanni da Piedimonte hingegen hat ihn noch lebend gesehen, einige Tage nach dem angeblichen Schlag. Und er muss etwas bemerkt haben, was ihn dazu veranlasst hat, Thomas nach Fossanova bringen zu lassen, vielleicht weil er ihn dort besser mit seinen Heilpflanzen behandeln konnte.«

»Warum sollte Réginald lügen?«

»Das werden wir ihn fragen … Vielleicht hat er Thomas nur schützen wollen.«

»Das verstehe ich nicht, Magister.«

Der Inquisitor antwortete nicht. Seine Aufmerksamkeit galt jetzt, wie die aller übrigen auch, den Geräuschen aus dem Wald: Deutliches Knurren, Wiehern und Schreie waren zu hören.

Nicht weit von ihnen griffen die Wölfe Menschen an.

Die Ritter legten Pfeile in die Armbrüste. Die Dominikaner standen auf und gesellten sich zu ihnen.

»Hirten?«, fragte Yves Ruggero di San Floro.

Ohne den Blick vom Wald abzuwenden, antwortete der Ritter: »Hirten, genau wie wir. Das sehen wir uns morgen früh näher an.«

Im Morgengrauen

Ein Kampf hatte stattgefunden. Das Gras war über weite Strecken niedergetrampelt und blutverschmiert, auf dem Boden lagen die Kadaver zahlreicher Wölfe.

Henri de Noailhac, einer der französischen Ritter, hochgewachsen, blond und klapperdürr, betrachtete die Szenerie. »Sieben tote Wölfe, mit dem Schwert oder der Axt erlegt. Dem Blut nach zu urteilen, gibt es unter unseren Freunden Verletzte, die aber weggebracht wurden.«

»Banditen?«, fragte Yves.

Der Ritter schüttelte zweifelnd den Kopf, und Godefroy meinte: »Banditen hätten uns zu Pferd verfolgt, kein Feuer angezündet und sich lieber von Wölfen angreifen lassen, als sich uns zu zeigen.«

»Wie viele waren es?«, wollte der Mönch wissen.

Godefroy sah zu Noailhac, der schließlich antwortete: »Genau kann ich es nicht sagen, den Spuren nach zu urteilen, etwa zwanzig.«

»Doppelt so viele wie wir«, erwiderte Montreveil, »auch wenn wir nicht wissen, wie viele nach dieser Auseinandersetzung noch kampfbereit sind.«

Unterdessen zog Ruggero di San Floro mithilfe eines Messers einen Pfeil aus einem toten Wolf. »Das ist nicht der Pfeil eines Banditen.«

Yves murmelte: »Und wem gehört er?«

»Soldaten. Sie hätten uns heute Nacht angegriffen. Die Wölfe waren unsere Rettung.«

Ruggero warf Godefroy den blutigen Pfeil zu, der ihn auffing und zwischen den Fingern drehte. »Wer will Euch töten, Magister? Es wäre auch für uns von Nutzen, das zu wissen.«

Yves sah ihn an, antwortete aber nicht.

Etwas später

Der Weg schlängelte sich am Berghang entlang. Rechts von ihnen, jenseits eines kleinen Tales, waren auf einem Gipfel, fast von dichtem Gestrüpp verdeckt, einige Ruinen zu erkennen. Yves machte Puccio darauf aufmerksam, der neben ihm auf einem Esel ritt: »Was für Ruinen sind das?«

»Das sind die Überreste von Acquaviva, Magister.«

»Acquaviva?«

»Ja, es wurde vor vielen Jahren zerstört. Seitdem dient es als Zufluchtsort für Hirten und Schlangen.«

»Wie gelangt man dorthin?«

»Weiter vorn endet das Tal an einem Berg. Darunter erstreckt sich die Ebene von Fondi. Wir reiten weiter nach links, nach Lenola und zur römischen Straße. Der Weg nach Acquaviva hingegen führt nach rechts. Von dort sind es weniger als zwei Meilen.«

Der Inquisitor gab dem Maultier die Sporen und ritt zu Godefroy an der Spitze der Gruppe.

»Sire de Montreveil, wir müssen einen Umweg machen und dieses Dorf besuchen. Laut Puccio müssen wir dort vorn rechts abbiegen.«

Der Ritter schaute nach Acquaviva hinauf. »Das ist unvernünftig, *Magister*«, gab er zu bedenken. »Wir müssten danach wieder umkehren, und wenn diese Burschen uns weiterhin verfolgen, könnten sie uns eine Falle stellen.«

Yves dachte nach. »Ihr habt recht. Also werden nur Bernard und ich dort hinreiten. Puccio meinte, es sei nicht weit. Ihr versteckt euch unterdessen zwischen den Bäumen unweit der Kreuzung und überrascht sie, falls sie auftauchen sollten. Lasst aber, wenn möglich, einen von ihnen am Leben.«

Verfallene Mauern und von wilden Pflanzen überwucherte Häuser ohne Dächer, im hohen Gras lagen Mühlsteine. Unterhalb des Dorfes, Richtung Westen, glitzerte ein See und ganz in der Ferne das Meer. Acquaviva war genau so, wie Yves es sich vorgestellt hatte: ein Geisterdorf, das die Natur wieder in Besitz genommen hatte. Hier war niemand. Und doch waren am Boden die Reste eines Lagerfeuers auszumachen. Hirten mussten hier die Nacht verbracht haben.

Der Dominikaner stieg bis ganz nach oben und ritt zum größten Haus des Dorfes, wahrscheinlich die Residenz des Barons und seiner Familie.

Er schloss die Augen und betete ein Requiem für die Seelen, die dort ein halbes Jahrhundert zuvor ums Leben gekommen waren. Er schien das Gemetzel förmlich vor sich zu sehen. Der blutige Angriff und Umberto, der hilflos dabei zusehen musste, wie seine geliebte Familie abgeschlachtet wurde. Damals dürfte er kaum mehr als ein Knabe gewesen sein und sich in den von Wölfen bevölkerten Wald geflüchtet haben, bis er schließlich den Tross von Friedrich dem Staufer erreicht hatte. Danach war er Umberto di Fondi geworden, einer der erbittertsten Feinde der Christenheit. Zwischen diesen Ruinen verstand Yves noch etwas mehr von diesem Mann. An diesem Ort hatte er wohl gelernt zu hassen. Er bekreuzigte sich.

Bernard, der etwas zurückgeblieben war und die Maultiere an einem Baum angebunden hatte, kam besorgt näher, als er den Inquisitor an einer Mauer lehnen sah.

»Alles in Ordnung?«

»Ja, ja, alles in Ordnung.«

»Suchen wir etwas?«

»Nicht etwas, sondern jemanden. Und ich glaube, ich habe ihn gefunden.«

Der junge Mönch schaute sich verwirrt um. »Das verstehe ich nicht, Magister. Hier ist niemand.«

»Das spielt keine Rolle, Bernard, lass uns gehen.«

Godefroy wartete allein auf sie. Er saß auf einem Stein im Schatten einer Eiche, hinter einem Gemüsekarren, an dem ein Esel angebunden war. Als er sie kommen sah, stand er auf.

»Nichts, Magister, nur ein Bauer mit seinem Karren. Wir haben ihn festgehalten, damit Ihr ihn befragen könnt. Kommt mit.«

Er verschwand zwischen den Bäumen, die Mönche folgten ihm. Die anderen Ritter hatten sich im Wald versteckt. Zwei von ihnen hielten einen etwa dreißigjährigen kleinen Mann fest, der in einer zerschlissenen Tunika steckte, die früher einmal weiß gewesen sein musste. An den Füßen trug er die für die Gegend üblichen Schuhe, die »ciocia«, gefertigt aus mit Lederschnüren umwickelten Stoffstreifen. Der Mann wirkte verängstigt.

Beim Anblick der Mönche verneigte und bekreuzigte er sich. Yves wandte sich an Puccio: »Wir wollen ihm nichts tun und werden ihn gehen lassen. Er muss uns nur sagen, woher er kommt und ob er auf seinem Weg jemanden getroffen hat.«

Puccio sprach, der Mann antwortete, und Puccio übersetzte: »Er kommt von den Feldern unterhalb von Vallecorsa und möchte nach Lenola. Er ist niemandem begegnet.«

Der Mönch ging näher heran und zeigte seine Handflächen. »Er soll mir seine Hände zeigen.«

Puccio übersetzte, und der Mann streckte ihm die Hände entgegen. »Bauernhände, keine Soldatenhände. Sag ihm, er kann gehen. Und auch wir setzen unsere Reise fort.«

Der Bauer verbeugte sich und fuhr dann mit seinem Karren davon.

Bernard fragte unterdessen: »Wo sind unsere Verfolger geblieben?«

»Sie werden sich wahrscheinlich die Wunden lecken«, beantwortete Godefroy seine Frage. »Vielleicht sind sie zu geschwächt, um uns anzugreifen, und haben aufgegeben.«

»Oder sie müssen uns nicht folgen, weil sie bereits wissen, wohin wir gehen«, fügte Yves hinzu.

Bei diesen Worten wandte sich Godefroy an Puccio, der sofort antwortete: »So etwas solltet Ihr nicht denken. Ich habe niemandem unser Ziel verraten.«

Der Inquisitor hakte nach: »Verfügt Annibaldo da Ceccano über bewaffnete Männer?«

Der junge Mann errötete, antwortete aber mit fester Stimme: »Er kann es nicht sein. Er ist ein gläubiger Christ. Das wäre verrückt, und verrückt ist er nicht.«

»Aber er ist der Einzige, der weiß, wohin wir unterwegs sind, und der gleichzeitig über Männer verfügt, die uns angreifen können …«

Puccio wimmerte: »Das stimmt nicht. Ihr irrt. Ich weiß nichts.«

»Führst du uns in eine weitere Falle? Sag mir die

Wahrheit, oder ich muss dich den *quaestiones* unterziehen.«

»Glaubt mir, ich bitte Euch! Ihr könnt mich foltern oder töten, aber ich kann Euch nicht sagen, was ich nicht weiß.«

Yves schüttelte den Kopf. »Du irrst. Mancher gesteht unter den *quaestiones* etwas, was er nicht weiß. Aber im Moment ist das bei dir nicht der Fall. Wir folgen der Straße, die du uns gewiesen hast, aber wenn wir in einen Hinterhalt geraten, wirst du der Erste sein, der stirbt. Ich vertraue Sire de Montreveil diese Aufgabe an. Und jetzt lasst uns weiterziehen.«

Zur Vesper

Montecassino lag im Licht der untergehenden Sonne. Sie hatten die Reise ohne weitere Zwischenfälle fortgesetzt und befanden sich nur einige Meilen vor dem Hügel, auf dessen Gipfel das Kloster lag. Sie würden in San Germano übernachten und am nächsten Morgen zum Kloster reiten.

Yves wirkte nachdenklich. Er hatte seit ihrem Abstieg ins Tal kein Wort gesagt. Bernard glaubte den Grund zu kennen, und als er sicher war, dass die anderen ihn nicht hören konnten, fragte er ganz direkt: »Entschuldigt, Magister, was ist, wenn Puccio die Wahrheit gesagt hat und die Männer mit dem Herrn von Ceccano gar nichts zu tun haben?«

Der Inquisitor schien unschlüssig, ob er ihm antworten sollte, erwiderte dann aber: »Genau das bereitet mir Sorgen, Bernard ... Wenn Annibaldo unschuldig ist und das keine Banditen waren, dann hat der Teufel seine Hand im Spiel.«

Daran hatte auch der junge Mönch schon gedacht. »Jemand hat uns verraten.«

Kapitel 8

Montecassino

Kloster Montecassino,
25. Mai 1274, am Morgen

Seitdem Yves den Abt Bernard Ayglier das erste Mal getroffen hatte, waren vier Jahre vergangen. Damals war der Abt von Charles von Anjou beauftragt worden, das Kloster nach der Besetzung durch die Staufer neu zu gründen. Sie hatten sich anlässlich einer Beerdigung getroffen: In San Germano hatte die Prozession mit den Gebeinen von Louis von Frankreich haltgemacht, der in Tunis gestorben war. Der Abt hatte die sterblichen Überreste gesegnet und nur wenige Worte mit dem Inquisitor gewechselt. Der Abschied fiel sehr gefühlvoll aus, dachten sie doch, dass es ein Abschied für immer sein würde. Doch die Wege des Herrn waren unergründlich, und jetzt, nach dem Willkommenszeremoniell der Benediktiner, durchschritten die beiden alten Freunde zu zweit das *paradisum*, wie die Mönche das Portal der Basilika nannten.

Bernard war klein und hager, hatte kaum mehr Haare, war aber trotz seines Alters noch flink wie ein Wiesel. Er fragte auf Französisch: »Ich habe gehört, du hast dich in die Bretagne zurückgezogen. Habe ich mich geirrt?«

»Nein. Ich hatte mich tatsächlich nach Morlaix zurückgezogen, in dem Glauben, dort mein irdisches Leben zu beschließen, und um Verzeihung für meine Sünden zu bitten. Man hat mich jedoch zurückgerufen, und ich habe gehorcht.«

»Ich kann mir vorstellen, wer dich gerufen hat. Wenn es dich tröstet: Er hat mich persönlich nach Sizilien geschickt, um die Botschafter des byzantinischen Herrschers zu empfangen und sie auf ihrem Weg nach Lyon bis an die Grenzen des Königreichs zu begleiten. Das alles aus Angst, Charles würde sie töten lassen. Ferner hat er mir befohlen, nicht am Konzil teilzunehmen und hierzubleiben, damit ich sie auf ihrem Rückweg wieder empfangen und mit einer persönlichen Nachricht an den *Basileus* nach Konstantinopel begleiten kann. Hat er dich jetzt an meiner Stelle geschickt? Das würde mich freuen.«

»Nein, mein lieber Bernard, nach Konstantinopel musst du schon selbst reisen. Ich bin aus anderen Gründen hier.«

Der Abt dachte eine Weile nach und rief dann aus: »Natürlich! Du sollst mehr über den Tod von Balduin de Courtenay herausfinden. Eine üble Geschichte. Er ist im Oktober in der Provinz Bari verstorben, nach einem Abendessen zusammen mit sieben anderen Gästen. Giftige Pilze, so heißt es. Und das genau am Vorabend des Konzils.«

Yves schwieg. Der Benediktiner wertete dies als Zustimmung und fuhr fort: »Mit sechsundfünfzig Jahren war Balduin schon alt. In Lyon hätte er einer Einigung mit den Byzantinern zugestimmt und damit auf eine Krone verzichtet, die er ohnehin nicht zurückbekommen hätte. Ganz offensichtlich hätte das aber unserem guten König nicht gefallen.«

»Hat Charles ihn vergiften lassen?«

»Das weiß ich nicht. Es kann auch sein, dass er einfach Glück hatte, dass Balduin von Courtenay gestorben ist. Sein Ende hätte für den König zu keinem besseren Zeitpunkt kommen können, der jetzt unverzüglich die Standarte des römischen Königreichs Konstantinopel hissen kann.«

»Es wird sich weisen. Ich werde jedoch mit Berengario darüber sprechen.«

»Dein Schüler weiß mit Sicherheit alles, immerhin steht er an der Spitze der Inquisitoren des Reiches. Genau deshalb hat Gregor dich geschickt.«

Yves wechselte das Thema, und sein Gegenüber dachte bei sich, wie elegant er es vermied, sein Schweigegelübde zu brechen.

»Hast du von Thomas' Tod gehört?«

»Der Arme! Er war nur wenige Tage zuvor hier.«

»Wenige Tage zuvor?«

»Aber ja, ungefähr einen Monat vor seinem Tod. Anfang Februar, wenn ich mich recht entsinne.«

»Hast du ihn gesehen?«

»Leider nein. Wir wurden von den Dominikanern im Kloster San Germano verständigt, dessen Gründung mir Thomas vor fünf Jahren aufgetragen hatte. Er sandte mir damals ein Schreiben aus Paris. Er war mit ein paar Mönchen auf dem Weg nach Lyon, mit dem Dekan der Kathedrale von Teano und seinem Neffen. Als ich von seinem Kommen erfuhr, schickte ich ihm sogleich zwei Mitbrüder mit einer Einladung zu uns nach San Germano. Er sollte unsere Mönche erleuchten über die Beziehung zwischen dem göttlichen Vorwissen und der menschlichen Freiheit, die der heilige Gregor in seinem Werk *Moralia in Iob* behandelt hat. Er übernachtete in Aquin, wo seine Familie ein Schloss besitzt, etwa acht Meilen von San Germano entfernt. Dort haben meine Mönche ihn getroffen.«

»Aber er ist nicht gekommen.«

»Nein. Er war zu erschöpft, um ins Kloster hinaufzusteigen, war aber bereit, uns eine schriftliche Antwort zu geben.«

»War er krank? Was haben deine Mönche berichtet?«

»Sie haben ihn nicht gesehen. Sie kamen ins Kloster zurück, und ich sandte ihm das Buch. Sie übergaben es Réginald, der es ihnen am nächsten Morgen zurückgab. Der Magister, so meinte er, habe an den Rand des Textes seine Anmerkungen geschrieben.«

»Kennst du Réginald?«

»Er war im September 1272 mit Thomas hier, auf ihrem Weg nach Neapel. Sie wurden damals von einem weiteren jungen Dominikaner begleitet. Sein Name war, glaube ich, Tolomeo.«

»Kann ich mir das Buch mit Thomas' Anmerkungen ansehen?«

Der Abt wirkte überrascht. »Warum?«

»Weil ich bereits seine Anmerkungen zu dieser Passage von Gregorius Magnus gelesen habe und neugierig bin, ob sich Thomas' Gedanken weiterentwickelt haben. Außerdem habe ich einen fleißigen und wissbegierigen Mitbruder an meiner Seite, Bernard Gui, den das sicher interessieren wird. Für ihn wäre das Reflektieren über einen Text von Thomas ein außergewöhnlich lehrreiches Erlebnis.«

Der Freund schien nicht überzeugt und sah ihn erstaunt an: »Was geht hier vor, Yves? Warum bist du hier?«

»Zeig mir das Buch, Bernard.«

Später am Tag

»An den ehrwürdigen Vater in Christus, den Herrn Bernard, ergebener Abt von Montecassino von Gottes Gnaden, von Bruder Thomas von Aquin, seinem ergebenen Sohn, zu ewigem Gehorsam bereit ...«

Yves las die feine Handschrift am Seitenrand des kostbaren Buches laut vor. Die beiden Bernards, der benediktinische Abt und der junge Dominikaner, lauschten. Sie waren allein im *scriptorium*, das der Inquisitor so gut kannte. Als er die Schwelle unter dem Wappen mit dem Hund durchschritten hatte, schlug sein Herz schneller. Wieder sah er den großen Saal mit den Holztischen vor sich, in dem Enrico d'Ivrea gearbeitet hatte, der benediktinische Kopist, der ihn vor neun Jahren zusammen mit Jean de Montfort begleitet hatte.

»... ehrwürdiger Vater, ich hätte es vorgezogen, persönlich vor den Mönchen zu erscheinen, um ihnen auf ihre Empörung angesichts der Worte des berühmten Doktors Gregorius antworten zu können. Doch der lange Gottesdienst und mein verlängertes Fasten haben es mir verwehrt. Vielleicht ist das sogar hilfreich, denn das, was schriftlich niedergelegt wird, kann nicht nur für die Anwesenden nützlich sein, sondern auch für alle zukünftigen Leser. Abgesehen von der göttlichen Vorsehung, denke ich auch darüber nach, dass mich auf meinem Weg nach Gallien Eure Briefe in Aquin erreicht haben, dem Ort, an dem der heilige Maurus, Schüler unseres heiligen Vaters Benedikt und von selbigem nach Gallien geschickt, Briefe und heilige Geschenke unseres großen Vaters erhielt ...«

Der Dominikaner las weiter. Der Text war nicht lang, und am Ende wandte er sich an seinen Schüler, um ihm den Inhalt zu erklären.

»Das Thema ist die Beziehung zwischen dem untrüglichen göttlichen Vorwissen und der menschlichen Freiheit. Wie lässt sich die Tatsache, dass Gott alles weiß – Vergangenheit, Gegenwart und Zukunft –, vereinbaren mit der Freiheit des Menschen, sich selbst zu retten oder zu verlieren? Die Antwort lautet, dass das menschliche Handeln nicht von Gott gefordert wird, sondern frei ist, und dass das göttliche Vorwissen, was mit dem Menschen geschehen wird, nicht absolut ist, sondern beschränkt und an Bedingungen geknüpft. In anderen Worten: Wenn Gott etwas vorher weiß, wird es geschehen, es hängt jedoch nicht zwangsläufig von seinem Willen ab, da der Mensch frei in seiner Handlung und in seinen Sünden ist. So erklären sich die Worte des heiligen Gregorius, wonach der allmächtige Gott den Todeszeitpunkt eines jeden von uns im Voraus kennt und niemand zu einem anderen Zeitpunkt sterben kann als zu dem von Gott vorgesehenen. Das heißt aber nicht, dass der Mensch nicht frei ist. Wie du gehört hast, gibt er uns sogar ein Beispiel: Wenn ich sehe, wie Petrus sich setzt, heißt das nicht, dass er sich setzt, weil ich ihn sehe.

Mit anderen Worten, ich verursache keine Notwendigkeit für seine Handlung. Gleichermaßen ist es mit Gott. Er weiß stets, was zu welchem Zeitpunkt passieren wird, aber er sorgt nicht dafür, dass es passiert, und lässt somit dem Menschen die Freiheit, sich zu retten oder zu verlieren.«

»Eine außerordentliche Erklärung, Magister.«

Yves schaute den Mönch an. »Im Grunde hat das schon Boethius gesagt, ebenso wie Thomas in anderen Werken zuvor.«

Der Benediktiner fügte hinzu: »Dann ist das nur eine Bestätigung.«

»Genau, und das ist seltsam: Gerade er, der Bücher so sehr liebte, hat seine Anmerkungen in ein so kostbares Buch geschrieben, das noch nicht einmal ihm gehörte. Diese Schrift scheint mir darüber hinaus nicht die von Thomas zu sein. Er hatte eine nahezu unleserliche Schrift und benutzte gerne Abkürzungen, um Zeit zu gewinnen.«

»Soll das heißen, dass er das gar nicht geschrieben hat?«, fragte der Abt. »Vielleicht ging es ihm nicht gut, und er hat Réginald alles diktiert; der hatte kein Papyrus oder Pergament und hat deshalb direkt ins Buch geschrieben.«

Die Antwort des Inquisitors war nur ein skeptischer Blick. Er untersuchte den Band noch einmal. »Das Datum ist der 4. Februar, und er spricht von einem verlängerten Fasten. Aber die Fastenzeit hatte da noch gar nicht begonnen. Welcher Tag war der 4. Februar?«

Bernard Gui antwortete nach einer Weile: »Ein Sonntag, Magister.«

Auf der Via Latina zwischen Borgonuovo und Teano, 26. Mai 1274, am Morgen

Godefroy de Montreveil galoppierte auf die anderen zu. Er hatte sich zurückfallen lassen, um zu überprüfen, ob ihnen jemand folgte. Sie hatten das Kloster nach den Laudes verlassen und den Abt gebeten, Puccio noch ein paar Tage festzuhalten, bevor er ihn gehen ließ.

Der französische Ritter brachte sein Pferd neben dem Inquisitor zum Stehen und sagte: »Niemand, Magister.«

Der Dominikaner schien nicht überrascht. Er sah sich um. Die Straße war gerade und mit großen Steinen gepflastert. Zu beiden Seiten standen Bäume, dahinter erstreckten sich Felder.

»Auf dieser Straße war auch Thomas Anfang Februar unterwegs gewesen. Die antike Via Latina der Römer. Sire de San Floro, versteht Ihr die Sprache der Gegend?«

Ruggero antwortete: »Ja, Magister, sie ähnelt dem Neapolitanischen.«

»Dann nehmt Euch ein paar Männer und fragt die Anwohner, ob in diesem Winter ein großer Ast auf die Straße zwischen Borgonuovo und Teano herausragte, gegen den jemand auf einem Maultier gestoßen sein könnte.«

Der Ritter zögerte, als hätte er ihn nicht richtig verstanden, dann fragte er nach: »Ein großer hervorstehender Ast?«

»Ganz genau. Wenn dem so ist, dann lasst ihn Euch zeigen und wartet dort. Ansonsten treffen wir uns in Teano vor der Kathedrale.«

»Gut, Gerardo, Antonio, ihr kommt mit mir!«

Sie galoppierten davon.

Während sie sich entfernten, fragte Bernard: »Entschuldigt, Magister, denkt Ihr wirklich, dass sie nach all den Monaten noch etwas finden werden?«

»Nein, Bernard, das denke ich nicht. Aber wenn man die Wahrheit finden will, muss man auch etwas überprüfen, was man für sinnlos hält.«

Später in Teano

Der Dekan des Domkapitels von San Terenziano, Guilelmus, war zwar nicht älter als Yves, mit seinem dichten weißen Bart sah er aber aus wie ein alter Mann. Er schien sichtlich beunruhigt. Der französische Inquisitor, der König Charles auf seinem Eroberungszug begleitet hatte, war ihm vom Hörensagen zwar bekannt, er hätte aber niemals daran gedacht, ihn in seiner Sakristei vorzufinden, noch dazu mit bis an die Zähne bewaffneten Rittern.

»Es ist mir eine Ehre, Euch zu empfangen, Magister. Wie kann ich Euch behilflich sein?«, fragte er mit unsicherer Stimme.

Yves versuchte ihn zu beruhigen. »Ich danke Euch. Wir sind auf dem Weg nach Neapel, und ich wollte für einen kurzen Moment in Eurer prachtvollen Kirche beten.«

Guilelmus lächelte und zeigte seinen zahnlosen Mund, sah aber noch immer misstrauisch und ängstlich aus. »Aber natürlich. Lasst uns gemeinsam beten.«

»Für die Seele unseres armen Mitbruders Thomas von Aquin. Ich weiß, dass Ihr ihn getroffen habt.«

Der Dekan zögerte. »Ja, Magister. Anfang Februar

kam er hier auf seinem Weg nach Lyon vorbei. Er war in Begleitung von zwei Mitbrüdern, und ich habe ihn mit meinem Neffen Roffredo bis nach Aquin begleitet. Später haben wir erfahren, dass er nach Fossanova weitergereist und ins Haus des Vaters zurückgekehrt ist.«

»Wie ging es ihm? War er krank?«

»Nein, krank würde ich nicht sagen. Er sprach kaum, schien abwesend, aber sein Mitbruder Réginald erklärte mir, dass er oft zerstreut wirkte, wenn er in die Betrachtung der Heiligen Schrift vertieft war.«

»Habt Ihr Thomas vorher schon einmal getroffen?«

»Nur ein einziges Mal, vor zwei Jahren. Damals machte er auf seinem Weg nach Neapel halt in Teano.«

»Ist Euch aufgefallen, dass er anders war als damals?«

Jetzt hatte Guilelmus den Grund des Besuchs begriffen. Er dachte nach. »Er war irgendwie … trauriger.«

»Wart Ihr bei ihm, als er sich den Kopf angeschlagen hat?«

»Ja. Wir waren zwischen Teano und Borgonuovo unterwegs, auf dem Weg nach San Germano. Dort ist es im Winter sehr windig, manchmal so stark, dass Äste von den Bäumen abbrechen. Einer von ihnen hat den

Magister am Kopf getroffen, er konnte sich nicht mehr im Sattel halten. Er hat sich zwar rasch wieder erholt, wir haben uns alle dennoch große Sorgen gemacht.«

»War der Ast groß?«

»Ich habe ihn nicht gesehen, ich ritt vor ihm und hatte mir die Kapuze ins Gesicht gezogen. Aber ich glaube nicht.«

»Hatte Thomas ebenfalls die Kapuze auf?«

»O ja, wir alle. Der Wind war eisig, es war zu Candelora.«

»War er verletzt, oder blutete er?«

»Nein. Er war etwas benommen. Ich erinnere mich, dass Réginald ihn fragte, ob er sich wehgetan hätte, und er antwortete: ›Ein wenig.‹«

»Wann seid Ihr in Aquin angekommen?«

»Noch am selben Abend.«

»Seid Ihr in San Germano geblieben?«

»Ja, wir haben im Dominikanerkloster haltgemacht, dort aber nicht übernachtet. Réginald wollte weiter, und wir sind in Aquin geblieben.«

»Wart Ihr noch dort, als die Benediktinermönche ankamen?«

»Ja, aber lange sind wir nicht geblieben, nur bis zum nächsten Morgen.«

Yves dachte nach. »Ich danke Euch. Jetzt können wir beten.«

»Sicher. Darf ich Euch fragen, was vorgefallen ist?«

»Fragen dürft Ihr, aber ich werde Euch lieber nicht antworten.«

Kapitel 9

Neapel

Neapel, Kloster San Domenico,
26. Mai 1274, zur Vesper

Die nasale Stimme war unverwechselbar. »*Pax vobiscum,* Magister! Welch schöne Überraschung, Euch zu sehen!«

Yves hob den Blick von der Miniatur des Markusevangeliums, die auf dem Rednerpult des Kapitelsaals lag, und schaute Berengario da Verona in die Augen, der vor acht Jahren vom Papst zum Inquisitor des Königreichs Sizilien bestimmt worden war. Sein Schüler war zum Mann gereift. Er war groß, mager und hatte eine Hakennase. Yves erinnerte er immer mehr an seinen alten Meister Mathieu de Bourbon. Auch charakterlich ähnelten sie sich sehr. Sie zeigten kein Erbarmen, ließen sich aber von ihren Gefühlen mitreißen.

»*Pax vobiscum*, Berengario. Hast du nicht erwartet, dass sie jemanden schicken würden?«

»Euch habe ich nicht erwartet …«

»Ehrlich gesagt, so ging es mir auch. Aber der Papst und Bonaventura da Bagnoregio wollten es so.«

»Wann seid Ihr angekommen?«

»Erst vor Kurzem. Ich bin in Terracina an Land gegangen und war schon in Fossanova, Magentia, Montecassino und Teano. Jean de Montfort mit seinen Rittern und mein Schüler Bernard Gui aus Morlaix begleiten mich.«

»Jean ist auch hier?«

»Nein, er ist nach Lyon zurückgekehrt.«

»Warum?«

»Er soll den Kräuterkundigen von Fossanova finden, der seinen Abt zum Konzil begleitet hat.«

»Verdächtigt Ihr ihn etwa?«, entfuhr es seinem Gegenüber verblüfft.

»In seinem Kräuterladen befindet sich ein seltenes Buch über Gifte, von dem ich dachte, ich hätte das letzte Exemplar verbrannt, und er hat Thomas bis zum Ende gepflegt. Er könnte also etwas wissen, aber ich denke nicht, dass er ihn umgebracht hat. Auch aus Respekt für dein Amt möchte ich deine Urteilskraft nicht mit möglicherweise falschen Verdächtigungen beeinflussen.«

»Verstehe.«

Yves hörte die Enttäuschung in der Stimme seines Schülers. Er zögerte und fügte dann hinzu: »Entschuldige, Berengario. Ich bin selbst verwirrt. Ich habe so viele Fragen und nur wenige Antworten.«

Sein Schüler nickte, blieb aber skeptisch. »Sicher, Magister, Ihr müsst Euch nicht rechtfertigen. Wie kann ich Euch helfen?«

»Was weißt du über Thomas' Tod und den von Balduin de Courtenay?«

»Was Thomas betrifft, weiß ich das, was Réginald de Piperno uns erzählt hat, als er aus Fossanova zurückkehrte. Aber das habt Ihr sicher schon herausgefunden. Was Balduin angeht, so ist er in Barletta gestorben, in der Provinz Bari, nachdem er giftige Pilze gegessen hat. Jedenfalls haben das die Männer des Königs berichtet.«

»Für Charles von Anjou ist er genau im richtigen Moment gestorben.«

»Daran besteht kein Zweifel. Es heißt, Balduin soll sich bereits auf dem Weg nach Lyon befunden haben.

Er wollte auf den Thron von Konstantinopel verzichten, um die vom Papst ersehnte Versöhnung mit der griechischen Kirche zu fördern. Diesen Thron allerdings hatte er ohnehin längst verloren. Das konnte weder unserem König gefallen, der sich für die Rechte Courtenays starkgemacht hatte, noch seinen venezianischen Verbündeten.«

»Gibt es einen konkreten Verdacht gegen Charles? Hat das jemand untersucht?«

»Nein, Magister. Das liegt nicht in unserer Zuständigkeit. Wenn es eine Untersuchung gegeben hat, dann durch die königlichen Beamten. Darüber ist uns aber nichts bekannt.«

»Ist de Noyelles immer noch der Konstabler des Königreichs?«

»Ja, das Amt des Protonotars ist noch vakant, wird aber von Sparano da Bari ausgefüllt.«

»Es wird schwierig sein, etwas herauszufinden. Ich werde trotzdem mit dem König sprechen. Erzähl mir von Thomas. Wie ging es ihm hier in Neapel?«

»Gut, denke ich. Jedenfalls am Anfang. Ich habe ihn selten getroffen, nur bei den Vigilien und im *refectorium*. Er war immer sehr herzlich. Seine Tage teilten sich in seine Vorlesungen an der Universität und dem Verfassen seiner Werke, wobei er meist an mehreren gleichzeitig arbeitete. Letztes Jahr zur Fastenzeit hatte ihn der Erzbischof Ayglier, der Bruder Eures befreundeten Abtes, gebeten, in der Kathedrale zu predigen, und das tat er auch. Er sprach Vulgärlatein, damit das Volk ihn auch verstehen konnte. Was sein Klosterleben angeht, könnt Ihr mit Réginald sprechen, der quasi sein Schatten war. Prior Thomas ging dagegen zur Generalversammlung unseres Ordens in Lyon. Ich kann Euch nicht wirklich weiterhelfen. Für längere Zeit weilte ich nicht in Neapel. Unser Amt im Königreich zu organisieren fällt nicht leicht. Im Augenblick zum Beispiel bereiten uns im Süden einige Anhänger der häretischen Texte von Gerardo di Borgo San Donnino Probleme. Viele von ihnen haben wir bereits verbrannt. Trotzdem sollte die Kirche den Mut aufbringen, die Pflanze mitsamt der Wurzel auszureißen und auch die Texte von Gioacchino da Fiore zu verurteilen, dem Häretiker, von dem alles ausging. Von ihm hat sich Gerardo in der Einführung seines angeblichen ewigen Evangeliums inspirieren lassen, als er den Franziskanerorden als den Orden der Gerechten bezeichnete, der dazu bestimmt sei, die Kirche im Zeitalter des Heiligen Geistes zu führen, das Gioacchino zufolge dem Zeitalter des Vaters folgen wird, wie es im Alten Testament, und dem des Sohnes, wie es im Neuen Testament geschrieben steht. Das Kloster San Giovanni in Fiore, das Gioacchino in *Bruttium* gegründet hat, ist eine Brutstätte von Häretikern und sollte mit all seinen Bewohnern niedergebrannt werden. Könntet Ihr das dem Papst bitte erklären?«

»Gerardo sitzt in Paris im Gefängnis. Sie haben ihn nicht verbrannt, aber er wird sein Leben im Kerker beschließen. Was Gioacchino angeht, liegen die Dinge komplizierter. Seine Thesen sind nicht per se ketzerisch, lassen sich aber, wie es so oft passiert, im Sinne der Häresie interpretieren … Hast du die letzten Werke von Thomas gelesen?«

»Warum wollt Ihr das wissen?«, antwortete Berengario mit einer Gegenfrage.

»Giovanni da Vercelli hat mir gesagt, dass er sich in den letzten Monaten verändert hat. Seiner Meinung nach ist Thomas etwas Krankes, Unheilvolles zugestoßen, vielleicht hätten seine Studien seinen Geist verwirrt. Ist dir nichts aufgefallen?«

Der junge Inquisitor seufzte: »In der letzten Zeit war er tatsächlich anders, weniger gesellig, eher still. Im Dezember hat er dann aufgehört zu schreiben, und im Januar ist er einige Tage zu seiner Schwester Theodora gereist, der Gräfin von Marsico in San Severino, nahe Salerno. Gerade als er nach Neapel zurückgekehrt war, erreichte ihn der Ruf zum Konzil … Um Eure Frage zu beantworten: Als Inquisitor der ketzerischen Verderbtheit im Königreich hatte ich keine Veranlassung, die Schriften unseres gläubigen Bruders zu prüfen, der noch dazu Euer Freund war. Ich weiß sehr wohl, dass in Paris und Oxford anders über seine Schriften gedacht wird, aber hier sind wir in Neapel, an dem Ort, an dem Thomas vor dreißig Jahren von Thomas Agni de Lentino, dem Gründer des Klosters, zum Mönch geweiht wurde.«

»Giovanni da Vercelli hat dich gebeten, ein Auge auf ihn zu haben, nicht wahr?«

Berengario schien verlegen. »Das hat er Euch gesagt?«

»Er hat es mir zu verstehen gegeben, und du hast es mir gerade bestätigt. Durch die Angriffe von Bischof Tempier und dem franziskanischen Theologen war Thomas in Paris zur unerwünschten Person geworden, weshalb unser Orden ihn hierher verbannt hat. Ein für ihn angenehmes Exil, aber dennoch ein Exil. Thomas hat sich hier mit dem ihm typischen Eifer in die Arbeit gestürzt, und Giovanni, voller Schuldgefühle, unseren besten Theologen nicht unterstützt zu haben, hat dich gebeten, sich nicht für seine Arbeit zu interessieren. Die typische Zweideutigkeit. Auf der anderen Seite kann ein Kaninchen nicht knurren. Wenn an seiner Stelle der heilige Domenikus, Humbert de Romans oder Johannes Teutonicus gewesen wären, würde Thomas noch immer in Paris lehren.«

»Ist mir ein Fehler unterlaufen, Magister?«, fragte Berengario. »Hätte ich besser darauf achten sollen, was Thomas niederschreibt?«

»Nein, du hast keinen Fehler begangen. Thomas konnte gar nichts Schlechtes schreiben. Wie war seine Beziehung zum König?«

»Soweit ich weiß, sehr gut. Kurz nach Thomas' Ankunft im Königreich haben sie sich getroffen. Ich glaube, es ging um Erbschaftsangelegenheiten des Herrn von Fondi. Der König war sehr beeindruckt von Thomas' Intelligenz und seinem Wissen. Er hat dafür gesorgt, dass man ihm jeden Monat eine Goldunze für seine Vorlesungen auszahlt. Mir kam auch zu Ohren, dass sie sich kurz vor Thomas' Abreise nach Lyon noch einmal getroffen haben. Dabei weiß ich nicht, ob Thomas sich von ihm verabschieden wollte oder der König nach ihm geschickt hat. Wie es scheint, hat der König Thomas gefragt: ›Bruder Thomas, was werdet Ihr dem Papst von mir berichten?‹ Und Thomas antwortete: ›Nur die Wahrheit‹.«

Yves dachte, dass dies eine typische Antwort für den Thomas war, den er kannte. Seit Beginn der Ermittlungen war es die erste Spur dieses Mannes.

»Wer hat dir das erzählt?«

»Man hat sich das im Kloster erzählt, vielleicht wissen der Prior oder Réginald mehr darüber.«

»So, wie ich Charles kenne, hat ihn eine solche Antwort beunruhigt.«

Berengario lächelte. »Der König hat viele Geheimnisse. Könnte er womöglich vermutet haben, dass der Magister einige davon kannte und dem Papst verraten würde?«

»Hätte Thomas etwas über Balduins Tod wissen können?«

»Darüber ist mir nichts bekannt, Magister, aber wie Ihr wisst, ist der König von Natur aus misstrauisch und könnte es vermutet haben.«

»Du hast recht ... Es geht nicht darum, was Thomas gesagt, sondern was der König verstanden hat.«

Yves dachte einen Moment nach. »Komm mit mir. Wir treffen Bernard Gui und Jeans Männer im *refectorium*. Ich werde etwas essen, dann können sich die Männer im Gästehaus einrichten. Ich möchte Réginald de Piperno noch heute Abend treffen, und du wirst dabei sein.«

»Ich danke Euch für Euer Vertrauen, Magister.«

»Spar dir die Ironie, Berengario.«

Nach der Komplet

Réginald de Piperno war etwa fünfundvierzig Jahre alt, hatte ein rundes Gesicht, vorstehende Augen und eine spitze Nase. Yves erinnerte sich, dass er sich bei Thomas' Vorlesungen in Paris zwar Notizen gemacht, aber nie mit ihm gesprochen hatte. Jetzt wirkte er abgemagert, ängstlich und erschöpft. Sie saßen zu viert in einem Saal im Erdgeschoss des Klosters rund um einen Tisch, auf dem zwei Kerzen brannten. Auf der einen Seite befand sich der *socius* von Thomas von Aquin, auf der anderen Seite der alte Inquisitor mit Berengario rechts und Bernard links von ihm. Letzterer fühlte sich geehrt, an der Befragung teilnehmen zu dürfen. Er war mit einem Blatt Pergament und einem Griffel ausgestattet, wie um ein Protokoll der Befragung niederzuschreiben. All das beunruhigte Réginald nur noch mehr.

Yves begann: »Wir haben uns bereits in Paris getroffen, erinnerst du dich?«

»Ja, der Magister hielt große Stücke auf Euch und zählte Euch zu seinen wenigen Freunden.«

»Auch für mich war er ein Freund. Jetzt hat mich der Papst damit beauftragt, die Umstände seines Todes zu untersuchen.«

Réginald schaute überrascht. »Warum? Was gibt es da zu untersuchen?«

»Ist deiner Meinung nach alles eindeutig?«

»Er ist erkrankt, und der Herr hat ihn zu sich gerufen. Man wird geboren, und man stirbt.«

»So hast du es Giovanni da Vercelli geschildert.« Yves' Stimme klang hart. »Ich bin hier, weil er das nicht als ausreichend erachtet. Vor meiner Ankunft in Neapel war ich in Fossanova, Magentia, Montecassino und Teano, habe Thomas' letzten Weg nachverfolgt und die Menschen befragt, die er getroffen hat. Ich weiß also schon einiges und möchte keine Zeit verlieren. Ich brauche nur ein paar Bestätigungen. Zunächst möchte ich jedoch daran erinnern, dass du gehalten bist, die Wahrheit zu sagen. Einen Inquisitor zu belügen, oder besser zwei Inquisitoren im Auftrag der katholischen Kirche, führt zur sofortigen Exkommunikation. Ist dir das bewusst, Réginald?«

Der Dominikaner schluckte und antwortete: »Ja, Magister.«

»Gut. Dann lass uns mit den einfachen Fragen beginnen. Hast du den Brief an Abt Bernard Ayglier geschrieben, um den Auszug des heiligen Gregorius zu kommentieren?«

»Ja.«

»Warum?«

»Dem Magister ging es so schlecht, dass er es nicht selbst tun konnte. Es handelte sich um ein Thema, das er bereits durchdacht hatte und das ich gut kannte. Ich konnte demnach genau so antworten, wie er es getan hätte. Niemand sollte merken, wie schlecht es ihm ging, und ich habe immer noch gehofft, dass er sich erholen würde. Ich wollte ihn schützen.«

»Ja, ich denke auch, dass du ihn schützen wolltest. Um Thomas zum Essen zu bewegen, hast du in Magentia deshalb auch vorgegeben, dass die in Terracina gefangenen Sardinen Heringe seien. Außer dir hatte noch nie jemand einen Hering gesehen. Du hast aber so sehr an seinem geistigen Zustand gezweifelt, dass du den Prior gebeten hast, sich von Thomas den Traum erzählen zu lassen, den er vor seiner Antrittsrede als Professor in Paris hatte.«

Réginalds Gesicht glühte feuerrot.

Yves bohrte weiter: »Stimmt das?«

»Das stimmt, Magister.«

»Du hast Giovanni da Vercelli geschrieben, dass sich Thomas zwischen Teano und Borgonuovo den Kopf an einem Ast gestoßen hat. Ich habe auch mit Guilelmus, dem Dekan von Teano, gesprochen. Er meinte, der Ast sei vom Wind abgerissen worden und hätte keine sichtbaren Verletzungen zur Folge gehabt. Dann habe ich noch Thomas' Körper untersucht. Der Kräuterkundige der Abtei hat versucht, ihn einzubalsamieren, und ihn dabei mit ebenso duftenden wie giftigen Salben eingerieben, die einem Hund, einer Maus und einem Maultier das Leben gekostet haben. Blessuren habe ich an seinem Kopf jedenfalls keine feststellen können. Die Verstümmlung seines Körpers gereicht dir übrigens nicht zur Ehre.«

»Er war ein Heiliger. Nach so vielen Jahren an seiner Seite wollte ich eine Reliquie zurückbehalten, den Daumen der rechten Hand, mit der er seine wunderbaren Werke geschrieben hat. Schließlich verehrte selbst der Magister Reliquien und führte immer die der heiligen Agnes mit sich, der er sehr ergeben war. Beide haben mir das Leben gerettet.«

»Das musst du mir genauer erklären.«

»Vor zwei Jahren waren wir unterwegs nach Neapel: der Magister, Tolomeo da Lucca und ich. Im Schloss von Kardinal Annibaldo Annibaldi in Molara, nahe Rocca di Papa, machten wir halt. Er war ein guter Freund des Magisters, ist aber leider auch kürzlich verstorben. Dort sind der Magister und ich dann an Malaria erkrankt. Er war nach drei Tagen wieder gesund, mein Zustand verschlechterte sich. Deshalb legte der Magister mir die Reliquie der heiligen Agnes, die er immer um den Hals trug, auf die Brust und bat sie, mich zu heilen. Und so geschah es. Seine Verehrung war so groß, dass er den Studenten im letzten Jahr, am 21. Januar, anlässlich des Festes der heiligen Agnes eine Mahlzeit spendierte.«

»Dieses Jahr auch?«

»Nein, dieses Jahr nicht.«

»Kommen wir zur Kopfverletzung zurück, von der ich, wie gesagt, nichts erkennen konnte. Auch wenn es sie wirklich gegeben hat, glaube ich nicht, dass sie die Ursache für Thomas' Krankheit war. Oder irre ich mich?«

Réginald zögerte, dann schaute er zu Boden und gestand: »Nein, Magister. Ihr irrt nicht. Es ging ihm bereits schlecht, als wir Neapel verlassen haben.«

»Warum seid ihr dann aufgebrochen? Warum hast du versucht, seinen Zustand geheim zu halten, bis er in Magentia offensichtlich geworden ist? Warum hast du ihn nicht schon in Teano zurückgebracht, als dir klar wurde, dass er es nicht bis nach Lyon schaffen würde?«

»Heute weiß ich, dass das ein Fehler war, Magister, und ich bitte den Herrn in meinen Gebeten jeden Tag um Vergebung, auch wenn eine Umkehr lediglich bedeutet hätte, ihn hier und nicht in Fossanova sterben zu lassen. Ich habe weitergemacht, weil ich einen Traum Wirklichkeit werden lassen wollte.«

Yves schien nicht überrascht zu sein und erwiderte: »Träumen zu folgen ist gefährlich. Erzähl weiter.«

»Der Ruf zum Konzil erreichte uns Ende Januar, später als die anderen. Der Erzbischof von Neapel hatte ihn schon vor Monaten erhalten. Der Magister hatte auf Wunsch Papst Urbans beschlossen, das *Contra errores Graecorum* mit sich zu führen, das er vor mehr als zehn Jahren geschrieben hatte. Es beschreibt die fehlerhafte Lehre der Griechen, und er war der Meinung, man hätte ihn deshalb gerufen, da dies eines der Hauptthemen des Konzils war. Mir kam es indes merkwürdig vor, ihn nach Lyon einzuladen, um ein altes Werk zu besprechen, das der Kurie schon seit Jahren bekannt war. In meiner

Naivität hoffte ich, der Papst möge endlich die Größe von Thomas erkannt haben und ihn zum Kardinal ernennen. Ich habe mit dem Meister in Aquin sogar darüber gesprochen, am Abend vor seinem Unfall in Teano. Ich sagte: ›Magister, Ihr werdet zum Konzil gehen, und dort werden viele gute Dinge für die Kirche, unseren Orden und das Königreich Sizilien geschehen.‹ Er antwortete: ›Möge Gott zulassen, dass all diese guten Dinge geschehen.‹ Und ich fügte hinzu: ›Ihr und Bruder Bonaventura werdet Kardinäle werden und unseren Orden groß machen‹, woraufhin er meinte: ›Réginald, an keiner Position kann ich unserem Orden nützlicher sein als an dieser.‹ Ich aber beharrte: ›Ich sage das nicht für Euch, sondern für das Gemeinwohl.‹ Und er antwortete: ›Seid versichert, Réginald, dass ich meine Stellung niemals aufgeben werde.‹ Auch Giacomo da Salerno, der Dekan Guilelmus und sein Neffe Roffredo waren bei diesem Gespräch zugegen. Wie Ihr wisst, war das seine ganz eigene Art. Ich weiß noch, als wir einmal mit anderen Brüdern nach Paris reisten, und einer von ihnen sagte: ›Wie wunderschön Paris doch ist.‹ Und er antwortete: ›Ja, schön mag es schon sein.‹ Und der andere meinte: ›Ich wünschte, es wäre Eure Stadt.‹ Und Thomas fragte: ›Und was sollte ich damit anfangen?‹ ›Ihr könntet sie dem König von Frankreich verkaufen und mit dem Geld viele Klöster für die Dominikaner erbauen.‹ Der Magister antwortete: ›Ehrlich gesagt, bin ich mehr an dem Kommentar des heiligen Chrysostomus über das Matthäusevangelium interessiert.‹«

Yves nickte nachdenklich, dann legte er beide Hände auf den Tisch und sagte: »Ja, so war er. Der Kommentar des heiligen Chrysostomus über das Evangelium des Matthäus ist verloren und nicht mehr auffindbar … Paris hingegen schon. Kommen wir zurück nach Neapel, wo alles angefangen hat. Wie hat Thomas dort gelebt?«

»Er ist vor den Vigilien aufgewacht und hat in der Kapelle San Nicola gebetet. Wenn er die anderen kommen hörte, zog er sich in seine Kammer zurück und schlief noch ein wenig. Jeden Morgen feierte er in der Kapelle die Messe, bei der ich und mindestens ein Laie stets zugegen waren. Er sprach die Predigt mit geschlossenen oder zum Himmel gerichteten Augen.«

»Und wer war der Laie?«

»Meist einer seiner Freunde, Nikolaus Fricia, er kam fast jeden Tag. Oft war auch ein anderer Freund dabei, Filippo da Castrocielo, der Magister der Medizin an der Universität Neapel. Der Magister hat zwei Werke für ihn verfasst, das *De mixtione e elementorum* über die Mischung der Elemente und *De motu cordis* über die Bewegung des Herzens. Nach der Messe hörte er sich aus Dank eine zweite an, die meist von mir abgehalten wurde. Nachdem er die kirchlichen Gewänder abgelegt hatte, begann der Unterricht im großen Saal der Universität, gleich neben dem Haupteingang der Kirche und des Klosters. Nach den Lektionen schrieb er und diktierte mehreren Schreibern, dann nahm er im *refectorium* die einzige Mahlzeit des Tages ein, wobei er auch bei dieser Gelegenheit oft in Gedanken versunken war. Sie stellten eine volle Schale vor ihn hin, nahmen die leere wieder mit, und er schien es kaum zu bemerken. Nach dem Essen ging er zurück auf sein Zimmer, ruhte sich aus und dachte stets über das Geschriebene nach. Schließlich begann er wieder zu schreiben und zu diktieren. Um die Vesper herum ging er manchmal allein im Kreuzgang spazieren, den Kopf gen Himmel gerichtet und in Gedanken verloren. Danach nahm er manchmal an der Komplet teil. Auf diese Weise hat er sein Leben Gott geweiht. Er war rein und aufrichtig, zu keiner Zeit habe ich etwas Böses aus seinem Mund gehört. Selbst in Diskussionen war er stets bescheiden und freundlich. Ich erinnere mich an eine Auseinandersetzung in Paris mit dem Magister der Franziskaner, John

Peckham, Bonaventuras Schüler. Mit harten und übertriebenen Worten hatte der seine Thesen angegriffen, woraufhin der Magister so bescheiden, so sanft und von tiefer Menschlichkeit geprägt antwortete, dass er sein Gegenüber erröten ließ.«

Als Yves sich die Szene vorstellte, musste er lächeln, Peckham feuerrot und Thomas ironisch und ruhig. Réginald fuhr fort: »Er verließ das Kloster nur selten. Manchmal zerrten ihn die Mönche in den Garten, damit er sich etwas erholte, aber er kehrte meist rasch wieder allein in seine Kammer zurück. Nach der Fastenzeit im letzten Jahr hielt er auf Wunsch des Bischofs die Messe in der Kathedrale. Es waren wundervolle Predigten über das Vaterunser, das Ave-Maria und das Apostolische Glaubensbekenntnis. Ich schreibe gerade meine Notizen darüber zusammen, damit seine Lehren nicht verloren gehen.«

»Hat er sich vor seiner Abreise nach Lyon mit König Charles getroffen?«

Réginald wirkte überrascht. »Nein, zumindest weiß ich nichts darüber. Sicher hat er den König in Capua bei der Versammlung der Kurie im September 1272 getroffen, kurz nach unserer Ankunft im Königreich. Damals ging es um Erbschaftsfragen des Herrn von Fondi, dem

Mann seiner Schwester. Von anderen Treffen ist mir nichts bekannt. Der König mochte ihn. Er könnte ihn vor seiner Abreise zum Konzil zu sich gerufen haben, wobei es merkwürdig ist, dass ich nichts davon weiß und mir der Magister auch nie davon erzählt hat.«

Yves wechselte das Thema. »Warum hat er aufgehört zu schreiben?«

»Das war nach der Messe am Tag des heiligen Nikolaus, am 6. Dezember. Wahrscheinlich war er nach dem langen Studium erschöpft.«

»Hat er dir denn keinen Grund für seine Entscheidung genannt?«

»Nein, Magister, tut mir leid. Damit er sich erholen konnte, habe ich ihn, mit Erlaubnis des Priors, zu seiner Schwester Theodora nach San Severino begleitet. Er liebte sie sehr. Wir blieben drei Tage dort, und bei unserer Rückkehr nach Neapel kam der Ruf zum Konzil. Krankheit und Tod haben ihn davon abgehalten, seine Arbeit wieder aufzunehmen, aber ich werde versuchen, sie zu Ehren Gottes und unseres Ordens zu Ende zu bringen.«

»Du setzt seine Arbeit fort?«

Die Augen des Mönches strahlten. »Ja, Magister.«

»Um welche Werke handelt es sich dabei?«

Réginald wirkte jetzt selbstsicher. »Vor allem der dritte Teil der *Summa theologiae.* Der Magister war bei der Frage neunzig stehen geblieben, in der es um die Buße ging. Ich konnte seinen Kommentar über die *Sentenzen* von Pietro Lombardo benutzen, in denen er das Thema bereits behandelt hatte und den ich nur ausbauen musste. Im Prolog zum dritten Teil schrieb der Magister, dass die Arbeit in drei Teile unterteilt werden würde: Jesus als Retter der Menschheit, die Sakramente und das ewige Leben. Ich muss die Arbeit über die Psalmen fortführen, die inzwischen vierundfünfzig erreicht haben. Dem Magister erlaubte die Betrachtung der Psalmen die Darlegung der gesamten Theologie, weil in ihnen alle Werke Gottes gepriesen werden. Es ist eine wunderbare Arbeit, in der Augustinus, Aristoteles und viele andere zitiert werden. Über Aristoteles hat er auch viele weitere Kommentare verfasst, *De coelo et mundo, De generatione et corruptione* und *De meteoribus*, die ich wohl nicht zu Ende führen werde. Aber ich denke, dass es weitere Werke zu redigieren und ein komplettes Inventar anzufertigen gilt.«

»Hat er nicht auch etwas über den *Timaios* von Platon geschrieben?«

»Nein, er sprach darüber und meinte, er würde es

Euch widmen, weil Ihr es sehr schätzen würdet, aber ihm fehlte die Zeit, darüber zu schreiben.«

»Und die getrennten Substanzen?«

Réginalds Sicherheit verschwand augenblicklich. Er zögerte, dann murmelte er leise: »Das *De substantiis separatis* ... werde ich nicht fortführen.«

»War es dieses Werk, das Thomas am 5. Dezember, am Tag vor dem Nikolaustag, diktierte?«

Réginald beschränkte sich auf ein Nicken.

Yves stand auf. »Ich würde gerne lesen, was er geschrieben hat.«

Das war keine Bitte, aber Réginald versuchte trotzdem zu widersprechen: »Morgen früh werde ich Euch alles zeigen.«

Der Inquisitor entgegnete knapp: »Ich bin nicht müde. Möchte irgendjemand schlafen gehen?«

Niemand antwortete.

Kapitel 10

Die getrennten Substanzen

Neapel, Kloster San Domenico,
27. Mai 1274, nach den Laudes

Die Nacht war schnell vorüber, die ersten Sonnenstrahlen schienen bereits durch die Fenster. Yves hob den Blick von den Papyrusseiten. Im *scriptorium* war sonst nur noch Bernard, der hellwach auf einer Bank der Schreiber saß. Der Inquisitor hatte Réginald aufgefordert, in seine Zelle zurückzukehren. Berengario hatte währenddessen den Mönchen mitgeteilt, dass das *scriptorium* bis auf Weiteres geschlossen bleiben würde, und Godefroy de Montreveil gebeten, einen Ritter als Wache neben der Tür abzustellen.

Thomas' Werke nahmen eine ganze Wand ein. Es war beeindruckend zu sehen, dass ein einziger Mensch so viel schreiben konnte. Sein Arbeitstempo war bereits in Paris enorm gewesen, aber hier musste er wie im Fieber geschrieben haben. Der Verzicht auf die »strittigen Fragen« und das ruhigere Umfeld waren für seine Konzentration sicher günstig gewesen. Vielleicht hatte Thomas auch geahnt, dass seine Zeit zur Neige ging, und sein Lebenswerk noch vollenden wollen. Yves jedenfalls hatte ein kurzer Blick genügt, um zu erkennen, dass die in Neapel entstandenen Werke seine ganze Geisteskraft offenbarten. Sodann hatte sich der Inquisitor auf *De substantiis separatis* konzentriert. Schließlich war dieses Werk der Grund gewesen, sofort ins *scriptorium* zu gehen. Yves wollte kein Risiko eingehen, keine Seite sollte verschwinden. Wie etwa die erste Seite, auf der die Widmung zu finden war: Thomas hatte den Text Réginald zugedacht. »Magister«, durchbrach plötzlich Bernard die Stille, »was sind die getrennten Substanzen?«

Yves lehnte sich in seinem Stuhl zurück. Bevor er antwortete, schloss er seine brennenden Augen.

»Die getrennten oder immateriellen Substanzen sind nicht körperliche Wesen, reine Geister, wie etwa die Engel. Für Aristoteles waren es Götter. Das können wir natürlich nicht gutheißen, denn dann würden wir den Polytheismus zugeben. Allerdings müssen wir anerkennen, dass es Engel gibt, denn die Heilige Schrift spricht von ihnen. Manche haben versucht, sie sich als körperliche Wesen vorzustellen, aber die Heilige Schrift bezeichnet sie als reine Geister. Thomas widmet sich einer langen Untersuchung über den Ursprung der Substanzen, zitiert dabei Platon, Aristoteles, Augustinus, Dionysius und viele andere und zieht daraus, ganz im Einklang mit der christlichen Tradition und ablehnend gegenüber der manichäischen Häresie, die Schlussfolgerung, dass solche reinen Geister direkt von Gott erschaffen wurden. Tatsächlich sagt Psalm 148: ›Lobt ihn, all seine Engel.‹ Es handelt sich folglich um nicht körperliche, vollkommene Wesen, die Gott in seiner unendlichen Güte geschaffen hat, bevor er die körperlichen Wesen schuf und die Engel über sie stellte. So weit, so gut. Heikel aber wird es, weil er nicht nur die Engel als immaterielle Substanzen ansieht, sondern auch die Dämonen. Thomas ist natürlich niemand, der dieses Thema auslässt, und auf den Seiten hier hat er begonnen, es mit seiner präzisen und klaren Logik zu beleuchten. Er hat sich schon in der Vergangenheit damit beschäftigt, im ersten Teil der *Summa theologiae* und in seinen in Paris verfassten Abhandlungen über das Böse, aber das, was er hier darlegt, wäre nach seiner Fertigstellung eine echte Abhandlung über Dämonologie geworden.«

Der Inquisitor seufzte und öffnete die Augen. Bernard hing an seinen Lippen, verängstigt und neugierig zugleich. Yves fuhr fort: »Thomas begann die Natur der Dämonen zu untersuchen, reine Geister wie die Engel. Aber von Gott, wie schon Augustinus sagte, können nur gute Dinge kommen, deshalb müssen auch die Dämonen, wenn sie von ihm erschaffen wurden, gut sein. Er erinnert an die Fülle der Zitate aus der Heiligen Schrift, nach denen die Dämonen Engel sind, die sich von Gott abgewandt haben. ›Wie bist du vom Himmel gefallen, Luzifer, du schöner Morgenstern!‹ Von dieser These schien Thomas indes nicht überzeugt zu sein. Bei den spirituellen Substanzen, die keinen Körper haben, kann es kein anderes Interesse als den Intellekt geben, von allen Körperfunktionen befreit. Aber es ist, wie Aristoteles in seiner *Metaphysik* beweist, immer das Verlangen nach dem Guten oder dem, was wie das Gute aussieht. Die Dämonen sind also böse geworden, obwohl sie etwas scheinbar Gutes wollten, was sie für wahr hielten. Sind sie also Opfer eines Irrtums darüber, was das wahre Gute ist? Kann es sein, dass eine immaterielle und perfekte Substanz, die direkt von Gott geschaffen wurde, das Gute falsch interpretieren kann? Augustinus sagte, dass ›alle, die sich selbst betrügen, nicht verstehen, worin sie betrogen wurden‹. Thomas jedoch glaubte nicht, dass eine immaterielle Substanz sich irren kann, denn sie ist nur Intellekt und frei von Zeit und Raum. Er zitiert Proklos: ›Der Intellekt ist auf ewig rein.‹ Das heißt, die Dämonen waren schon immer böse, was aber der Grundannahme widerspricht, weil die immateriellen Substanzen direkt von Gott geschaffen wurden wie die Engel, oder sie konnten nie böse werden. Da Gott selbst die Essenz des Guten ist, sind die Dinge umso vollkommener, je näher sie ihm sind. Nur die niedrigen Wesen können damit böse sein, nicht die himmlischen und immateriellen Substanzen.«

Yves schwieg. Bernard wartete einen Moment, dann fragte er: »Und dann?«

»Das war alles, der Text endet hier. Am nächsten Tag hat Thomas für immer zu schreiben aufgehört.«

Bernard wirkte verängstigt, und der Inquisitor behielt weitere Ausführungen lieber für sich. Im Grunde konnte Thomas sich die Bösartigkeit des Teufels nicht erklären. Er hatte die Möglichkeit eines Irrtums durch eine immaterielle und in seiner Natur guten Substanz ausgeschlossen. Das Traktat über die Dämonologie blieb zwar unvollendet, die logische Schlussfolgerung dessen, was er gerade gelesen hatte, schien jedoch schon verheerend genug. Die Fragen, die sich sein Freund gestellt hatte, lagen auf der Hand. Was, wenn es keine Fehleinschätzung gab? Was, wenn Gott selbst Jesus in die Wüste geschickt hatte, um ihn auf die Probe zu stellen? Der Inquisitor wusste außerdem, dass sich der Theologe immer auf Fragen konzentriert hatte, die ihn beschäftigten, und dass die Antworten auf seine Zweifel ganz plötzlich auftauchten, selbst während eines Abendessens mit dem König von Frankreich, so wie es Yves selbst beobachtet hatte. Aus den Aufzeichnungen, die ihm vorlagen, ging ganz klar hervor, dass das Thema, mit dem sich Thomas von Aquin im Dezember 1273 beschäftigt hatte, die Unmöglichkeit war, dass es sich in einer immateriellen und »von Natur aus guten« Substanz wie dem Teufel, um einen Irrtum handelte.

Was muss ihm an diesem Morgen in der Kapelle von San Nicola in den Sinn gekommen sein?

Yves versuchte ihn sich vorzustellen und wurde von einem ähnlichen Gefühl der Verwirrtheit überfallen, wie damals in Al-Mansura und anderswo. Er brauchte fri-

nur der Prior gewesen sein. Er hatte Kontakt zum Großmeister.«

»Ja, er hat Giovanni informiert …«, nickte der alte Mönch. »Es wäre interessant zu wissen, mit wem unser Meister noch gesprochen hat.«

»Meint Ihr, er hat es noch jemandem erzählt?«

»Wenn er es mir berichtet hat, dann kann er es auch anderen gegenüber getan haben.«

Kapitel 11

Einfach nur die Wahrheit

Neapel, 27. Mai 1224, zur Non

Yves und Berengario verließen das Kloster durch das Haupttor und verschwanden in Begleitung von Godefroy de Montreveil, Ruggero di San Floro und Henri de Noailhac in den überfüllten, stinkenden und lauten Gassen. Sie passierten das große Kloster San Gregorio Armeno, in dem Benediktinerinnen lebten, erreichten das *Decumano maggiore* und bogen dann nach rechts Richtung Castel Capuano. Als sie an der Kirche San Paolo vorbeikamen, die auf den Grundfesten eines alten römischen Tempels errichtet worden war, mit sechs Säulen und einem dreieckigen, mit heidnischen

Skulpturen geschmückten Giebel dachte Yves an die kleine verlassene Kirche in Karthago zurück. Er gelobte sich, den König darum zu bitten, sie abreißen und aus den Ruinen ein neues Gotteshaus bauen zu lassen. Anfangs hatte er seinen Blick auf den Boden gerichtet, wie er es immer tat, um nicht in Unrat zu treten. Doch dann wurde seine Aufmerksamkeit von den Geschäften geweckt, den Werkstätten und den Menschen, die zwar arm waren, aber würdevoll und gottesfürchtig wirkten. Als die kleine Gruppe vorbeizog, hoben viele ihre Kopfbedeckung, oder sie bekreuzigten sich. Yves antwortete mit dem Segenszeichen, was Berengario überraschte. Das hatte er bei ihm noch nie erlebt. Der Anblick der barfüßigen Kinder in Lumpen zeigte deutlich, dass Charles' Herrschaft die Zustände keineswegs verbessert hatte. Das Gebet der Armen würde zu Gottes Zorn werden.

Castel Capuano lag weniger als eine Meile vom Dominikanerkloster entfernt. Die Wachsoldaten hatten den älteren Mönch, der höflich darum bat, mit dem König sprechen zu dürfen, noch nie gesehen. Der königliche Inquisitor und zwei Ritter mit den Insignien der Montforts an seiner Seite sorgten allerdings dafür, dass sie augenblicklich Jean Britaud de Noyelles verständigten. Er war ein alter Soldat mit kurzen weißen Haaren und einem von der neapolitanischen Sonne gegerbten Gesicht. Er erinnerte sich nur zu gut an Yves le Breton, der ihn bei der Eroberung des Königreichs begleitet hatte.

»Magister! Welche Überraschung!«

Die Antwort des Dominikaners fiel knapp und scharf aus: »*Pax vobiscum*. Ich muss sofort den König sprechen. Allein.«

Der Konstabler warf Berengario einen Blick zu, als wollte er fragen, was passiert sei, aber dieser blieb ungerührt. De Noyelles antwortete deshalb prompt: »Kommt mit. Und Ihr, Pater Berengario, wartet dort, wo es Euch beliebt.«

Er brachte Yves in den ersten Stock des Schlosses bis ins Vorzimmer des Königs, in dem mehrere Ritter postiert waren, die bei ihrem Anblick sofort aufsprangen. De Noyelles ging allein ins Nebenzimmer und kam kurz darauf mit zwei Beamten wieder heraus.

»Der König erwartet Euch.«

Yves trat ein. Charles von Anjou saß am Ende eines großen Saales vor einem mit Papieren übersäten Schreibtisch. Mit unbeweglichem Gesicht und ohne aufzustehen, begrüßte er ihn: »Willkommen zurück, Magister.«

Der Inquisitor antwortete kühl: »Das ist kein Höflichkeitsbesuch, Sire.«

»Wie es scheint, hat die Zeit Eure Unverschämtheit nicht gemäßigt.«

Yves antwortete genauso direkt: »Eure anscheinend auch nicht, Sire. Warum habt Ihr mir Ritter hinterhergeschickt, um mich zu töten?«

»Ich habe niemanden geschickt. Ich weiß nicht, wovon Ihr sprecht.«

»Es können nur die Euren gewesen sein.«

Charles zögerte, dann murmelte er: »De Noyelles ist ein Dummkopf. Ich wusste, dass Ihr es herausfinden würdet … Sie waren nur zu Eurem Schutz da.«

»Zu meinem Schutz? Vor wem sollten sie mich beschützen? Euer treuer Vasall Jean de Montfort hatte mir bereits eine Eskorte zur Seite gestellt. Warum haben sie sich dann versteckt wie Banditen? Nein, Sire. Sie wollten mich innerhalb des Kirchenstaates töten. Ein Hinterhalt im Königreich wäre zu gefährlich gewesen. Denn Ihr habt mächtige Feinde in Lyon, die es kaum erwarten können, Euch zu ruinieren. Ich frage Euch ein letztes Mal, dann werde ich Euch meine Erkenntnisse mitteilen, und ich versichere Euch, dass sie Euch sehr unangenehm sein werden: Warum habt Ihr das getan?«

Der König schwieg, und Yves wurde klar, dass er ihn in die Enge getrieben hatte. Der beste Weg, einem solch hinterlistigen Mann wie Charles zu begegnen, war, ihn direkt anzugreifen. Er schien seine Gedanken zu lesen: Er konnte Yves' Dreistigkeit kaum ertragen, fürchtete sich aber. Schließlich war ihm bewusst, dass der Papst und der junge König Philipp von Frankreich dem Inquisitor vertrauten und es besser war, ihn als Verbündeten, denn als Gegner zu haben. Schließlich erwiderte er: »Als Spieler weiß ich, wann es an der Zeit ist, die Karten auf den Tisch zu legen. Wir kennen uns seit mehr als dreißig Jahren, Magister, und haben schwierige Zeiten miteinander durchlebt. Deshalb werde ich offen sprechen. Meine Spione in Lyon haben mir berichtet, dass der Papst Euch nicht nur ins Reich schickte, um den Tod von Bruder Thomas zu untersuchen, sondern auch den von Balduin von Courtenay. Ihr solltet Beweise gegen mich finden, um mich am Ende des Konzils abzusetzen, so wie es Papst Innozenz mit Friedrich dem Staufer getan hatte. Das konnte und kann ich nicht zulassen. Deshalb habe ich de Noyelles gebeten, Euch aufzuhalten. Als ich von dem wirklich außergewöhnlichen Erlebnis mit den Wölfen erfahren habe, habe ich das als göttliches Zeichen gewertet und die Aktion abgebrochen.

Außerdem hatte ich das unangenehme Gefühl, mich genau so zu verhalten, wie meine Feinde in Lyon es gewollt haben, als sie mir die Informationen über Eure Mission haben zukommen lassen. Aber ich habe mit den beiden Todesfällen nichts zu tun. Bruder Thomas habe ich stets geschätzt und Balduin fast fünfzehn Jahre lang Schutz und Asyl gewährt, nachdem die Byzantiner Konstantinopel zurückerobert hatten. Ich habe ihm sogar meine Tochter zur Frau gegeben. Er hat giftige Pilze gegessen, das kann auch der Arzt Filippo da Castrocielo bestätigen, der den Toten untersucht hat. Ich werde also nicht zulassen, dass es falsche Anschuldigen gegen mich gibt. Nicht mal Euch, dem ich eine tiefe Wertschätzung entgegenbringe.«

Yves behielt die Antwort, die ihm über die Lippen kommen wollte, für sich: »So tief, dass Ihr mich tot sehen wollt?« Er konnte nicht ausschließen, dass es sich auch dieses Mal um eine Finte handelte. Im Moment jedoch hatte er keine andere Wahl, als zu antworten: »Dann helft mir, die Wahrheit herauszufinden, Sire. Wenn es so ist, wie Ihr sagt, dann findet Ihr in mir – wie bereits in der Vergangenheit – einen treuen Verbündeten.«

»Sagt mir, was ich tun kann.«

»Wie war Eure Beziehung zu Thomas?«

»Hervorragend. Wie Ihr wisst, wurde die Familie von Aquin im Krieg auseinandergerissen. Einige, wie Thomas, der damals bereits Graf von Acerra war, ergriffen Partei für Manfred und Konradin und nahmen das gleiche Ende. Einige von Thomas' Brüdern wurden von Friedrich dem Staufer umgebracht. Euer Mitbruder gehörte somit zum gesunden Zweig der Familie, und seine Schwestern haben zwei meiner treuesten Vasallen geheiratet, die Grafen Ruggero d'Aquila und Ruggero di San Severino. Vor einigen Jahren habe ich ihn persönlich in Capua getroffen, noch bevor er nach Neapel kam, um Erbschaftsangelegenheiten bezüglich der Nachfolge von Ruggero d'Aquila zu besprechen, der ihn als Testamentsvollstrecker bestimmt hatte. Ich mochte ihn sofort. Ein großer, freundlicher, bescheidener und sehr kluger Mann. Wir sprachen auch über Euch, und er war voll des Lobes. Er hat mir berichtet, dass Ihr Euch nach der Rückkehr aus Tunis in die Bretagne zurückgezogen habt. Er fügte hinzu, dass Ihr ihm noch eine Erklärung schuldete, ohne jedoch genauer darauf einzugehen.«

Yves nickte. Wenigstens darüber sagte Charles die Wahrheit.

Nur Thomas konnte von diesem Versprechen wissen.

Der König fuhr fort: »Ich bat ihn, an der Universität von Neapel Theologie zu lehren, der Unterricht würde in Eurem Kloster stattfinden. Er nahm an, und ich wies den Prior des Klosters San Domenico an, ihm monatlich eine Unze Gold für seine Dienste zu zahlen. Seitdem habe ich ihn als einen guten Freund betrachtet.«

»Habt Ihr ihn vor seiner Abreise nach Lyon noch einmal getroffen?«

»Nein, seit Capua habe ich ihn nicht mehr gesehen. Es hieß, dass es ihm in den letzten Jahren nicht gut ging.«

»Hat man Euch auch gesagt, an welcher Krankheit er litt?«

»Nein, aber da kann Euch sicher Filippo da Castrocielo weiterhelfen. Ich werde ihm ausrichten lassen, dass er uns morgen in San Domenico treffen soll. Kommt gerne wieder, wann immer Ihr wollt.«

Damit war das Gespräch beendet.

Als er Castel Capuano verließ, war Yves unruhig. Er vertraute Charles von Anjou nicht. Selbst wenn er schuldig war, hätte er sich genau so benehmen können, wie er es getan hatte. Und es war eine Gemeinsamkeit zwischen Balduin und Thomas aufgetaucht. Die Todesumstände des Herrschers von Konstantinopel müssen jemandem verdächtig vorgekommen sein, vielleicht dem lokalen *iudiciarius*. Deshalb hatte der Arzt aus Neapel ihn untersucht und eine natürliche Todesursache festgestellt. Filippo da Castrocielo war Thomas' Freund gewesen. Charles hatte nicht ausschließen können, dass der Arzt sich dem Mönch anvertraut hatte, wenn ihm etwas merkwürdig vorgekommen war. Hatte der König etwa befürchtet, Thomas würde mit dem Papst darüber sprechen? Das wäre ein hervorragendes Mordmotiv gewesen und würde auch erklären, warum der König bestritt, Thomas vor seiner Abreise noch einmal gesehen zu haben.

Offensichtlich hatte jemand dafür gesorgt, dass der König von seiner Ankunft erfahren hatte. Jemand, der sich seiner und vielleicht auch Charles' entledigen wollte und der seine Mission bereits kannte, noch bevor sie begonnen hatte, und zwar so lange, bis eine Nachricht aus Lyon Neapel erreicht hatte und die Ritter des Königs nach Fossanova gelangen konnten. Doch außer Jean de Montfort konnten das nur vier Personen wissen.

Kapitel 12

Die heilige Agnes

Neapel, Kloster San Domenico,
27. Mai 1274, am Nachmittag

Thomas' Zelle lag im ersten Stock in der Mitte eines langen Flurs mit den Türen der Mönchszellen auf der einen und einem Balkon mit einer Steinbrüstung und Blick auf den Garten hinaus auf der anderen Seite. Sie war schmal und dunkel, durch das kleine quadratische Fenster von einer Elle Länge fiel nur wenig Licht.

Yves legte sich auf das Lager und sah hinauf zu den Holzbalken an der Decke. Er hatte um diese Zelle gebeten und wollte sich kurz ausruhen, nachdem er zusammen mit Berengario im *refectorium* ein einfaches Mahl zu sich genommen hatte: Brot, Käse und etwas mit Wasser gemischten Wein.

Der Inquisitor versuchte sich Thomas auf diesem Bett vorzustellen, gefangen in einem quälenden Gedankenwirrwarr. Seine Untersuchungen waren an einem Scheideweg angelangt. Alles, was er herausgefunden hatte, ließ sich durch eine Krankheit erklären, die seinen Freund am 6. Dezember befallen und sich zunehmend verschlimmert hatte. Ein durch seine Studien verursachter Nervenzusammenbruch, wie es Giovanni da Vercelli vermutet hatte? Oder nur ein durch Übergewicht und das Alter geschwächter Körper? Irgendetwas stimmte hier nicht, aber er konnte es noch nicht fassen.

Das Gefühl eines alten Mannes, wie Bonaventura es genannt hatte.

»Thomas, verzeih mir, ich verstehe es einfach nicht«, sagte er laut.

Die Müdigkeit übermannte ihn. Während er einschlief, meinte er die dunklen Umrisse seines Meisters Mathieu de Bourbon vor sich zu sehen, neben ihm eine kleinere Gestalt, die er nicht erkennen konnte.

Später, vor der Vesper

Tolomeo da Lucca war fast vierzig Jahre alt. Er war von kleiner Statur, dunkelhaarig, mit klugen Augen und großen Hände. Der fast legendäre Yves le Breton schien ihm keine Furcht einzuflößen. Sie saßen mit Berengario und Bernard in Thomas' *scriptorium*, das sie zum Hauptquartier der Inquisition gemacht hatten. Die zwanzig Dominikaner des Klosters hatten die neue Situation ohne Murren akzeptiert. Einige kannten Yves aus der Zeit der Inquisition, andere hatten nur von ihm gehört, aber alle waren von der Heiligkeit seiner Mission überzeugt: herauszufinden, wie ihr Bruder gestorben war.

Der alte Inquisitor begann: »Du hast Thomas nahegestanden, nicht wahr?«

»Ja, Magister, ich habe ihn im September vor zwei Jahren hierher begleitet und bin seitdem sein Schüler.«

»Und sein Schreiber …«

Der Mann zuckte alarmiert zusammen. Wenn der Inquisitor das erwähnte, verhieß das nichts Gutes.

»Ja … zusammen mit anderen«, antwortete er vorsichtig.

»Als ihr nach Neapel kamt, erkrankten da Thomas und Réginald?«

Tolomeo nickte. »Wir waren im Schloss des Kardinals Annibaldi. Der Magister und Réginald bekamen Malaria, und Réginald lag im Sterben. Der Magister heilte ihn mit Reliquien der heiligen Agnes, die er in Rom erworben hatte.«

»In Rom?«

»Ja, so sagte er jedenfalls.«

»Warst du dabei?«

»Nein.«

»Kam dir das nicht merkwürdig vor? Jeder weiß, dass die Reliquien der heiligen Agnes in einer Kirche in Rom aufbewahrt und verehrt werden. Wie hätte er sie kaufen können?«

Tolomeo wirkte enttäuscht. »Ich weiß nicht, wie ich Euch helfen soll. Aber sie müssen echt gewesen sein, denn Réginald wurde wieder gesund.«

»Sicher, vielleicht haben aber auch Thomas' Gebete und der Glaube ihn gerettet … Erinnerst du dich an das Fest der heiligen Agnes?«

»Ja, der Magister hat all seine Studenten zum Essen ins *refectorium* eingeladen. Er war entspannt und zu Scherzen aufgelegt, ausnahmsweise einmal nicht in seinen Gedanken verloren. Ich werde das nie vergessen.«

»Und dann wurde er düster?«

Der junge Mönch wirkte verlegen. »Es war wie eine … geistige Abwesenheit. Ich erinnere mich, dass der päpstliche Legat den Erzbischof von Capua, Marinus von Eboli, der einst Schüler des Magisters gewesen war, bat, ein Treffen mit ihm zu organisieren. Sie kamen ins Kloster und warteten mit Guilelmus de Tocco im Kapitelsaal, während ich den Magister holen ging. Ich fand ihn hier in diesem Raum, in seine Studien vertieft. Ich brachte ihn zu den Besuchern, aber er blieb in diesem Zustand und sagte kein einziges Wort. Sie warteten schweigend, bis er schließlich strahlend ausrief: ›Jetzt habe ich gefunden, wonach ich gesucht habe!‹ In diesem Moment wurde der Kardinal ärgerlich. Der Magister hatte ihn nicht begrüßt, schien ihn nicht einmal bemerkt zu haben. ›Signore‹, erklärte ihm daraufhin der Erzbischof, ›wundert Euch nicht. So ist es oft. Dann ist er derart abgelenkt, dass er nicht spricht, egal, mit wem er zusammen ist.‹ Dann zog er kräftig am Umhang des Magisters, der endlich die Anwesenheit der beiden Gäste zu bemerken schien. Er kniete vor dem Kardinal nieder und entschuldigte sich, ihm nicht sofort die gebührende Ehrerbietung gezeigt zu haben. Als der ihn fragte, was er vorhin gemeint hätte, sagte Thomas: ›Ich habe die Antwort auf eine Frage gefunden, die mich schon eine Weile beschäftigt hat, und die Freude spiegelte den Zustand meiner Seele wider.‹«

Yves wiederholte die Worte von Marinus von Eboli: »So ist es oft …« Nach kurzem Schweigen fügte er hinzu: »Fallen dir noch andere Episoden dieser Art ein?«

Der Mönch dachte kurz nach. »Eines Tages, Ende Mai, bevor er mit dem Diktat begann, wollte er uns einen Traum erzählen, den er als Zeichen Gottes wertete. Ihm war Bruder Romanus de Roma erschienen, sein guter Freund und Nachfolger am Lehrstuhl für Theologie in Paris. Überrascht hatte ihn der Magister gefragt: ›Hattest du eine gute Reise? Wann bist du angekommen?‹, und sein Gegenüber antwortete: ›Ich habe dieses Leben verlassen und zeige mich dir wegen der Verdienste, die du erworben hast.‹ Der Magister begann, ihn zu befragen: ›Im Namen Gottes, wenn Er es zulässt, bitte antworte auf meine Fragen. Ich möchte wissen, was aus mir wird und ob meine Handlungen geschätzt werden?‹ Romanus antwortete: ›Gott ist dir gnädig, und dein Tun findet sein Gefallen.‹ ›Und du?‹, fragte ihn Thomas. ›Ich bin im ewigen Leben, aber ich war fünfzehn Tage wegen einer Nichtigkeit in der Hölle, eine Nachlässigkeit in Bezug auf das Testament des Bischofs von Paris, mit dem ich betraut war. Ich sollte es so schnell wie möglich überbringen, und das habe ich nicht getan.‹ Der Magister fuhr fort: ›Ich möchte auch die Antwort auf eine Frage wissen, die wir oft diskutiert haben. Hat das Wissen, das wir in diesem Leben erwerben, auch im nächsten Bestand?‹ Romanus beantwortete diese Frage nicht, sondern sagte ausweichend: ›Ich sehe Gott, frag mich nichts mehr.‹ Der Magister aber blieb hartnäckig: ›Wenn du Gott siehst, siehst du ihn direkt oder durch ein Gleichnis? Romanus antwortete mit einem Psalm: ›Wie wir es gehört, so haben wir es gesehen in der Stadt des Herrn der Heerscharen, in der Stadt unseres Gottes, in die du bald einziehen wirst.‹ Dann verschwand Bruder Romanus. Den Magister hat diese Begegnung sehr beeindruckt, und er war geschmeichelt, dass Gott seine Handlungen schätzte, wertete den Traum aber auch als Zeichen für Romanus' nahendes Ende. Tatsächlich mussten wir kurze Zeit später erfahren, dass Romanus am 28. Mai verstorben war.«

»War Thomas beunruhigt, dass er ebenfalls sterben könnte?«

»Nein, damals nicht, vielleicht ein wenig nachdenklich. Aber in der letzten Zeit war er verändert. Er hat nicht mehr geschrieben oder diktiert, sprach kaum noch, ging schwerfällig, brach oft in Tränen aus, besonders wenn er die Messe feierte. Als ob er die Freude am Leben verloren hätte, die ich immer in ihm gesehen hatte.«

»Was meinst du mit der letzten Zeit?«

»In der Zeit vor seiner Abreise zum Konzil nach Lyon, im Dezember und Januar. Für ein paar Tage hat er sich sogar zu seiner Schwester nach San Severino zurückgezogen, aber als er zurückkehrte, war es nur noch schlimmer um ihn bestellt.«

»Hast du nach Erklärungen gesucht?«

»Ihn habe ich nie gefragt, das hätte ich mir niemals erlaubt. Ich habe Réginald gefragt, was passiert sein könnte, aber er antwortete immer nur, der Magister sei müde und brauche Ruhe.«

»War Thomas am 21. Januar dieses Jahres in Neapel?«

»Ja, er war seit Kurzem zurück.«

»Hat er den Festtag der heiligen Agnes gefeiert?«

»Nein, bei seiner Rückkehr war er erschöpft und zog sich einige Tage wie krank in seine Zelle zurück. Wir haben abwechselnd nachts bei ihm gewacht.«

»Wer genau?«

»Nun, wir drei Schreiber: ich, Giacomino d'Asti und Bonfiglio Coppa.«

»Bevor Thomas seine Arbeit einstellte, was genau hat er euch diktiert?«

»Jedem ein anderes Werk. Ich habe den dritten Teil der *Summa* geschrieben, wir waren beim Thema Buße angelangt.«

»Wer war mit *De substantiis separatis* beschäftigt?«

»Der arme Bonfiglio Coppa. Habt Ihr gehört, dass man ihn umgebracht hat?«

»Ja, davon habe ich erfahren ... Weißt du, was passiert ist?«

»Eines Abends ist Bonfiglio nicht ins Kloster zurückgekehrt, und am nächsten Morgen hat man ihn hier in der Nähe in einer Gasse tot aufgefunden.«

»Hat er das Kloster oft verlassen?«

»Er stammte aus Neapel, hier leben seine Mutter und sein jüngerer Bruder, der auch einer unserer Schüler ist. Wann immer er konnte, ging er sie besuchen. Der Arme, er war ein so guter und gottesfürchtiger Mann ... Ob er schon mit dem Magister im Himmel ist?«

»Hat Bonfiglio jemals über das gesprochen, was Thomas ihm diktiert hat?«

Tolomeo zögerte. »Nein, nie. Wir haben oft nicht einmal verstanden, was Thomas uns diktiert hat. Wir haben es einfach aufgeschrieben, mehr nicht.«

»Was für ein Schüler wärst du, wenn du nichts von dem verstehst, was du geschrieben hast?«, fragte ihn Yves in scharfem Ton.

Tolomeo schien überrascht, entgegnete aber prompt: »Gerade weil ich sein Schüler war, konnte ich die tiefere Bedeutung seiner letzten Werke nicht erfassen.«

Yves provozierte ihn weiter: »Und du hast es nicht einmal versucht?«

»Ich habe es versucht, Magister, aber ich habe oft die Feinheiten seiner Argumentation nicht erfassen können. Und ich durfte ihn auf keinen Fall unterbrechen, damit er mir etwas erklärte.«

»Etwas wirst du doch verstanden haben, die Feinheiten vielleicht nicht, aber die Substanz schon.«

»Ja, die Substanz schon.«

»Und Bonfiglio? Wie war das bei ihm?«

»Wie gesagt, darüber hat er mit mir nicht gesprochen.«

»Und dich hat niemand nach dem gefragt, was Thomas dir diktiert hat?«

»Nein.«

Die grünen Augen des Inquisitors bohrten sich in die des Mönches. »Wovor hast du Angst, Tolomeo da Lucca?«

Am gleichen Abend, zur Komplet

Rosenduft erfüllte den Kreuzgang. Yves ging langsam mit Berengario und Bernard auf und ab. Da er sich am Nachmittag ausgeruht hatte, war er nicht müde. Wie üblich war es Bernard, der eine Frage stellte: »Meint Ihr, Tolomeo hat uns nicht alles erzählt, Magister?«

»Ich denke, er hat über die Intelligenz der Schüler, die Thomas nahe waren, gelogen. Um von ihm ausgewählt zu werden, mussten sie fähig sein, komplexe Sätze aufzuschreiben. Tolomeo ist stolz, es muss ihn einiges gekostet haben, mir zu sagen, dass er die Werke seines Meisters nicht verstanden und nicht mit seinen Mitbrüdern darüber gesprochen hat.«

»Dann hat er also wirklich Angst, wie Ihr es gesagt habt. Aber wovor?«

Berengario erwiderte: »Vielleicht davor, zwei Inquisitoren zu gestehen, dass ihm Texte bekannt waren, die für einen Dominikaner unpassend waren?«

»Ja, das kann sein«, antwortete Yves, »oder er hat Angst, so zu enden wie sein Freund Bonfiglio. Ich würde gerne mit seiner Mutter und dem Bruder sprechen. Berengario, kümmerst du dich darum?«

»Sicher, Magister.«

Bernard fuhr fort: »Was haltet Ihr von Réginalds wundersamer Genesung und den Reliquien der heiligen Agnes?«

Yves ging einige Schritte, bevor er antwortete: »Ein weiterer Aspekt dieser Geschichte, der mich sehr verwundert. Die heilige Agnes ist eine römische Märtyrerin. Der Legende nach, die dem heiligen Ambrosius zugeschrieben wird, war sie bloß ein zwölfjähriges Mädchen, das sich Jesus verschrieben hatte. Als sich der Sohn des römischen Präfekten in sie verliebte, lehnte sie ihn ab. Der Präfekt ordnete daraufhin an, dass sie in den Kreis der Jungfrauen des Vesta-Kults eintreten sollte, der heidnischen Schutzgöttin Roms. Auch das lehnte Agnes ab, woraufhin sie in ein Bordell gesperrt wurde, wo niemand es wagte, sie anzurühren, außer einem Mann, der augenblicklich von einem weißen Engel geblendet wurde. Erst als Agnes sich für ihn einsetzte, gab Gott ihm das Augenlicht zurück. Schließlich wurde sie der Hexerei bezichtigt und zum Tod auf dem Scheiterhaufen verurteilt, aber die Flammen berührten ihren Körper nicht, und ihre offenen Haare bedeckten ihre Nacktheit. Sie wurde trotzdem mit einem Schwerthieb in die Kehle getötet, wie ein weißes Opferlamm. Es ist eine Geschichte, bei der die Keuschheit bis zum Ende verteidigt wird, mit einigen blutrünstigen Details. Seltsam erscheint mir jedoch, dass Thomas in Rom Reliquien dieser Heiligen gekauft und sie sogar um den Hals getragen haben soll, hat er doch die Gesellschaft von Frauen immer gemieden. Hierzulande ist die Agnes-Verehrung allerdings weit verbreitet. Berengario, hieß die Äbtissin, mit der du in der Nacht nach der Schlacht in Benevent aneinandergeraten bist, nicht auch Agnes?«

Noch bevor der Inquisitor antworten konnte, unterbrach Bernard: »Um solche Leidenschaft zu entfesseln, muss die heilige Agnes wunderschön gewesen sein. Sicher hat Thomas sie nicht als Schönheit in ihrer Weiblichkeit gesehen, sondern in ihrer erhabenen heiligen Schönheit.«

Yves murmelte nachdenklich: »Nun, Bernard hat einen Punkt getroffen, der in Thomas' Logik ein Resultat darstellt, das der Annahme widerspricht.«

»Welchen Punkt, Magister?«

»Die Schönheit. Offensichtlich konnte ein Mann wie Thomas, der sich für alles interessiert hat, dieses Thema nicht außen vor lassen. Was ist schön? Einige sagen, dass die Natur von Gott geschaffen wurde und allein aus diesem Grund in ihrer Vollkommenheit schön ist. Tatsächlich könnte man in allem eine Manifestation von Gottes Wort erkennen. Adam von Sankt Viktor sagte, dass sogar eine Nuss an Christus erinnere: Die äußere Hülle ist sein Fleisch, die Holzschale das Kreuz und der Kern, den wir essen, ist das Göttliche. Aber diese Annahme, dass alles schön ist, weil es von Gott kommt und uns von Gott erzählt, entsprach nicht Thomas' Logik. Er erkannte Gott in allem, aber als ordnende Kraft, die er war, wollte er auch die Natur nach den Regeln der Vernunft analysieren. Er sagte daher, eine Sache ist schön, wenn sie ihrem Zweck entsprechend funktioniert. Ein Schmied, der ein Messer schmiedet, gibt sein Bestes, um ein Messer herzustellen, das schneidet, und je schärfer es ist, desto schöner ist es. Er hat drei Kriterien entwickelt, um die Schönheit, die wir sehen, einzuordnen: die Integrität, die Proportion und die Klarheit. Die Integrität besteht in der Übereinstimmung des Objekts mit dem Konzept, dem es entstammt. Im Fall des Messers zeigt sich die Integrität in der Übereinstimmung des Gegenstands mit seiner Funktion. Um diese Integrität wertschätzen zu können, muss man sich mit dem Objekt im Detail beschäftigen. Es gibt laut Thomas keine Schönheit ohne eine tiefe geistige Durchdringung, das äußere Erscheinungsbild genügt nicht. Bei der Proportion liegt die Schönheit in der Harmonie der einzelnen Teile. Die Klarheit liegt in der Schärfe, in der sich die Perfektion vor unseren Augen zeigt. Das Problem dieses Konstrukts ist, dass nur Gott das komplette Wissen über all seine Geschöpfe haben kann. Der Mensch bleibt an der zufälligen Form, am Äußeren stehen, er kann die göttliche Schöpfung nicht in ihrer Gänze erfassen. Die einzige Schönheit, die der Mensch erkennen kann, ist deshalb die künstliche, die er selbst geschaffen hat, wie etwa das Messer. Das bedeutet, dass der Mensch die Tiefe, die substanzielle Schönheit der Schöpfung nicht erkennt, weil es ihm nicht möglich ist, die Essenz zu sehen. Im Gegensatz zur Begeisterung von Adam von Sankt Viktor beim Anblick einer Nuss folgt daraus in dem von Thomas entwickelten rationalen und logischen System, dass der Mensch die der Schöpfung innewohnende Schönheit nicht erkennen kann, auch wenn beide davon ausgehen, dass Gott in allen Dingen ist.«

»Eine weitere Absurdität also, wie der Gedanke, der Teufel sei gütig?«, Berengario war irritiert. »Warum hätte Gott den Menschen nach seinem Bildnis erschaffen sollen und ihm dann nicht erlauben, die wahre Schönheit zu sehen?«

»Würdest du sie erkennen?«, fragte Yves.

Berengario antwortete nicht, und der ältere Inquisitor stieg langsam und mit gesenktem Haupt die Steintreppe in den ersten Stock hinauf.

Kapitel 13

Der königliche Arzt

Neapel, Kloster San Domenico,
28. Mai 1274, nach den Laudes

Filippo da Castrocielo war am frühen Morgen im Kloster angekommen. Am Vorabend hatte ein Bote des Königs ihn gebeten, so schnell wie möglich bei den Inquisitoren vorstellig zu werden.

Jetzt stand er vor Yves, Berengario und Bernard im *scriptorium*.

Er war etwa fünfzig Jahre alt, nicht sehr groß, hatte einen weißen Bart, zerzauste Haare und einen vorstehenden Bauch.

»Ich danke Euch für Euer Kommen. Wir wissen, dass

Ihr ein guter Freund von Bruder Thomas wart«, begrüßte ihn Yves.

»Ja, der Magister gewährte mir die Ehre seiner Freundschaft. Er war sehr klug und gebildet, und es war eine Freude, seine Predigten zu hören und sich mit ihm zu unterhalten.«

»Er hat Euch auch einige Werke gewidmet.«

»Nach unseren Gesprächen schrieb er mir zwei lange Briefe, einen über die Bewegung des Herzens, einen anderen über die Mischung der Elemente. Wenn ein Thema ihn interessierte, schrieb er ein Traktat darüber«, erklärte der Arzt lächelnd.

»So war er …«, stimmte Yves zu. »Was ist Eurer Meinung nach mit ihm passiert?«

»Das ist eine Frage, die ich mir schon hundertmal gestellt habe. Was ist mit ihm passiert? Und nicht: Wie ist er gestorben?«

»Und welche Antwort habt Ihr gefunden?«

»Dass unser Geist ein wunderbares Geschenk Gottes ist, aber nach Zeiten andauernder Anspannung oder überwältigender Gefühle brechen kann.«

»Erklärt das näher.«

»Habt Ihr den Magister gekannt?«

»Besser, als Ihr Euch vorstellen könnt.«

»Dann wisst Ihr, dass er oft so abwesend war, dass er sich von der Realität entfremdete, vor allem, wenn er einen religiösen Zweifel nicht ausräumen konnte. Während der Messe passierte ihm das in der Regel nicht, aber am Passionssonntag im letzten Jahr kam es zu einer Situation, die mir zu denken gegeben hat. Berengario wird sich daran erinnern, er war auch dabei.«

Er schaute zu dem jungen Inquisitor, der ungerührt blieb. Der Arzt fuhr fort: »Zusammen mit vielen Adligen und Rittern nahm ich an der Messe teil, die Thomas in der Klosterkirche feierte. Bei der Wandlung blieb er plötzlich wie vom Donner gerührt stehen und verharrte in diesem Zustand lange Zeit. Ich wollte gerade eingreifen, weil ich fürchtete, dass es ihm schlecht ging, als zwei Mönche zu ihm eilten und ihn schüttelten, als wollten sie ihn aufwecken. Sodann beendete er die Messe, und zwar tränenüberströmt.«

»Wer waren die beide Mönche?«

»Der Prior und Réginald … Nach der Messe ging ich zu Thomas, um ihn zu fragen, was geschehen war. Doch er antwortete nicht, oder besser, er wollte mir nicht antworten. Er winkte ab, als hätte das alles keine Bedeutung.«

»Und was ist Eurer Meinung nach passiert?«

»Vielleicht hatte er eine mystische Vision oder eine Vorahnung dessen, was ihm im Dezember zustoßen würde. In den Folgemonaten arbeitete er wie üblich fieberhaft weiter, bis zum Nikolaustag. Ich war nicht dabei, aber nach dem, was mir berichtet wurde, gab es noch eine solche Episode, dieses Mal jedoch mit schwerwiegenden Folgen. Damals jedoch hat mich niemand herbeigerufen. Der Prior und Réginald fürchteten, dass die Sache nach außen dringen würde. Vielleicht dachten sie, er wäre nur müde, und sie könnten das Problem mit ein bisschen Schütteln lösen, wie damals bei der Messe im März, und wer weiß, wie oft noch. Sie warteten bis Weihnachten, aber sein Zustand veränderte sich nicht. Anfang Januar begleitete ihn Réginald zu seiner Schwester nach San Severino in der Hoffnung, dass er sich dort erholte. Aber bei seiner Rückkehr ging es ihm schlechter als zuvor. Erst als der Ruf zum Konzil kam, wurde ich endlich herbeigerufen, um ihn zu untersuchen. Sie wollten wissen, ob er imstande wäre, eine solche Reise zu unternehmen. Bei seinem Anblick kamen mir fast die Tränen. Wenn Ihr ihn gekannt habt, dann erinnert Ihr Euch an die klugen Augen und seine Herzlichkeit. Der Mensch, den ich nun vor mir hatte, war ein anderer. Er hatte Schwierigkeiten beim Sprechen und Gehen. Aber er erkannte mich und war sehr freundlich. Er erzählte mir von seinem Besuch in San Severino, doch das Licht in seinen Augen war erloschen.«

»Welche Krankheit habt Ihr vermutet?«

»Ich dachte an eine Apoplexie und machte mir Vorwürfe, ihn nach dem ersten Vorfall nicht zur Ader gelassen zu haben, um das in seinem Körper zirkulierende Blut zu reduzieren. Wer weiß, vielleicht hätte ich ihn damit retten können.«

»Ein Schlaganfall mit einer natürlichen Ursache?«

»Nun, ich kenne keine Gifte, die eine solche Wirkung haben. Ich kann aber nicht ausschließen, dass es sie gibt. Auch ein emotionaler Schock könnte zu einem solchen Zustand geführt haben, aber ich kann mir nicht vorstellen, was das gewesen sein könnte. Da müsste er schon Gott gesehen haben oder ...«

Filippo da Castrocielo wagte nicht, den Satz zu vollenden. Yves tat es für ihn: »Oder den Teufel?«

Im *scriptorium* wurde es ganz still.

Der alte Inquisitor fuhr fort: »Nach Eurer Untersuchung, was habt Ihr dem Prior und Réginald geraten?«

»Ich habe ihnen gesagt, dass ihn unter Umständen schon ein Stoß töten könnte, aber ich merkte sofort, dass die beiden entschlossen waren, dem Ruf des Papstes nachzukommen und den Magister nach Lyon zu schicken. Sie sagten, sie würden auf ihn achten, aber in meinem Herzen wusste ich, dass ich ihn nie wieder sehen würde.«

»Was könnte seinen Tod verursacht haben?«

»Alles Mögliche. Ein Schlag auf den Kopf oder sogar ein heftiges Niesen hätte den Schaden nach dem ersten Hirnschlag verstärken können.«

Yves wechselte das Thema. »Habt Ihr auch den Leichnam von Balduin von Courtenay untersucht?«

Der Arzt hatte die Frage schon erwartet und antwortete, ohne zu zögern: »Ja. Im Oktober letzten Jahres. Er starb in Barletta, während ich in Trani weilte. Maroldo de Curtesio, der *iudiciarius* von Barletta, ließ mich rufen. Er war in Panik. Der Tod des Herrschers von Konstantinopel in seiner Stadt konnte ihn den Posten oder sogar den Kopf kosten. Ich untersuchte Balduin zusammen mit den anderen sieben, die mit ihm gestorben waren, und ließ mir beschreiben, was passiert war. Die Situation schien mir sofort klar. Sie waren an giftigen Pilzen gestorben, die sie zum Abendessen zu sich genommen hatten. Ein schrecklicher Tod, sie haben furchtbar gelitten.«

»Was für ein Zufall, dass Ihr gerade in Trani weiltet …«

Filippo da Castrocielo erwiderte kühl: »Ich war nicht dort, um Balduin zu vergiften, sondern zu Gast bei Leonardo di Molfetta, einem berühmten Kollegen, der ein antikes Traktat eines jüdischen Mediziners in einer Synagoge gefunden hat und es mithilfe des örtlichen Rabbiners übersetzt. Es erinnert an ein Werk von Avicenna, dem berühmten arabischen Arzt. Vor meiner Reise nach Trani habe ich mit dem Magister darüber gesprochen, der den Wunsch äußerte, die Übersetzung später zu lesen.«

»Wurde der Text fertig übersetzt?«

»Die Arbeit ist noch nicht abgeschlossen, Leonardo kümmert sich weiter darum.«

»Auch ich würde sie mir danach gerne ansehen.«

»Selbstverständlich, ich werde Euch informieren.«

Yves runzelte die Stirn und sagte dann: »Danke, dass Ihr gekommen seid, Meister Castrocielo.«

Der Arzt stand auf, verbeugte sich und ging. Sobald sich die Tür hinter ihm geschlossen hatte, sagte Berengario: »Merkwürdig, dass er in Trani war, während nur zehn Meilen entfernt Balduin vergiftet wurde … Es ist doch offensichtlich, dass der König ihn dorthin geschickt hat, um die Ermordung des Herrschers zu organisieren. Nichts Einfacheres, als ein paar vergiftete Pilze unter die anderen zu mischen oder das Gift direkt dazuzugeben. Bruder Thomas hat das geahnt, und der Arzt hat ihn auf Geheiß des Königs vergiftet. Von wegen Hirnschlag!«

»Und das medizinische Traktat?«, fragte Bernard.

»Nur eine Ausrede«, antwortete Berengario. »Wir müssen nach Trani.«

Yves widersprach: »Dafür haben wir keine Zeit, das liegt mehr als hundert Meilen von hier entfernt, und ich muss zurück nach Lyon.«

Der junge Inquisitor erwiderte: »Das ist ein weiterer Beweis gegen Castrocielo. Charles von Anjou weiß genau, dass das Konzil Mitte Juli zu Ende geht und es ein Wettlauf gegen die Zeit ist. Wir können nicht nach Trani reisen, und wenn wir de Noyelles bitten würden, uns das Traktat zu bringen, würden wir ganze zehn bekommen, um die Aussage des Arztes zu stützen.«

Yves dachte nach: »Trani ist weit weg, nicht jedoch die Burg von San Severino. Vielleicht weiß Thomas' Schwester etwas oder kann uns helfen. Wir werden ihr morgen einen Besuch abstatten.«

Berengario zeigte sich enttäuscht, der Besuch schien ihm reine Zeitverschwendung. »Wie Ihr meint, Magister … Wollen wir in der Zwischenzeit Giacomo da Salerno hereinrufen? Ich habe ihn kommen lassen, wie Ihr es gewünscht habt. Er wartet draußen.«

»Aber natürlich. Bernard?«

Der junge Mann stand auf, öffnete einladend die Tür des *scriptorium* und ließ einen Mönch herein.

Giacomo war um die vierzig, hatte ein langes Gesicht mit einem grauen Bart und wirkte nicht sehr aufgeweckt. Yves ließ ihn Platz nehmen, und der Mönch murmelte: »*Pax vobiscum.*«

»*Et cum spiritu tuo.* Du hast Thomas auf seiner letzten Reise begleitet. Ich möchte, dass du mir zunächst erzählst, wie es ihm ging, als ihr von Neapel abgereist seid.«

Der Mönch setzte sich auf der Bank zurecht. »Seit Dezember ging es ihm nicht gut, das haben wir alle im Kloster bemerkt, auch wenn keiner darüber sprechen wollte. Im Januar habe ich ihn dann zu seiner Schwester nach San Severino begleitet. Dort hat sich sein Zustand nicht verbessert. Wir blieben nur drei Tage, und als wir wieder in Neapel waren, verließ er seine Zelle kaum noch. Dann hat er sich erholt, und wir sind wieder abgereist. Ich habe ihm bei den alltäglichen Geschäften geholfen, aber wie Ihr wisst, war er sehr genügsam und gab sich mit wenig zufrieden.«

»Wer hat ihn noch nach San Severino begleitet?«

»Réginald.«

»Und was hat Thomas dort gemacht?«

»Das kann ich Euch nicht sagen, weil ich nicht immer zugegen war. Wie schon gesagt, er brauchte nicht viel.«

»Wie hat ihn seine Schwester empfangen?«

»Sie war besorgt, ihn in einem solchen Zustand vorzufinden, und bei unserer Abreise weinte sie, als ob sie wüsste, dass sie ihn nie wiedersehen würde.«

»Was ist auf der Reise nach Lyon zwischen Borgonuovo und Teano geschehen?«

»Es war Anfang Februar, es wehte ein eiskalter Wind, und sogar Äste flogen durch die Luft. Einer traf den Magister am Kopf.«

»Hast du das mit eigenen Augen gesehen?«

»Nein, ich hatte die Kapuze auf dem Kopf und mir einen Schal ums Gesicht gewickelt. Réginald hat es mir erzählt.«

»War Réginald besorgt?«

»Ja, sehr. Nun … vielleicht sollte ich das nicht sagen, und ich will in keiner Weise die Entscheidungen des Priors und die von Réginald kritisieren, aber ich fand es etwas leichtsinnig, den Magister in diesem Zustand abreisen zu lassen. Réginald hatte sich kühn auf den Weg gemacht und scherzte mit dem Magister, um ihn aufzuheitern, aber als wir Aquin verließen, wurde auch ihm klar, dass wir nicht weiterreisen konnten. Ich schlug vor umzukehren, aber er meinte, wir müssten dem Befehl des Papstes gehorchen, die Zukunft der Kirche und unseres Ordens stünde auf dem Spiel. Deshalb beschlossen wir, in Magentia haltzumachen, wo die Nichte des Magisters lebt, damit er dort wieder Kraft sammeln konnte. Doch stattdessen verschlimmerte sich sein Zustand. Es kamen einige Mönche aus Fossanova herbei, darunter der Prior und der Kräuterkundige. Aus Piperno kam überdies ein Arzt. Als der Magister nicht mehr essen wollte, hatte Réginald sogar Heringe beschafft, aber selbst die rührte er kaum an. Es wurde beschlossen, ihn nach Fossanova zu bringen, um ihn in einem Gotteshaus sterben zu lassen. Er wurde mit Hingabe gepflegt, aber es war nichts mehr zu machen.«

»Wessen Entscheidung war es, ihn nach Fossanova zu bringen?«

»Ich denke, Réginalds, zusammen mit dem Prior und dem Kräuterkundigen des Klosters.«

»Also war es nicht Thomas' Wunsch?«

»Das weiß ich nicht, das könnte auch sein. Das weiß nur Réginald.«

Yves holte tief Luft und meinte dann: »Mit ihm haben wir bereits gesprochen, auch mit den Mönchen in Fossanova und vielen anderen. Was ich von dir wissen will, Bruder, ist deine Meinung. Was ist passiert?«

»Das weiß ich nicht, Magister, ich bin nur ein einfacher Mönch … Aber ich bin davon überzeugt, dass es, was auch immer es war, in diesem Kloster passiert ist. Hier lauert das Böse.«

Kapitel 14

Theodora

Burg San Severino,
29. Mai 1274, vor der Vesper

Kurz nach Sonnenaufgang waren sie aufgebrochen und hatten fast den ganzen Tag gebraucht, um die dreißig Meilen von Neapel nach San Severino zurückzulegen. Sie waren zu acht: Yves und Bernard auf dem Maultier, dazu die sechs Ritter unter der Führung von Ruggero di San Floro. Godefroy de Montreveil und Henri de Noailhac waren mit Berengario im Kloster geblieben, um die Angehörigen von Bonfiglio Coppa zu finden.

Dies war weitaus mehr als eine Burg, es war ein großes befestigtes Dorf auf einem Hügel. Eine Ringmauer mit Zinnen und Türmen umschloss eine Kirche, Wasserzisternen und etwa hundert weiß verputzte Häuser, die meist zweistöckig waren. Zum Obergeschoss gelangte man auf der Rückseite von demselben schmalen Pfad aus, der kurvig den Hang hinaufführte. Als sie an einem der Häuser vorbeikamen, rochen sie den Duft von frisch gebackenem Brot. Sie ritten bis ganz nach oben, wo eine zweite Ringmauer mit Türmen die Residenz des Grafen schützte. Über ihnen in der untergehenden Sonne wehte die grau-rote Standarte von San Severino, der Grafen von Marsico.

Theodora von Aquin war eine Frau mittleren Alters, klein und wohlgeformt. Ihre Gesichtszüge erinnerten Yves an Thomas. Man hatte sie unverzüglich über die Ankunft der Dominikaner und der Ritter informiert, und so erwartete sie die Besucher bereits im Innenhof der Burg.

Noch bevor er abstieg, begrüßte Yves die Gräfin. »*Pax vobiscum,* edle Dame.«

»Willkommen, Pater. Welchem Umstand verdanke ich die Ehre Eures Besuchs?«

»Ich bin Yves le Breton, Großinquisitor im Namen von Papst Gregor.« Mit Bernards Hilfe stieg er vom Maultier und ging auf sie zu. »Und ich war der Freund

Eures Bruders und möchte Euch mein Beileid und das meines gesamten Ordens für Euren Verlust aussprechen.«

»Ich danke Euch, ich kann es immer noch nicht glauben …«

»Darf ich Euch Bernard Gui vorstellen, der mich unterstützt.«

Bernard errötete bei diesen Worten und verbeugte sich: *»Pax vobiscum.«*

»Leider ist mein Mann in Neapel. Normalerweise ist er in der päpstlichen Kurie, aber aufgrund des Konzils ist fast niemand mehr in Rom.«

»Wir wollen nicht ihn, sondern Euch sprechen.«

Die Gräfin wirkte überrascht, antwortete aber sofort: »Nun, ich bin hier.«

Nach dem Abendessen blieben Yves und Theodora allein in einem der Burgsäle zurück. Sie saßen auf hohen Holzstühlen mit geschnitzten Rückenlehnen.

»Was kann ich für Euch tun, Pater?«

»Wir wissen, dass Thomas Anfang Januar hier war, kurz bevor er von Neapel aus nach Lyon aufgebrochen ist, und dass es ihm nicht gut ging. Ich möchte, dass Ihr mir erzählt, was passiert ist.«

Die Gräfin war eine starke Frau. In ihren Augen standen Tränen, aber ihre Stimme blieb emotionslos. »Ich habe ihn im Hof empfangen, genau wie Euch, und er schien mir von Anfang an verändert. Er hatte Schwierigkeiten beim Gehen und beim Sprechen, und er war wie … abwesend.«

»Hat er Euch erkannt?«

»Natürlich, er war freundlich und herzlich wie immer, aber traurig und in düsteren Gedanken versunken. Etwas musste ihn beunruhigt und in diesen Zustand versetzt haben. Ich fragte Réginald, was geschehen sei, und er antwortete: ›Er ist seit dem Nikolausfest in diesem Zustand.‹ Er fügte hinzu, dass er in letzter Zeit viel gearbeitet habe und vielleicht nur erschöpft sei. Deshalb hatte er ihn zu mir gebracht. Er hoffte, dass Thomas mit meiner Hilfe und fern des Trubels von Neapel wieder zu Kräften kommen würde … Leider war dem nicht so, und mir wurde zunehmend klar, dass es noch einen anderen Grund für diesen Besuch gab. Denn eines Abends hörte ich sie in ihrem Zimmer schreien. Oder besser, ich hörte Réginald schreien. Thomas sprach leise, seine Worte konnte ich nicht verstehen.«

Yves zog die Augenbrauen hoch. Im Dominikanerorden, der, wie alle anderen Orden auch, auf Autorität und Gehorsam beruhte, war es undenkbar, dass ein Schüler seinem Meister gegenüber die Stimme erhob.

»Und was hat Réginald gesagt?«

»Ich habe es nicht richtig verstanden, aber mir schien, als ob er wissen wollte, warum Thomas mit dem Schreiben aufgehört hatte.«

»Als ob es eine freie Entscheidung und nicht der Krankheit geschuldet wäre?«

Die Frau nickte. »Genau … Und wenn Ihr wollt, sage ich Euch auch, was ich davon halte.«

»Dass Réginald ihn hierhergebracht hat, damit er ihn fern des Klosters auf seine Art befragen konnte.«

Theodora sah ihn erstaunt an. »Ihr erinnert mich an meinen Bruder, so wie er früher war.«

Yves lächelte leicht. »Ihr mich auch.«

»Seid Ihr denn so hartnäckig?«

»Warum fragt Ihr mich das?«

»Weil ich überzeugt bin, dass es nicht nur der Hingabe, sondern auch der Hartnäckigkeit bedarf, um Dominikaner zu werden. Meine Eltern, Landulf und Theodora, wollten, dass Thomas Benediktiner wird, er sollte Abt von Montecassino werden und von dem Reichtum des Klosters profitieren, der damals noch viel größer war als heute. Als er gerade einmal fünf Jahre alt war, schickten sie ihn als Oblate nach Montecassino, begleitet von einer Gouvernante und einer großen Eskorte, damit er die bestmögliche Ausbildung genoss. Nach einigen Jahren und auf Empfehlung des Abtes wurde er zu weiteren Studien nach Neapel geschickt. Dort berief ihn der Herr in den Orden der Dominikaner. In Wahrheit war es nicht der Herr, sondern ein Mönch, Thomas de Lentino, und unser Vater war überzeugt davon, dass er nicht im Namen Gottes sprach. Deshalb reiste unsere Mutter nach Neapel, aber die Dominikaner hatten Thomas nach Terracina und dann nach Anagni geschickt. Schließlich machten ihn unsere Brüder, die sich damals im Gefolge von Friedrich dem Staufer befanden, ausfindig und brachten ihn zurück nach Monte San Giovanni, wo sie ihn gefangen hielten. Auf jede erdenkliche Weise versuchten sie ihn davon zu überzeugen, Euren Orden zu verlassen, aber vergebens. Sie zerrissen sogar sein Ordensgewand, doch er wickelte sich in die Fetzen und sagte, er würde nie ein anderes Habit tragen. Daraufhin schickte mein Bruder eine junge Kurtisane in seine Kammer, um ihn zu verführen, aber er vertrieb sie mit einem brennenden Scheit aus dem Kamin. Schließlich gaben sie entmutigt auf und brachten ihn zurück zu den Dominikanern. Den Rest seines Lebens kennt Ihr besser als ich ... Und Ihr, Bruder Yves? Hat Euch auch jemand gefangen genommen, um zu verhindern, dass Ihr Mönch werdet?«

Auf diese Frage war Yves nicht vorbereitet, niemand hatte sie ihm jemals gestellt. Er dachte nach. »Tatsächlich hat mich jemand gefangen gehalten und wollte nicht, dass ich Mönch werde, hat mein Habit zerrissen, aber meine Geschichte ist dennoch eine ganz andere.«

»Und wer war das?«, fragte Theodora neugierig.

»Ich selbst.«

»Das verstehe ich nicht.«

Der Mönch sah sie an, erkannte in ihr Thomas' Augen und beschloss, noch präziser zu werden. »Ich wurde in der Bretagne, in Carantec, geboren, einem kleinen Dorf mit ein paar Holzhäusern nahe dem Ozean. Meine Familie war nicht adlig, aber auch nicht arm. Mein Vater besaß eine kleine, aber florierende Zimmermannswerkstatt, zusammen mit seinen beiden jüngeren Brüdern. Für mich und meine Schwester hatte er große Pläne, weshalb ich auch lesen und schreiben lernte. Mit einem anderen Jungen wurde ich den Dominikanern anvertraut, die gerade ein Kloster in Morlaix gegründet hatten. Dort wurde ich ausgebildet. Es war natürlich kein so großes Kloster wie Montecassino, aber die Mönche lehrten mich Gottes Wort. Ich war erst acht, als mein Vater plötzlich verstarb und seine Brüder die Werkstatt übernahmen. Dies war keine Zeit, in der sich eine Witwe und zwei Waisen zur Wehr setzen konnten. Meine Mutter und meine Schwester überlebten nur dank ihrer Großmutter väterlicherseits, die einen kleinen Ofen besaß. Auch sie wagte es nicht, sich gegen ihre beiden Söhne aufzulehnen, aber sie half meiner Mutter und meiner Schwester und zweigte für sie einen Teil des Brotteigs ab, den die Frauen ihr zum Backen brachten. Meine Mutter bat die Mönche, mich bei sich zu behalten, damit ich weder Armut noch Hunger erleben musste. Ich war ein vielversprechender Schüler, und einige Jahre später wurde ich nach Paris ins Kloster Saint-Jacques geschickt. Dort habe ich einen Mann kennengelernt, der mein Leben für immer beeinflusst hat: Mathieu de Bourbon. Er war ein Mitstreiter des heiligen Domenikus, der gegen die Häretiker gepredigt hat, Inquisitor und Prior von Saint-Jacques. Er war sehr klug, streng und rücksichtslos, und er hat mich dazu gebracht, in den Orden einzutreten, aber nicht, um die Heilige Schrift zu studieren und über die Großartigkeit Gottes nachzudenken wie Thomas …«

»Warum dann?«

»Um die Herde als Inquisitor vor den ketzerischen Füchsen zu schützen. Das *officium* war ein Gefängnis ohne Gitter, in das ich mich freiwillig dreißig Jahre lang eingesperrt und dabei mein Habit zerrissen habe. Während Thomas in seinen Werken die Größe und die Liebe Gottes verkündete, suchte ich allerorts nach Spuren des Teufels. So gelangte ich bis an den Rand des Abgrunds, aus dem ich die Bestie aus der Hölle aufsteigen sah. Ich habe furchtbare Fehler begangen, und als wir uns das letzte Mal gesehen haben, hat Thomas vergeblich versucht, mich davor zu warnen.«

Theodora spürte seine Erschütterung und versuchte ihn zu trösten. »Unsere Welt ist so sehr vom Bösen durchdrungen, dass auch Thomas schreckliche Fehler begangen haben könnte … Wie ist die Bestie aus der Hölle?«

»Sie hat weder Reißzähne noch Hörner, wie man sie von Bildern kennt. Sie ist listig und heimtückisch und verbirgt sich in der dunkelsten Ecke unserer Seele. Von dort steigt sie auf und erschüttert all deine Gewissheiten.«

»Welche Gewissheiten?«

»Das, was du immer für richtig gehalten hast … sogar Gott betreffend.«

»Hat Thomas diese Bestie gesehen?«

»Das weiß ich nicht, ich versuche es herauszufinden. Vielleicht hat er sie gesehen, kurz bevor er hierhergekommen ist.«

»Wisst Ihr, es kam mir merkwürdig vor, dass jemand gerade Euch geschickt hat. Jetzt aber verstehe ich, warum. Ich hätte Euch auch ausgewählt.«

»Warum? Ich mich nicht.«

»Um zur Wahrheit zu gelangen, muss man die Äußerlichkeiten anzweifeln. Ich bin sicher, dass Ihr herausfinden werdet, was Thomas zugestoßen ist.«

Kapitel 15

Der 6. Dezember

Neapel, Kloster San Domenico,
30. Mai 1274, nach der Komplet

Réginald wurde von Berengario und Ruggero di San Floro in seiner Zelle geweckt. Sie baten ihn, sich anzukleiden, und begleiteten ihn ins *scriptorium*. Vor der Tür erwartete sie Godefroy de Montreveil. Der Mönch betrat die Schreibstube und stand Yves und Bernard gegenüber. Berengario folgte ihm, schloss die Tür und lehnte sich dagegen.

»*Pax … vobiscum*«, stammelte Réginald.

»Réginald de Piperno«, zischte Yves und betonte jedes einzelne Wort. »Ich habe dich bereits ermahnt. Die Inquisition zu belügen ist eine Todsünde, die zur Exkommunikation führt.«

Der schon bleiche Mönch erschien im Kerzenlicht jetzt noch blasser.

»Ich verstehe nicht, Magister.«

»Du verstehst sehr gut. Hör auf, mich zum Narren zu halten.«

»Ich habe Euch die Wahrheit gesagt …«

»Die Wahrheit sagen heißt nicht, nur das zu sagen, was offensichtlich ist, sondern auch nichts von dem zu verschweigen, was man weiß. Und deshalb hast du nicht die Wahrheit gesagt, und ich könnte dich dafür exkommunizieren.«

»Ich habe Euch nur das verschwiegen, was mir unter dem Geheimnis der Beichte anvertraut wurde.«

»Noch eine Lüge. Du hast Thomas dazu gezwungen, es dir zu verraten, du hast ihn nach San Severino gebracht, um ihn mit deinen Fragen zu quälen. Du hast es sogar gewagt, die Stimme gegen deinen Meister zu erheben. Man hat dich gehört. Ich fordere dich im Namen der göttlichen Gerichtsbarkeit nun ein letztes Mal auf, mir alles zu erzählen, was du weißt. Andernfalls werde ich Ritter de Montreveil rufen, er wird dich der weltlichen Autorität übergeben und damit den *quaestiones* unterwerfen … Und danach wirst du mir alles sagen, das versichere ich dir.«

Réginald senkte den Kopf. »Am Nikolaustag, während der Magister in der Kapelle des Heiligen die Messe feierte, veränderte er sich plötzlich. Das war schon bei anderen Gelegenheiten passiert, aber nie so stark, zum Beispiel am Passionssonntag. Aber dieses Mal erholte er sich nicht mehr. Nach seiner Messe hat er nicht mehr geschrieben noch irgendetwas diktiert. Er hängte seine Schreibgeräte auf, wie die Juden, die im Exil ihre Musikinstrumente an den Nagel gehängt haben. Er schrieb gerade am *De substantiis separatis* und war in der *Summa* beim Thema der Buße angelangt. Als mir das klar wurde, fragte ich ihn: ›Magister, warum schreibt Ihr an einem so großartigen Werk, das Ihr zum Lob Gottes und der Erleuchtung der Welt begonnen habt, nicht weiter?‹ Er antwortete nur: ›Ich kann nicht, Réginald.‹ Ich dachte, er habe den Verstand verloren, weil er zu viel studiert hatte, und ließ nicht locker, aber er sagte weiterhin: ›Ich kann nicht. *Alles, was ich geschrieben habe, scheint mir* wie *Stroh.*‹«

»Stroh?«

»Ja, Magister, genau das waren seine Worte. Ich war schockiert. Er sagte, dass seine immense Arbeit, sein gesamtes Lebenswerk nur Stroh sei.«

Yves murmelte: »Weiter.«

»Ich sprach mit dem Prior darüber. Auch er meinte, der Magister habe den Verstand verloren. Möglicherweise handelte es sich um eine vorübergehende geistige Störung, wie damals, als wir ihn geschüttelt hatten. Doch Weihnachten verging ohne irgendeine Veränderung. Wir beschlossen, ihn zu seiner Schwester zu bringen, in der Hoffnung, dass es ihm dort besser gehen würde. Schon der Weg dorthin fiel ihm schwer, und als er sie sah, sagte er kaum ein Wort. Die Gräfin war sehr besorgt und fragte mich, warum er so benommen wirkte und nicht sprach. Meine Antwort lautete: ›Er ist seit dem Nikolaustag in diesem Zustand und hat seitdem nichts mehr geschrieben.‹ Ich nutzte die Gelegenheit aus, dass wir weit entfernt vom Kloster waren, und insistierte weiter, damit er mir sagte, warum er nicht mehr schrieb und so abwesend und wortkarg war. Ich gestehe, dass ich meine Fragen in unangebrachter Weise gestellt und auch die Stimme erhoben habe. Aber was mich meiner Schuld entledigen könnte, ist die Tatsache, dass ich nur das getan habe, was ich für die heilige Kirche für richtig hielt und halte: die Vollendung seines außerordentlichen Werkes. Nach langem Drängen sagte der Magister schließlich: ›Ich beschwöre dich im Namen des lebendigen und allmächtigen

Gottes, des Glaubens, den du in unseren Orden hast, und der Zuneigung, die du für mich empfindest, nichts von dem jemals preiszugeben, was ich dir jetzt sage, solange du lebst.‹ Dann fügte er hinzu: ›Alles, was ich geschrieben habe, scheint mir wie Stroh zu sein im Vergleich mit dem, was ich gesehen habe und was mir offenbart worden ist.‹ Er gab zu, Visionen und Offenbarungen gehabt zu haben, weigerte sich jedoch zu sagen, welche. Das ist die Wahrheit, Magister. Ihr könnt mich foltern lassen, aber ich kann Euch nichts sagen, was ich nicht weiß.«

»Hat er dir nicht mal gesagt, von wem diese Offenbarungen kamen?«

»Nicht an diesem Tag ... Das hatte er mir schon vorher verraten.«

»Wann?«

»Bereits vor dem 6. Dezember hatte es einen Vorfall gegeben, über den ich ebenfalls schweigen musste, solange ich lebe. Er schrieb an einem Kommentar über den Propheten Jesaja und war an einer Passage angekommen, die ihm nicht ganz klar war. Ihr wisst ja, wie er war. Mehrere Tage lang versenkte er sich in Andachten, fastete und bat Gott, ihm das Geheimnis dieses Textes zu enthüllen. Eines Nachts hörte ich ihn in meiner Zelle, die neben seiner lag, mit jemandem sprechen. Ich ging zu ihm, aber außer ihm war niemand zugegen. Er bat mich, eine Kerze anzuzünden. Das tat ich, und er sagte: ›Nimm das Heft über Jesaja und schreibe.‹ Ich schrieb die Erklärung über die unklare Textpassage auf, wie er sie mir diktierte, dann entließ er mich mit den Worten: ›Geh schlafen, mein Sohn.‹ Ich beschwor ihn im Namen Gottes, mir zu sagen, mit wem er gesprochen hatte. Dass ich ihn im Namen Gottes beschworen hatte, empfand er als unschicklich. Er brach in Tränen aus und gestand, dass Gott sich seiner erbarmt und ihm die heiligen Apostel Petrus und Paulus geschickt habe, um seine Zweifel vollständig auszuräumen. Dann fügte er hinzu: ›Im Namen Gottes befehle ich dir, niemandem etwas zu verraten, solange ich lebe.‹ Er hatte also mit den Aposteln gesprochen, die Gott ihm gesandt hatte.«

»Du glaubst demnach, dass es die Apostel Petrus und Paulus waren, die ihn in diesen Zustand versetzt haben?«

»Ja, Magister. Wer sonst? Im Folgenden hat sich das bestätigt, als er mir sagte: ›Ich hoffe, dass Gott meinem Leben bald ein Ende setzen wird, so wie er es mit meiner Lehre getan hat.‹ Folglich war Gott die Ursache dafür, dass er nicht mehr schrieb.«

»Hm … ich verstehe dein Verhalten nicht. Deiner Meinung nach war es Gott, der Thomas etwas offenbart hat, das so verstörend war, dass es seinen Geist verwirrte und er alles, was er je geschrieben hatte, für Stroh hielt. Und doch hast du all das Stroh gesammelt und sogar versucht, es zu mehren. Wenn die Offenbarung wirklich von Gott kam, so wie du es annimmst, wäre das, was du getan hast, dann nicht gegen seinen Willen? Wenn doch alles unnütz war, warum hast du es nicht verbrannt und somit den letzten Anweisungen deines Meisters Folge geleistet?«

Réginald schluckte. »Ich konnte nicht … ich wollte es nicht.« Er deutete auf die Regale des *scriptorium*. »In diesen Texten findet sich der Intellekt und das Leben des Magisters, dazu meine bescheidenen fünfzehn Jahre Arbeit an seiner Seite, in seinem Schatten. All das für Stroh zu halten hätte bedeutet, dass unser Leben, das des Magisters und auch meines, völlig vergebens gewesen wäre. Aber so ist es nicht! Man muss diese Werke nur lesen, um ihre Größe zu verstehen.«

»Was die Größe von Thomas' Schriften angeht, stimme ich dir zu, möchte dir aber noch eine weitere Überlegung zu bedenken geben. Warum sollte Gott die heiligen Apostel Petrus und Paulus zu Thomas schicken, um ihn über einen Text des Jesaja zu belehren, wenn alles, was der Magister zuvor geschrieben hatte, ohnehin wertlos war? Gott kann sich nicht selbst widersprechen. Hast du die Möglichkeit in Betracht gezogen, dass jemand anders ihm etwas offenbart hat, was ihn so sehr aus dem Gleichgewicht gebracht hat?«

Réginalds Stimme zitterte. »Und wer sollte das gewesen sein?«

Yves antwortete beiläufig: »Der Teufel zum Beispiel. Thomas beschäftigte sich just in diesen Dezembertagen mit der Frage, ob er von Natur aus gut war.«

Réginalds vorstehende Augen waren voller Tränen. Hinter ihm warf Berengario, der immer noch an der Tür lehnte, Yves einen triumphierenden Blick zu.

»Du kannst jetzt wieder schlafen gehen«, beendete der alte Inquisitor das Gespräch.

Thomas' Schüler zögerte, dann deutete er erneut auf die Regalbretter. »Werdet Ihr alles verbrennen?«

»Nein.«

Kaum hatte Réginald den Raum verlassen, rief Berengario: »Er war es! Er glaubte, dass Thomas verrückt geworden sei und seine Werke zerstören wollte. Er hat ihn getötet, um selbst daran weiterzuschreiben.«

»Den Autor töten, um sein Werk zu retten …«, überlegte Yves. »Thomas' hingebungsvoller Schüler, der entbehrungsreich in seinem Schatten gelebt hat und sich in die Werke seines Meisters verliebt hat, muss dessen plötzlichen Entschluss, mit dem Schreiben aufzuhören, als Verrat empfunden haben. Ein mögliches Mordmotiv. In gewissem Sinne könnte es sogar ein Akt der Liebe gewesen sein. Réginald könnte versucht haben, Thomas vor sich selbst zu schützen … und ihn sogar getötet haben. Wäre er dazu in der Lage gewesen?«

Berengario widersprach: »Er hat Thomas nicht beschützt, sondern sein Werk und seinen Ruhm, von dem er nun glaubt, er könne beides erben.«

»Wie wäre er deiner Meinung nach vorgegangen?«

»Er war immer an seiner Seite! Er hätte ihn wann und wo auch immer vergiften können.«

Yves dachte an die Aussage von Giovanni da Piedimonte, der zufolge Thomas bereits bei seiner Ankunft in Magentia tot gewesen war.

»Was schlägst du also vor?«

Berengario schien gleichsam überrascht und verärgert über das Zögern seines Meisters. Er antwortete deshalb in einem Ton, den er auch einem jungen Schüler gegenüber angeschlagen hätte: »Ihn den *quaestiones* unterwerfen, damit er gesteht.«

»Du weiß genau, dass die Menschen dann alles gestehen, was der Inquisitor möchte.«

»Er hat Euch belogen, mehr braucht es nicht, um ihn aufzuhängen.«

»Vor dreißig Jahren hätte ich das getan, aber mit der Zeit habe ich gelernt, dass die *quaestiones* uns auch von der Wahrheit wegführen können. Ich denke darüber nach, Berengario. Lass in der Zwischenzeit die Ausgänge bewachen. Réginald darf das Kloster nicht verlassen.«

»Es ergibt keinen Sinn, die Ausgänge zu bewachen, Magister.«

»Wie meinst du das?«

»Überlasst ihn mir, und nach einem halben Tag könnt Ihr mit einem gelösten Fall nach Lyon zurückkehren.«

Yves wechselte das Thema. »Habt ihr die Verwandten von Bonfiglio Coppa ausfindig gemacht?«

Berengario verzog das Gesicht. »Sie sind verschwunden. Sie wohnten nicht weit von hier, nahe der Kirche San Giorgio. Ich war mit Ritter Montreveil dort, doch sie waren nicht zu Hause. Wir haben die Nachbarn befragt, aber sie wurden schon tagelang nicht mehr gesehen, so hat man es uns jedenfalls berichtet. Trotzdem habe ich den Priester von San Giovanni verständigt.«

»Seltsam … Verstecken sie sich, oder ist ihnen etwas zugestoßen? Und in beiden Fällen: Warum? Wen hast du nach ihrem Wohnort befragt?«

»Die Mönche, die Bonfiglio am nächsten standen, Tolomeo da Lucca und Guilelmus de Tocco.«

Yves stand auf. »Sprich morgen früh mit de Noyelles. Wir müssen sie finden. Und jetzt lass uns schlafen gehen. Ich muss meine Gedanken ordnen.«

Bernard, der bis zu diesem Augenblick geschwiegen hatte, hakte nach: »Entschuldigt, Magister, glaubt Ihr wirklich, dass Thomas der Teufel erschienen ist? Könnte er nicht Gott gesehen haben?«

Yves antwortete nicht, aber später, als er auf dem Lager lag, das zuvor Thomas gehört hatte, dachte er darüber nach, dass sein Schüler vielleicht den entscheidenden Punkt getroffen hatte. War es möglich, dass alles auf eine mystische Erfahrung zurückzuführen war? Der Anblick von Gottes wahrer Essenz, der dazu geführt hatte, dass er zu Réginald gesagt hatte: »Ich habe gesehen«, und sich dann, in Erwartung des Absoluten, in Schweigen gehüllt hatte. Im Angesicht der Unendlichkeit wurde alles andere, seine eigenen Werke eingeschlossen, zu Stroh. Die Zeugen hatten Thomas als traurig und abwesend beschrieben, bis hin zu den dramatischen Aussagen, sein Werk sei nichts als Stroh, und er hoffe, dass Gott sein Leben bald beenden würde. Diese Worte enthüllten den Abgrund, der sich in seiner Seele aufgetan haben musste. Tatsache war jedoch, das wusste Yves aus eigener Erfahrung, dass Thomas immer von einer unkontrollierbaren Heiterkeit ergriffen worden war, wenn er eine seiner Fragen beantworten konnte. Das war in Paris geschehen, während des Abendessens mit dem König, anlässlich des Besuchs des päpstlichen Legaten und bei seinem Kommentar über den Propheten Jesaja. Wenn es die von Gott geschickten Aposteln oder Gott selbst war, der am Nikolaustag zu ihm gesprochen hatte, wäre er dann traurig über die Erkenntnis gewesen, dass er nur Unwichtiges geschrieben hatte, oder nicht eher glücklich über die Begegnung mit dem Göttlichen und der Wahrheit, die ihm enthüllt worden war? Der Thomas, den Yves gekannt hatte, fröhlich und neugierig, wäre hochzufrieden darüber gewesen, die Wahrheit Gottes erkannt zu haben, selbst um den Preis, mit seinem Werk einen Berg aus Stroh erklommen zu haben. Er sah ihn wieder vor sich, diesen Thomas, der mit einem Lächeln gesagt hätte: »Ich hatte mehr Glück als du, mein Stroh hat mich zu Gott geführt.«

Er begann den Prolog des Johannesevangeliums zu rezitieren, wie er es immer tat, wenn er verwirrt war: *»In principio erat Verbum et Verbum erat Deum et Deus erat Verbum …«*

Kapitel 16

Die Kapelle San Nicola

Neapel, Kloster San Domenico,
31. Mai 1274, zur Terz

Yves hatte den sonnigen Tag für einen Spaziergang im Klostergarten inmitten all der Pflanzen und Obstbäume genutzt. Zwei Laienbrüder holten gerade Wasser aus einem der Brunnen, als Bernard eilig herbeigelaufen kam. Obwohl ihn niemand hören konnte, sagte er leise: »Entschuldigt, Magister, ich habe mit Guilelmus de Tocco gesprochen, den uns Berengario als einen der Mönche genannt hatte, mit denen Bonfiglio engen Kontakt pflegte. Er sagte, er wisse einiges über Bruder Thomas und würde gerne sofort mit Euch sprechen. Allein.«

»Wo ist er?«

»Er erwartet Euch in der Kirche.«

»Dann lass uns dorthin gehen.«

Sie kehrten zurück zu dem lang gestreckten Gebäude, in dem der Schlafsaal der Mönche und die Gemeinschaftsräume untergebracht waren, durchquerten sie und gelangten schließlich zur Kirche San Domenico.

Guilelmus de Tocco erwartete sie auf Knien und im Gebet vertieft vor dem Altar. Auf dem Weg durch das Kirchenschiff blieb Yves, der in diesem Kloster gelebt hatte, stehen und betrachtete den großen Bogen auf der rechten Seite, der den Eingang zur Kapelle San Nicola bildete.

Als er Schritte hörte, erhob sich der junge Mönch und ging ihnen entgegen. Er war groß und hager, mit dunklen Augen und schütterem, zu einer Tonsur geschorenem Haar. Mit einer Verbeugung begrüßte er sie sichtlich bewegt: »*Pax vobiscum*, Magister. Danke, dass Ihr gekommen seid.«

»Ich bin es, der dir zu danken hat. Bernard hat mir ausgerichtet, dass du mich sprechen willst.«

Der Mönch zögerte, aber Bernard nahm ihm schnell die Scheu: »Ich warte in der Kapelle San Nicola auf Euch, Magister.«

Als sie allein waren, fragte Yves: »Warum wolltest du mich sprechen?«

»Ihr werdet bereits bemerkt haben, dass das Böse in diesem Kloster nistet. Ich mochte Bruder Thomas sehr und danke Gott, dass er es mir ermöglicht hat, ihn kennenzulernen. Sein Tod war äußerst schmerzhaft, und als ich erfuhr, dass der Papst Euch geschickt hat, hielt ich es für meine Pflicht, Euch von einigen Vorfällen zu berichten, die sich noch zu seinen Lebzeiten zugetragen haben. Es handelt sich um übernatürliche und unerklärliche Vorgänge, die nur Ihr zu deuten wisst.«

Yves nickte ihm zu.

»Wie Ihr wisst, beherbergt das Kloster auch eine Schule für Kinder aus gottesfürchtigen Familien, wo ich Lesen, Schreiben und die ersten Grundlagen der christlichen Lehre unterrichte. Einige der Kinder legen später das Gelübde ab, andere setzen ihre Studien an der Universität fort, um Richter, Notar, Arzt oder Beamter der königlichen Kurie zu werden. Der Magister war stets freundlich, und wann immer er Zeit fand, unterhielt er sich mit den Kindern. Zwei von ihnen, Giovanni Blasio und Nino Coppa, wurden Zeugen merkwürdiger Begebenheiten, die sie mir nach dem Tod des Magisters unter dem Siegel der Verschwiegenheit erzählt haben.

Die erste begab sich im letzten November und wurde mir von Giovanni Blasio berichtet. Eines Tages, etwa um die Terz, ging Thomas mit ihm auf die Terrasse nahe der Zelle, die er bewohnte. Dort erschien ein Dämon in Gestalt eines schwarzen Mannes, der ganz in Schwarz gekleidet war. Als Thomas ihn sah, ging er mit erhobener Faust auf ihn zu, als wollte er ihn schlagen, und rief: ›Bist du gekommen, um mich in Versuchung zu führen?‹ Als er ihm aber näher kam, verschwand der Dämon. Der Magister verlangte dann von Giovanni, mit niemandem über die Begebenheit zu sprechen.«

»Woher wusste er, dass es sich um einen Dämon handelte?«

»Er wusste es nicht. Nach dem Tod des Magisters kam er zu mir und fragte, wie ein Dämon aussehe, und ich war ein wenig in Bedrängnis und antwortete, er sei wie ein ganz in Schwarz gekleideter Mann. Die seltsame Frage machte mich stutzig. Ich habe ihm dann viele Fragen gestellt, woraufhin er schließlich zugab, vielleicht einen Dämon gesehen zu haben, wie der Magister ihn vertrieben habe, und er erzählte mir die ganze Geschichte.«

»Und als Thomas ihn angreifen wollte, verschwand er?«

»Ja, Magister.«

»Wie alt ist Giovanni Blasio?«

»Dreizehn, er ist einer unserer besten Schüler, weshalb der Magister sich gerne mit ihm unterhielt. Ich glaube nicht, dass er das nur erfunden hat.«

»Waren noch andere Personen auf der Terrasse?«

»Nein, nur die beiden. Die zweite Begebenheit hat mir Nino Coppa vor einigen Tagen erzählt, der Bruder des armen Bonfiglio, der so ein tragisches Ende …«

»Ich weiß. Erzähl.«

»Nino ist erst zehn Jahre alt. Eines Nachts, als Bonfiglio und er in der Zelle des Magisters an seinem Bett wachten, sahen sie einen hellen Stern durch das Fenster hereinkommen, etwa so groß wie das Fenster selbst. Er blieb über dem Bett stehen, in dem Thomas lag, und nach einer Weile verschwand er wieder, wie er gekommen war.«

»Ein Stern?«

»Ja, so hat er es genannt.«

»Wann?«

»Im Januar, nachdem der Magister aus San Severino zurückgekehrt war.«

»Und Bonfiglio hat dir davon nichts erzählt?«

»Nein, wie ich Euch schon gesagt habe, hat mir erst

Nino nach dem Tod seines Bruders davon berichtet. Er hatte ihm befohlen, niemandem davon zu erzählen.«

»Hat sich Bonfiglio in letzter Zeit verändert?«

»Er war nachdenklich und schweigsam. Etwas schien ihm Angst einzuflößen. Vielleicht ahnte er sein nahes Ende.«

»Hast du ihn gefragt, was los sei?«

»Sicher, aber er hat nicht geantwortet. Ich dachte, er mache sich Sorgen um den Magister, dem er sehr nahestand. Nachdem ich mit Nino gesprochen hatte, ist mir allerdings klar, dass ihn das Auftauchen dieses Sterns verunsichert hat. Und jetzt hat sich noch etwas zugetragen. Ich weiß, dass Ihr nach Nino sucht, und deshalb habe ich Bernard gebeten, sofort mit Euch sprechen zu dürfen.«

»Nino ist verschwunden …«

Guilelmus murmelte leise: »Er besucht seit Tagen nicht mehr die Schule. Als Berengario mich nach seinem Zuhause fragte, habe ich sofort begriffen, dass er in Gefahr ist. Habt Ihr ihn gefunden?«

»Nein.«

»Er ist noch ein Kind …«

»Sei beruhigt, wir werden ihn finden. Berengario hat mit dem Priester von San Giorgio gesprochen. Neapel ist nicht groß. Gibt es neben dem schwarzen Dämon und dem Stern noch weitere unerklärliche Vorfälle?«

»Ja. Eines Morgens im März hatte Paolo dell'Aquila, der hochgeschätzte Inquisitor, eine Vision, in der Thomas während seiner Vorlesung von Paulus fortgetragen wurde. Er schrie: ›Hilfe, meine Brüder, kommt schnell her, sie nehmen uns Bruder Thomas!‹ Er war sehr aufgewühlt. Als Réginald zurückkam, erfuhren wir, dass Paolo diese Vision genau zu dem Zeitpunkt hatte, als Thomas in Fossanova verstarb. Wir glaubten also alle, dass Thomas von Paulus gerufen wurde.«

»Ich kenne Paolo dell'Aquila, habe ihn aber im Kloster noch nicht gesehen.«

»Er ist gerade in Sizilien, wo er die Anhänger von Gerardo da Borgo San Donnino jagt.«

»Verstehe. Sonst noch etwas?«, fragte Yves niedergeschlagen.

»Nein, Magister.«

»Ich danke dir sehr, Guilelmus ...«, antwortete der Inquisitor nachdenklich. »Sobald wir Nino finden, geben wir dir Bescheid. *Pax tecum.*«

Er ging langsam in Richtung Kapelle, in der Bernard ihn erwartete, und dachte über das Gehörte nach. Alles war so verwirrend. Der schwarze Dämon, der Stern, die

Vision, in der Paulus Thomas mit sich nimmt. Die ersten beiden konnten kindliche Fantasien sein, aber Paolo dell'Aquila war ein erfahrener Inquisitor und nicht leicht zu beeindrucken. Hatte er wirklich eine Vision gehabt, oder wollte er nur jemandem eine Nachricht zukommen lassen? Yves spürte das Bedürfnis, sich ins Gebet zu versenken, auch weil es den Anschein hatte, als gäbe es für ihn sonst nichts zu tun.

Er ging unter den Eingangsbogen der Kapelle San Nicola, in der Thomas die Erscheinung gehabt hatte, die ihn für immer verändert hatte. Das Gebäude war rechteckig, ohne Apsis, mit zwei seitlichen Buchten, die durch einen Querbalken miteinander verbunden waren. Das Licht fiel durch ein kleines rundes Fenster an der hinteren Wand, dort, wo auch der Altar stand, in den Seitenwänden befanden sich zwei Monoforien. Die Einrichtung bestand aus Bänken, an den Wänden waren vier Holztruhen aufgereiht sowie zwei alte leere Marmorsarkophage, wie er sie auch in Fossanova gesehen hatte. Über dem Altar hing ein kostbares, auf Holz gemaltes Gemälde, das den gekreuzigten Jesus zwischen der Madonna und dem heiligen Johannes auf goldenem Grund zeigte.

Bernard stand davor. Als Yves sich neben ihn stellte,

deutete der junge Mönch auf das Kreuz: »Es ist wunderschön, Magister. Es hat Wahrhaftigkeit, Ausgewogenheit und Klarheit. Jetzt verstehe ich, warum Thomas hierherkam, um nachts allein zu beten.«

Der Inquisitor nickte und bekreuzigte sich, dabei dachte er an Thomas' nächtliche Besuche. Er sprach: »*Pater noster, qui es in caelis* …« Bernard stimmte ein, und kurze Zeit später gesellte sich eine dritte Stimme hinzu. Nach dem Gebet wandten Yves und Bernard sich um. Hinter ihnen stand der alte Küster Domenico di Caserta. Er verbeugte sich: »*Pax vobiscum,* Magister.«

Yves hatte ihn bei seinem letzten Aufenthalt in Neapel kennengelernt, aber noch keine Gelegenheit gehabt, ihn allein zu treffen.

»*Et cum spiritu tuo,* Domenico. Wie geht es dir?«

»Es sind schwierige Zeiten.«

Der Blick des Küsters ließ Yves zu Bernard sagen: »Bernard, warte in der Kirche auf mich.«

Der junge Mönch verließ die Kapelle, und der Inquisitor fragte sogleich: »Was ist los, Domenico?«

»Nun, Magister, wir kennen uns schon lange … Ihr seid der Einzige, der mir mit Rat und Tat zur Seite stehen kann.«

»Ja?«

»Ich habe gesündigt … aber das hat es mir ermöglicht, Zeuge eines Wunders zu werden.«

»Was für ein Wunder?«

»Ich war neugierig, warum Thomas so oft vor den Vigilien diese Kapelle besuchte. Deshalb habe ich mich eines Nachts hier versteckt und auf ihn gewartet. Als er kam, kniete er nieder und betete, dann fing er an, mit dem Kreuz zu sprechen …«

»Auch wir haben eben im Gebet mit dem Kreuz gesprochen …«

»So meine ich das nicht, Magister … Das Kreuz hat ihm geantwortet.«

»Es hat ihm geantwortet? Und was hat es gesagt?«

»Es sprach auf Latein. *›Bene scripsisti de me, Thoma, quam ergo mercedem recipies?‹ ›Non aliam nisi te, Domine.‹«*

Yves wurde schwindlig, er versuchte trotzdem ruhig zu bleiben. Dann fragte er: »Wo hattest du dich versteckt?«

Der Küster deutete auf einen offenen Marmorsarkophag an der linken Wand. »Ich hatte mich hier hineingesetzt. Es war dunkel, und die Kapelle wurde nur von einer Öllampe erleuchtet, die Thomas bei sich hatte.«

»Wo stand die Lampe.«

»Er hatte sie neben sich auf den Boden gestellt.«

Yves beugte sich über den Sarkophag. »Bist du sicher, dass niemand sonst in der Kirche war?«

»Ich war schon nach der Komplet hier. Wenn jemand gekommen wäre, hätte ich ihn gehört.«

»Hast du aus dem Sarkophag geschaut, während das Kreuz sprach?«

»Ja, ich habe den Kopf gehoben und mich nach vorn gebeugt. Ich war im Schatten und sah Thomas vor dem Altar stehen. Er kam mir größer und imposanter als sonst vor.«

»Woher kam die Stimme des Kreuzes?«

»Wie meint Ihr das? Vom Kreuz eben.«

»Und es sprach Latein …«

»Ja, Magister, eine himmlische Stimme. Es war ein Wunder, das die Heiligkeit von Bruder Thomas demonstriert. Was soll ich jetzt machen?, frage ich Euch. Ich hätte ihm nicht nachspionieren sollen, aber ich habe einer Manifestation seiner Heiligkeit beigewohnt. Soll ich das dem Prior und all meinen Brüdern enthüllen?«

»Hast du schon mit irgendjemandem darüber gesprochen?«

»Nein, Ihr seid der Erste. Als ich Euch gesehen habe, dachte ich, dass Gott Euch geschickt hätte, um mir den Geist zu öffnen.«

»Sprich vorerst noch mit niemandem darüber. Sag es am besten dem Prior, wenn er aus Lyon zurück ist. Er wird verstehen, dass es Gottes Wille war, der dich dazu veranlasst hat, hier auf Thomas zu warten, damit du bezeugen kannst, was du gesehen und gehört hast.«

Der Küster strahlte. »Ich wusste, dass ich auf Eure Weisheit zählen kann, Magister.«

Auf dem Rückweg in die Kirche dachte Yves zum ersten Mal, dass das Konzil in Lyon ein Geschenk Gottes sein könnte.

Kapitel 17

San Gregorio Armeno

Neapel, Kloster San Domenico,
31. Mai 1274

Nachdem sie die Kirche verlassen hatten, trafen Yves und Bernard auf Berengario, der sie leicht vorwurfsvoll fragte: »Wo seid ihr gewesen? Ich habe euch gesucht!«

Yves antwortete geheimnisvoll: »Dort, wo du zuallererst hättest suchen sollen: in der Kirche.«

Sein Gegenüber lächelte. »Natürlich, wo sonst.«

»Gibt es etwas Neues?«

»Ich war in Castel Capuano und habe de Noyelles mitgeteilt, dass wir den kleinen Nino Coppa und seine

Mutter befragen müssen, sie aber nicht finden können. Er schien froh darüber zu sein, dass wir uns an ihn gewandt haben, und hat sofort entsprechende Anweisungen gegeben.«

Berengarios Worte ließen in Yves' Kopf eine Idee aufblitzen. Guilelmus hatte Ninos Mutter gar nicht erwähnt. Der alte Inquisitor rief: »Sehr gut! Kehre nun zurück nach San Giorgio und frage den Priester, ob er etwas herausgefunden hat.«

»Aber ich war doch erst gestern dort …«, entgegnete der junge Inquisitor verwundert.

»Du weißt doch, wie die Priester sind. Nur wenn wir sie Tag für Tag unter Druck setzen, tun sie überhaupt etwas. Versuche herauszufinden, ob er tatsächlich nach ihnen sucht.«

Berengario schien nicht überzeugt. Nur halbherzig antwortete er: »Wie Ihr wünscht, Magister«, und ging von dannen.

Sobald er außer Sicht war, packte Yves Bernard am Arm. »Schick mir sofort Guilelmus de Tocco. Sag ihm, er soll wieder in die Kirche kommen. Dann geh ins *scriptorium* und warte dort auf mich.«

Kurze Zeit später in der Kirche

»Wo hast du sie versteckt? Sag es mir besser, bevor jemand anders sie findet. Du weißt, dass ich ihnen nichts Böses will.«

Guilelmus de Tocco schluckte schwer, starrte Yves in die Augen und stammelte: »Woher wisst Ihr es?«

»Ninos Mutter ... Obwohl du vom Verschwinden des kleinen Nino wusstest, hast du dir keinerlei Sorgen um die Mutter gemacht, das war seltsam. Dein erster Gedanke musste doch sein, dass Nino entweder bei seiner Mutter war, oder du hättest zumindest auch nach ihr suchen müssen ... Es sei denn, du selbst hattest sie versteckt. Außerdem bist du Ninos Lehrer und warst mit seinem Bruder befreundet. Du bist der Einzige, dem der Junge vertraut. Du musst mich sofort zu ihm bringen.«

»Sie sind in Gefahr, ich konnte sie nicht anders schützen.«

»Wer bedroht sie?«

»Das weiß ich nicht, aber gerade das macht mir Angst.«

»Ich habe Berengario und Bernard weggeschickt, sie werden eine Weile beschäftigt sein. Bring mich zu ihnen. Ich werde niemandem etwas verraten … Darauf hast du mein Wort.«

Später im Kloster San Gregorio Armeno

Das Kloster, in dem die Benediktinerinnen in Klausur lebten, lag nicht weit von San Domenico entfernt. Guilelmus hatte Yves als den vom Papst ernannten Großinquisitor vorgestellt, und die beiden Dominikaner waren in einen der Säle im Kloster geführt worden, mit Blick auf den prachtvollen Kreuzgang und den Überresten eines römischen Tempels.

Nino betrat mit der Äbtissin, Schwester Maria, den Raum. Sie war mittleren Alters, klein und hatte dunkle lebhafte Augen. Nachdem sie vor dem Inquisitor geknickst hatte, zog sie sich ins Nebenzimmer zurück.

Nino war ein typisch neapolitanischer Junge mit dunklem Teint, schwarzen Locken und einem herausfordernden Blick. Er schien nicht im Mindesten eingeschüchtert, vor dem alten Mönch zu stehen, den Guilelmus als Mitbruder und Freund von Thomas von Aquin vorgestellt hatte.

Der Junge sprach noch nicht gut Latein, weshalb

Guilelmus übersetzte: »Kannst du dem Magister wiederholen, was du mir über den Stern erzählt hast?«

Nino antwortete auf Neapolitanisch, und der Mönch sprach auf Latein: »Magister Thomas war immer gut zu mir. Er hat sich immer gefreut, mich zu sehen, und einmal hat er mir einen frisch gebackenen Keks geschenkt und gesagt: ›Du musst groß und stark werden, Giovanni. Du trägst einen schweren Namen.‹ Seitdem hatte er immer einen Keks dabei, den er extra für mich beiseitegelegt hatte. Ich habe auch seine Predigten gehört. Er konnte sich selbst den Armen verständlich machen, den Menschen, die nicht so wichtig waren. Er sagte, Gott sei ein Vater, und er werde dich lieben wie ein Vater, und man könne ihn um alles bitten und ihn sogar duzen. Wisst Ihr, ich habe meinen Vater nie kennengelernt. Als ich von der Krankheit des Magisters hörte, habe ich Bonfiglio gebeten, ihm bei der Nachtwache Gesellschaft leisten zu dürfen. In jener Nacht habe ich kein Auge zugetan, ich war so glücklich, dass mein Bruder mich mitgenommen hatte. Ich erinnere mich, dass ich vom Bett den Atem des schlafenden Magisters hörte, auch Bonfiglio schlief. Er saß auf einem Schemel und lehnte gegen die Wand. Vorher hatte er mir ganz oft gesagt, ich solle still sein und mich nicht bewegen. Weil es so kalt war, habe ich mich in eine Decke gehüllt, die er mir gegeben hatte, und auf den Boden gesetzt. Jedes Mal, wenn ich einzuschlafen drohte, zwang ich mich, die Augen offen zu halten. So lange konnte die Nacht nicht dauern, und am nächsten Morgen würde ich wie die anderen heiße Milch bekommen. Plötzlich habe ich ein Licht gesehen, das von draußen kam, obwohl es noch nicht Tag sein konnte. Das Fenster öffnete sich von allein, ganz langsam, ich spürte einen eiskalten Luftzug. Dann ist das Licht hereingekommen, und ein Stern ist über dem Bett des Meisters stehen geblieben. So lange, bis ich Bonfiglio anstupste und sagte: ›Ein Stern ist ins Zimmer gekommen!‹ Da hat der Stern mich gehört und ist verschwunden.«

Yves fragte: »Hat Bonfiglio ihn noch sehen können?«

Guilelmus übersetzte: »Ja, und er hat sich sehr erschreckt.«

»Was hat er gesagt?«

Nino verstand die Frage und versuchte auf Latein zu antworten: »Der Engel der Apokalypse.« Weiter fehlten ihm die Worte, und er fiel wieder in den neapolitanischen Dialekt zurück: »Bonfiglio hat mir befohlen, mit niemandem darüber zu sprechen, aber dann haben sie ihn umgebracht, und ich habe mich an Meister Guilelmus gewandt.«

Yves richtete seine nächste Frage direkt an das Kind: »Ist Bonfiglio wegen des Sterns umgebracht worden?«

Nino sah ihn voller Verzweiflung an. Mit einem Schlag war seine Selbstsicherheit verschwunden. Wieder versuchte er es auf Latein: »Ich sagte ihm, wenn der Stern von einem Engel gebracht wurde, dann muss er gut gewesen sein, aber er antwortete, dass es auch böse Engel gebe.« Tränen liefen ihm über die Wangen.

Die beiden Mönche sahen sich an, und Yves sagte: »Gehen wir zur Äbtissin.«

Schwester Maria wartete im Nebenzimmer auf sie.

»Mutter Maria, ich danke Euch für alles, was Ihr für dieses Kind und seine Mutter tut. Bitte behaltet sie bei Euch, bis ich oder Guilelmus Euch davon in Kenntnis setzen, dass keine Gefahr mehr besteht. Es ist wichtig, dass Ihr auch weiterhin niemandem davon erzählt, dass sie bei Euch im Kloster sind, selbst den Inquisitoren und den Beamten des Königs nicht.«

Die Benediktinerin antwortete: »Seid unbesorgt. Aber seid Ihr nicht die Inquisition?«

»Seid Ihr nicht davon überzeugt?«

»Ich weiß nicht mehr, was ich glauben soll …«

»Die Äbte und Äbtissinnen der Benediktiner wissen immer, was sie glauben sollen, auch wenn sie es lieber nicht laut sagen. Vor einigen Jahren habe ich in Benevent eine Äbtissin Eures Ordens getroffen, die sehr gottesfürchtig war, Schwester Agnes, glaube ich, aber ich kann mich nicht mehr genau erinnern, das Alter …«

»Ja, Schwester Agnes, damals Eleonora di Sanframondi. Sie ist immer noch dort.«

Die Antwort der Nonne war kurz und bündig. Offensichtlich hegte auch die Äbtissin keine große Sympathie für sie.

Auf dem Rückweg durch die belebten Gassen hielt Yves den Kopf gesenkt, während Guilelmus das Treffen mit Nino kommentierte: »Jetzt versteht Ihr, warum ich versucht habe, sie zu beschützen. Bonfiglio hatte den Engel der Apokalypse erwähnt, doch da gibt es viele. Welchen von ihnen hat er gemeint?«

»Hast du eine Vorstellung?«

»Ich glaube, es war nicht nur ein Stern, sondern auch ein Engel. Wenn es etwas Übernatürliches war, wer bin ich, um daran zu zweifeln? Und wenn es nicht so war und jemand ein Gift in die Zelle geschmuggelt hat, indem er es über die überdachte Terrasse an einem Stock befestigt in die Zelle gebracht hat? Bonfiglio hat es möglicherweise gesehen, und ihm wurde nach Thomas' Tod bewusst, dass er Zeuge seiner Ermordung war. Vielleicht hat er sich dem Mörder gegenüber verraten, der dann auch ihn getötet hat.«

»Aber was könnte der Stern gewesen sein? Ein hell leuchtendes Gift? Gibt es so etwas? Und warum sollte man es an einem Stock durch das Fenster halten?«

»Ich bin kein Experte für Gifte, und ich weiß nicht, warum man es durch das Fenster verabreichen sollte, aber wenn es eine sehr giftige Substanz war, könnte es sein, dass der Mörder nicht damit in Kontakt kommen wollte. Auf jeden Fall war Bonfiglios Tod nichts Übernatürliches.«

Yves dachte an Thomas' leuchtenden Leichnam, den er in Fossanova gesehen hatte. »Das hast du gut gemacht, Guilelmus.«

»Ich danke Euch, Magister.«

Kloster San Domenico, zur Vesper

Yves ging auf die Terrasse. Der Abendhimmel war voller Schwalben, und es wehte eine leichte Brise. Er näherte sich dem Fenster von Thomas' Zelle und öffnete es. Es ging ganz leicht. War das immer schon so gewesen, oder hatte jemand es manipuliert, damit es sich einfach von außen öffnen ließ?

Er versuchte nach innen zu spähen, konnte das Bett aber nicht sehen, selbst wenn er sich auf die Zehenspitzen stellte. Er schloss das Fenster wieder, ging zurück zur Kammer und öffnete die Tür. Durch den Luftzug öffnete sich das Fenster ganz von allein. Im Januar war es sicher noch windiger gewesen.

Er fragte sich, was Nino wohl gesehen hatte. Ein Zeichen Gottes, ein leuchtendes Gift, wie Guilelmus vermutete, oder einfach ein Licht, das jemand vor sich hielt, der durch die Tür gekommen war und den das Kind im Halbschlaf nicht gesehen hatte, Bonfiglio aber schon? Vielleicht hatte er eine Kapuze getragen und war schwarz gekleidet gewesen, wie der Dämon, den Guilelmus Blasius beschrieben hatte. Wahrscheinlich war es schwierig für das still dasitzende und in eine Decke gehüllte Kind, hellwach zu bleiben. Sicher hätte es nicht zugegeben, dass es eingeschlafen war.

Als es an die Tür klopfte, rief Yves laut: »Es ist offen!«

Ruggero di San Floro betrat die Zelle.

»Guten Abend, Magister, Godefroy meinte, Ihr wolltet mich sehen?«

»Ja, Ruggero, ich habe einen Auftrag für Euch.«

Ganz langsam öffnete sich die Tür zur Zelle, und ein schwarzer großer Engel schwebte herein. Sein Gesicht strahlte wie die Sonne, in der Hand hielt er ein aufgeschlagenes Büchlein. Er brüllte wie ein Löwe. Danach ließen mehrere Donner ihre Stimmen hören. Der Mönch nahm einen Stift, ein Pergamentblatt und begann zu schreiben, aber das Kreuz an der Wand schrie: »Versiegle, was die sieben Donner geredet haben, und schreib es nicht auf!«

Yves schreckte hoch. Er war schweißgebadet, sein Herz raste. In der Zelle war niemand. Er stand auf und öffnete das Fenster. Dann atmete er tief die frische Luft dieser ersten Juninacht ein und dankte seinem Bruder Thomas, dass er ihn erleuchtet hatte.

Kapitel 18

Der Strohhalm

Neapel, Kloster San Domenico,
1. Juni 1274, nach den Laudes

»Was hätte Thomas an unserer Stelle getan? Er hätte alle bislang gesammelten Teile vor sich ausgebreitet und versucht, das Mosaik zusammenzusetzen.«

Yves ging vor Berengario und Bernard auf und ab. Er fuhr fort: »Thomas' Abreise aus Paris, seine Arbeit in Neapel, seine immer öfter auftretenden Absenzen, seine Einberufung zum Konzil, das letzte Treffen mit dem König, die Reise nach Lyon, der Kräuterkundige in Fossanova, Filippo da Castrocielos Vermutung über die

Krankheit und ihre möglichen Ursachen, das Begräbnis im Kloster, Charles' Spione in Lyon … und alles andere. Wir müssen den roten Faden finden, der alles verbindet, er wird uns zur Wahrheit bringen. Der Faden ist dünn wie ein Strohhalm.«

Die beiden jungen Mönche sahen ihn neugierig an. Der Inquisitor fuhr fort: »Ich habe über fünf verschiedene Hypothesen nachgedacht. Die erste: Thomas wurde im Auftrag von Charles von Anjou vergiftet, wie einige in Lyon vermuten. Charles hätte ein Motiv gehabt. Balduin von Courtenay starb wie seine Gäste an giftigen Pilzen. Vielleicht ist er an seiner Völlerei gestorben, oder auch er wurde ermordet. Rein zufällig war Filippo da Castrocielo, der Meister der Medizin aus Neapel, nur wenige Meilen entfernt. Er hat die Leichen untersucht, eine Pilzvergiftung bestätigt und damit den Fall abgeschlossen. Hätte er Thomas gegenüber, mit dem er eng befreundet war, seine Zweifel äußern können? Der König bestreitet, Thomas vor seiner Abreise nach Lyon noch einmal gesehen zu haben. Warum? Hat das Treffen nie stattgefunden, wie es uns auch Réginald zu verstehen gegeben hat? Oder hat es stattgefunden, und unser Bruder hat auf Charles' Frage, was er dem Papst über ihn sagen würde, tatsächlich mit ›einfach die

Wahrheit‹ geantwortet? Wenn es stattgefunden hat, wäre allein die Tatsache, es zu leugnen, ein Indiz gegen den König. Ein misstrauischer Mann wie er hätte bei diesen Worten das Schlimmste vermuten können, und auch wenn er Thomas sehr schätzte, hätte er nicht gezögert, ihn umzubringen. Wie? Er brauchte einen Komplizen in Thomas' Umfeld. Wen? Und welches Gift hätten sie benutzt und wo? Es hätte sich um ein wenig bekanntes Gift handeln müssen, das ihn nach und nach umbrachte, dessen Wirkung aber vom Kräuterkundigen aus Fossanova bemerkt wurde, der den *Rhizotomikon* von Krateuas gelesen hatte.«

Berengario meinte: »Charles von Anjous Komplize kann nur Filippo da Castrocielo sein. Er war Thomas' Freund und sein Arzt und kennt sicher alle existierenden Giftstoffe. Vielleicht hat er sogar eine Ausgabe dieses Buches. Wer wäre besser geeignet gewesen, das Gift zu mischen und es ihm nach und nach zu verabreichen, ohne dass jemand etwas bemerkt? Uns gegenüber hat er abgestritten, dass Thomas vergiftet wurde, aber wenn er der Schuldige war, hätte er sich natürlich genau so verhalten und die Geschichte mit dem Schlaganfall präsentiert. Fakt aber ist, dass wir den Arzt des Königs nicht verhaften und den *quaestiones* unterwerfen können, um ihn zu einem Geständnis zu bewegen. Wir können Réginald nur fragen, ob Castrocielo Bruder Thomas Medizin verabreicht hat, und hoffen, dass der Kräuterkundige Jean in Lyon etwas Interessantes zu berichten hat. Und Ihr könntet mit dem Papst sprechen.«

Yves ergriff erneut das Wort. »Kommen wir zur zweiten Hypothese. Könnte Thomas in Magentia oder Fossanova vergiftet worden sein? Graf Annibaldo da Ceccano könnte ein Motiv gehabt haben. Er lebt noch immer innerhalb des Kirchenstaates und wagt es nicht, einen Fuß ins Königreich zu setzen. Unabhängig davon, was er uns erzählt hat, dürfte er über die Art, wie Thomas bezüglich des Testaments von Ruggero dell'Aquila vorgegangen ist und seine Sache vor dem König vertreten hat, angesichts des ungünstigen Resultats nicht zufrieden sein. Thomas könnte daher auf der Burg von Magentia vergiftet worden sein. Der Kräuterkundige von Fossanova hat das bemerkt und darauf bestanden, ihn fortzubringen. Bruder Thomas war einverstanden, denn laut den Regeln ist es vorgeschrieben, dass ein Mönch dann, wenn kein Kloster des eigenen Ordens verfügbar ist, Gastfreundschaft bei anderen Orden suchen soll. Aber man hatte ihn bereits vergiftet, und er wusste, dass er in Fossanova nur noch sterben konnte. Oder war es

Teobaldo de Ceccano, der Abt von Fossanova, der Thomas mithilfe des Kräuterkundigen, der darüber hinaus Giftexperte ist, umgebracht hat? Aber Teobaldo hat kein Motiv, außer dass er und Annibaldo der gleichen Familie angehören oder dass er Thomas gegenüber Rachegefühle hegte, deren Ursache wir nicht kennen. Diese zweite Hypothese, nennen wir sie Magentia oder Fossanova, erscheint mir jedoch wenig plausibel. Nach dem, was wir ermitteln konnten, ging es Thomas schon lange vor seiner Ankunft in Magentia schlecht.«

Berengario und Bernard nickten.

»Dritte Hypothese. Vielleicht hatte Filippo da Castrocielo recht, und Thomas ist eines natürlichen Todes gestorben. Er war schon recht alt und übergewichtig, und der Arzt Giovanni di Guido erklärte, sein Urin habe noch Honig gerochen, Symptom für eine Krankheit, die er Diabetes genannt hat. Außerdem führte er ein anstrengendes Leben und schlief nur wenig. Am 6. Dezember könnte er tatsächlich einen Schlaganfall erlitten haben, der sich durch den Schlag auf den Kopf, der sich laut Réginald nördlich von Teano ereignet hatte, oder sich durch irgendeinen anderen Stoß verschlimmerte und schlussendlich zu seinem Tod führte.«

Yves hielt inne. »Die vierte und vielleicht schmerzlichste Hypothese: Réginald hat ihn umgebracht. Die plötzliche Entscheidung, nicht mehr zu schreiben, hat sein *socius* weder verstehen noch akzeptieren können. Er dachte, Thomas habe den Verstand verloren, und hat nicht gezögert, ihn intensiv zu befragen. In San Severino hätte er ihn fast den *quaestiones* unterworfen. Er hat Thomas' Entscheidung vor dem Orden geheim gehalten und auf Bernard Aygliers Frage zu theologischen Angelegenheiten selbst geantwortet. Er war nicht bereit, die Arbeit seines Meisters als Stroh abzutun, im Gegenteil, er setzte sie sogar fort. Um zu vermeiden, dass Thomas sein Werk zerstört, hat er dessen irdischen Tagen ein Ende bereitet. An Möglichkeiten mangelte es ihm nicht. In Magentia könnte Giovanni da Piedimonte etwas bemerkt und deshalb darauf bestanden haben, Thomas nach Fossanova zu bringen.«

Bernard gab zu bedenken: »Aber Réginald hat auch seine Hoffnung zum Ausdruck gebracht, Thomas möge beim Konzil Kardinal werden. Er erachtete dies als wichtig für den Orden und die Kirche. Er wollte doch, dass er nach Lyon reist!«

»Aber er hat uns auch von Thomas' ablehnender Haltung berichtet, was ihn endgültig zum Handeln veranlasst haben könnte.«

»Wenn er es war, hätte er uns von dieser Antwort nichts erzählen dürfen«, gab Bernard zu bedenken.

Der alte Inquisitor nickte zustimmend. »Darüber habe ich auch nachgedacht … Deshalb hätte er ein Interesse daran haben müssen, das letzte Treffen mit dem König zu bestätigen. Und hier haben wir die fünfte Hypothese. Jemand anders hat Thomas hier in Neapel vergiftet. Jemand, der das Buch von Krateuas nicht gelesen hat, weil er es nicht lesen musste. Er hat ein anderes Gift benutzt, das Thomas' Geist verwirrt hat und das Castrocielo als Folge eines Schlaganfalls und Réginald als echten Wahnsinn interpretiert haben.«

»Und welches Gift hätte er verwenden können?«, fragte Bernard.

»Thomas' Stolz auf sein Werk, aus dem in letzter Zeit sogar der Wunsch erwachsen war zu wissen, was Gott selbst davon hielt. Erinnern wir uns an die Apostel Paulus und Petrus, die ihm laut Réginald erschienen sind, und auch an den Traum von Romanus de Roma, von dem uns Tolomeo da Lucca berichtet hat. Thomas' erste Frage an Romanus lautete, ob Gott seine Werke wertschätzte, und die zweite, ob man das in diesem Leben erworbene Wissen auch im Jenseits behielt. Erst als Drittes wollte er wissen, ob er Gott im Jenseits sehen könne. Daran schließt sich noch eine andere Episode an. Wir wissen, dass Thomas vor den Vigilien die Kapelle von San Nicola besucht hat. In dieser Kapelle ist am 6. Dezember etwas geschehen, was ihn von Grund auf verändert hat. Aber auch zuvor hat sich dort ein unglaubliches Mysterium ereignet, das ein anderer Mönch bezeugen kann. Er hatte sich nachts in der Kapelle versteckt und gehört, wie Thomas mit dem Kreuz gesprochen hat. Das Kreuz soll ihm auf Latein geantwortet haben: ›Du hast gut von mir geschrieben; welchen Lohn verlangst du?‹ Und Thomas hätte geantwortet: ›Nur dich allein, Herr.‹«

»Das hat Euch Domenico di Caserta erzählt, oder?«, fragte Berengario sarkastisch. »Hat er womöglich zu viel Wein getrunken, ist eingeschlafen und hat das Ganze nur geträumt?«

Yves hob beschwichtigend die Hände und fuhr fort: »Auf mich wirkte er nüchtern und voller Überzeugung, ein Wunder erlebt zu haben. Nehmen wir einmal an, er hätte nicht geträumt. In diesem Fall gibt es nur zwei Möglichkeiten: Entweder handelte es sich wirklich um ein übernatürliches Phänomen, vor dem wir uns nur staunend verneigen können. Oder in der Kapelle war noch jemand, der mit Thomas gesprochen hat und ihn glauben ließ, es sei das Kreuz gewesen. Diese Person hätte Thomas zu anderer Gelegenheit, bei der der Mönch nicht zugegen war, etwas enthüllen können, was ihn dazu gebracht hat, nicht mehr zu schreiben. Oder Thomas erlitt daraufhin einen emotionalen Schock, der einen Schlaganfall ausgelöst hat, wie Filippo da Castrocielo es vermutet.«

»Und was könnte das Motiv dieser Person sein?«, fragte Bernard.

»Wenn ich das wüsste, hätte ich ihn bereits gefunden. Vielleicht sollten wir uns die Kapelle noch einmal genauer anschauen.«

Kurze Zeit später in der Kapelle San Nicola

Die drei Mönche verbeugten sich vor dem Kruzifix, dann deutete Yves auf zwei Marmorsarkophage. »In einem davon hat sich der Küster versteckt. Wenn jemand in dem anderen gewesen wäre, hätte er es bemerkt. Um Thomas zu täuschen, hätte die Stimme vom Kreuz oder aus der direkten Umgebung kommen müssen. Wir müssen uns also die Wand des Altars näher ansehen und bedenken, dass in dieser Nacht nur eine einzelne Öllampe brannte, die Thomas mitgebracht hatte. Lasst uns dann die Truhen an der Wand überprüfen.«

Die Suche war schnell zu Ende. Der Altar stand an der Wand, in seiner Nähe konnte man sich nicht verstecken. Zwei Truhen waren leer, zwei weitere verschlossen. Bernard und Berengario hatten Mühe, sie zu bewegen.

Yves schüttelte den Kopf. »Die Stimme eines Menschen, der sich in einer der Truhen versteckt hätte, wäre seitlich aus der Kapelle und nicht direkt vom Kreuz gekommen. Das hätten Thomas und Domenico di Caserta bemerkt. Ich werde sie trotzdem durch den Küster öffnen lassen. Ihr könnt jetzt gehen, wir sehen uns später.«

Als er allein war, machte sich Yves auf den Weg zur Sakristei, traf Domenico dort aber nicht an. Er beschloss, in der Kirche auf ihn zu warten, und begann zu beten. Mit geschlossenen Augen sprach er ein Vaterunser, und am Ende fiel in sein Amen eine zweite Stimme ein.

Er drehte sich um. Domenico di Caserta stand am Eingang der Sakristei. Der Mann tauchte wie aus dem Nichts auf, dachte Yves und fragte: »Wo warst du? Ich habe dich eben in der Sakristei gesucht, aber sie war leer.«

Der Alte kam auf ihn zu und sagte: »Diese Stadt besteht auch aus der Leere, Magister.«

»Was meinst du damit?«

»Ich war in den unterirdischen Gängen.«

»Es gibt unterirdische Gänge?«

»Wusstet Ihr das nicht? Unter dem Kloster und in ganz Neapel erstrecken sich kilometerweit Kanäle und Gänge. Dort befinden sich Höhlen, Reste von Aquädukten und antiken Tempeln, Tausende davon. Genau hier, unter uns, fließt frisches, sauberes Wasser aus dem Bolla-Aquädukt. In den Höhlen könnten sich tausend Menschen verstecken. Etwas dichter an der Oberfläche liegen unsere Lagerräume.«

Yves verzog den Mund und sagte: »Interessant … Diese Höhlen würde ich gerne sehen.«

Domenico schüttelte den Kopf. »Dort kann man in einem Gewand nicht hinein.«

»Wir könnten uns besser ausrüsten.«

Der Küster entgegnete: »Im Garten gibt es eine Treppe, oder man lässt sich in den Brunnen hinab, aber wie sagt schon der Evangelist: ›Herr, du hast keinen Eimer, und der Brunnen ist tief.‹«

»Gibt es unter der Kapelle San Nicola auch einen Gang?«

»Ja, aber ohne Zugang zur Kapelle.«

»Woher weißt du das?«

»Ich bin seit dreißig Jahren hier.« Der Küster hielt inne und fragte dann mit trauriger Miene: »Ihr habt nicht an das Wunder geglaubt?«

»Ich habe dir geglaubt, Domenico. Aber ein übernatürliches Phänomen muss man, wie du weißt, genauestens überprüfen, um andere mögliche Ursachen auszuschließen.«

»Wenn Ihr es wünscht, bringe ich Euch zum Bolla-Aquädukt und zu den Höhlen. Habt Ihr deshalb nach mir gesucht?«

»Nein. Ich wollte wissen, was sich in den beiden Truhen in der Kapelle San Nicola befindet.«

»Silberne Grabbeigaben und heilige Ornate, die der Prior lieber nicht benutzen möchte.«

»Kannst du sie öffnen?«

»Der Prior hat die Schlüssel, aber wenn Ihr es befiehlt, könnte ich die Schlösser sofort aufbrechen.« Er grinste und fügte spöttisch hinzu: »Dann könnten wir den Inhalt auch benutzen.«

Yves verdrehte die Augen und dachte kurz darauf: Wie dumm von mir!

Kapitel 19

Der Kräuterkundige

Lyon, Kloster Île Barbe,
9. Juni 1274, zur Sext

Es war nicht einfach gewesen, den Abt von Fossanova in diesen Tagen in Lyon aufzuspüren. In der Stadt wimmelte es von Mönchen, Priestern und Prälaten aus allen Ecken der Christenwelt. Jean de Montfort hatte trotzdem nicht aufgegeben und Teobaldo de Ceccano schließlich im großen Kloster Île Barbe gefunden, auf jener Insel inmitten der Saône, wohin der Legende nach der Zenturio Longinus geflüchtet war, nachdem er mit seiner heiligen Lanze den Brustkorb Christi durchbohrt hatte.

Teobaldo wirkte älter als fünfundvierzig, er war klein, kahl und fett. Der Besuch des jungen Grafen überraschte ihn. Er hatte ihn noch nie zuvor getroffen, wusste aber, dass er zu den wichtigsten Vasallen Charles von Anjous zählte und an der Eroberung des Königreichs sowie am Kreuzzug nach Tunis teilgenommen hatte.

Er empfing ihn in einem Zimmer des Gästehauses. Jean verbeugte sich, und der Mönch sagte: »*Pax vobiscum*, Graf. Womit kann ich Euch dienen?«

»Ehrwürdiger Vater, Yves le Breton vom Dominikanerorden, Großinquisitor des Königs, schickt mich. Gemeinsam mit ihm war ich im Auftrag des Papstes in Fossanova, um die Todesursache von Thomas von Aquin zu untersuchen. Im Zuge der Ermittlungen haben sich einige Fragen ergeben, die ich, mit Eurem Einverständnis, gerne an Giovanni da Piedimonte richten würde. Deshalb bin ich hier.«

Teobaldo schwankte, dann fragte er ungläubig: »Der Papst hat Yves le Breton nach Fossanova geschickt?«

»Ja, ehrwürdiger Vater.«

»Was glauben sie? Dass wir ihn umgebracht haben? Das ist absurd! Wir haben für ihn gebetet, haben versucht, ihn zu heilen, und ihn schließlich feierlich bestattet und seinem Wunsch gemäß in der Abtei begraben.

Keiner seiner Vorgesetzten war bei der Beerdigung zugegen, und jetzt kommt ein dominikanischer Inquisitor in meiner Abwesenheit nach Fossanova, und ich wurde nicht einmal davon in Kenntnis gesetzt!«

»Niemand sollte die Entscheidung dessen, der Yves diese Mission anvertraut hat, beurteilen«, antwortete Jean knapp. »Meine Aufgabe ist es, den Kräuterkundigen Eurer Abtei zu befragen, bevor der Magister es selbst tun kann.«

Der Abt wurde bleich. »Ihr nehmt ihn mit, um ihn zu befragen?«

»Das ist nicht nötig, das kann ich hier vor Ort tun.«

»Und Yves le Breton wird ebenfalls nach Lyon kommen?«

»Gegen Ende des Monats wird er hier eintreffen.«

»Ich will mit ihm sprechen.«

»Wie Ihr wünscht, ehrwürdiger Vater. Jetzt schickt bitte nach Giovanni und lasst mich mit ihm allein.«

Der Abt verließ schimpfend den Raum. Kurze Zeit später trat ein etwa vierzigjähriger Mönch ein, mittelgroß und mager, mit einem grauen Bart und zerzausten Haaren rund um die Tonsur. Er wirkte ruhig und sprach mit leiser Stimme: »*Pax vobiscum*, ich bin Giovanni da Piedimonte.«

Jean lächelte: »Endlich …«

»Der Abt hat mir gesagt, Ihr wolltet mich im Namen des dominikanischen Inquisitors befragen.«

»Bruder Yves le Breton ist vom Papst zum Großinquisitor ernannt worden und soll Thomas von Aquins Tod untersuchen. Eine geheime Mission. Ich war mit ihm in Fossanova, wo Eure Äußerungen zur Sprache gekommen sind. Im Namen des Inquisitors soll ich Euch einige Fragen dazu stellen und Euch bitten, in Lyon zu bleiben, bis auch er Ende des Monats hier eintrifft.«

»Um welche Äußerungen geht es?«

»Anselmo da Sessa hat uns berichtet, dass Thomas Eurer Meinung nach schon tot war, als Ihr ihn das erste Mal in Magentia gesehen habt. Diese Bemerkung hat den Inquisitor neugierig gemacht, zumal er in Eurem Labor auch ein sehr seltenes Buch über Gifte von einem gewissen Krateuas gefunden hat. Ein Exemplar dieses Buches hatte er in der Vergangenheit verbrennen lassen.«

Giovanni da Piedimonte reagierte alarmiert: »Er wird doch nicht etwa unser Buch auch verbrannt haben?«

»Noch nicht … Wie ist Thomas gestorben? Ich darf Euch daran erinnern, dass ich von einem Inquisitor beauftragt bin und Ihr mir alles sagen müsst, was Ihr wisst.«

»Dann sollte ich besser schweigen, denn ich weiß nicht, wie er gestorben ist. Es tut mir leid, dass Ihr so weit reisen musstet, aber das, was ich Euch sagen kann, ist nur die Meinung eines bescheidenen Mönches, der sich mit Heilkräutern auskennt, ein Wissen, das ihn die Erfahrung und die Bücher gelehrt haben, zu denen offensichtlich auch dieses eine gehört … Ich kann Euch allerdings sagen, wie Thomas meiner Meinung nach *nicht* gestorben ist. Er ist nicht an dem Schlag auf den Kopf gestorben, der laut Bruder Réginald von einem Ast herrührt. Für einen solchen Schlag habe ich keinerlei Anzeichen bemerkt. Er wurde nicht vergiftet. Ich kenne kein Gift, das derartige Auswirkungen haben könnte. Er ist nicht an Diabetes gestorben. Giovanni di Guido, der Arzt aus Piperno, war sich sicher, dass er an dieser Krankheit litt, aber selbst wenn sie schwerwiegend war, hätte sie nicht zu einem solchen Tod geführt.«

»Warum habt Ihr gesagt, dass er in Magentia bereits tot war?«

»Weil er immense Schwierigkeiten hatte, sich zu bewegen und zu sprechen. Es war eine drastische Veränderung im Vergleich zu dem Mann, der beredt lange Predigten hielt, komplexe Werke verfasste und in seinem Leben Tausende von Meilen zurückgelegt hat. In Magentia stand ich einem Menschen mit einem kranken Geist und einem geschädigten Gehirn gegenüber.«

»Könnte es sich nicht um ein unbekanntes Gift gehandelt haben?«

»Wenn ich es nicht kenne, kennt es keiner, jedenfalls nicht hier in der Gegend. Das kann ich Euch garantieren. Und wer hätte es ihm einflößen sollen?«

»Was habt Ihr damals gedacht?«

»Ich vermutete eine Krankheit, die Galen *apoplexia* nannte, eine plötzliche Überschwemmung der Blutbahnen im Gehirn mit einer kalten und melancholischen Stimmung.«

»Was kann sie auslösen?«

»Das weiß man nicht. Großes Übergewicht, ein ungestümer Lebenswandel, eine sehr starke Gefühlsregung oder alles zusammen.«

»Warum habt Ihr ihn nach Fossanova bringen lassen?«

»Manchmal führt die Apoplexie nicht zu irreparablen Schäden, und Thomas' Zustand ließ mich hoffen, dass es ihn nicht allzu schwer getroffen hatte. In anderen Fällen ist der Kranke gelähmt oder kann nicht mehr sprechen. Thomas hatte Schwierigkeiten, sich zu bewegen, aber er antwortete schlüssig auf äußere Reize, und auf Nachfrage unseres Priors konnte er sich an eine ähnliche Episode vor vielen Jahren in Paris erinnern. Ich dachte, wenn wir ihn in ein Haus Gottes bringen, ihn dort pflegen und für ihn beten, könnte er sich erholen. Ich habe alles getan, um ihn zu heilen, aber sein Zustand verschlimmerte sich rasant. Der Herr wollte ihn zu sich holen.«

»Welche Ursache könnte diese Verschlechterung gehabt haben?«

»Alles Mögliche. Ein Schlag auf den Kopf oder ein Schütteln könnte das Gehirn weiter geschädigt haben, sodass sich die Stimmung, von der Galen gesprochen hat, im ganzen Körper ausbreiten konnte. Vielleicht hat ihm sogar die Reise auf dem Rücken eines Maultiers von Magentia nach Fossanova nicht gutgetan. Wenn ich zurückdenke, war diese Reise auch mein Fehler.«

»Ihr wart in den letzten Tagen immer in Thomas' Nähe. Hat er Euch etwas Erhellendes zur Ursache seiner Krankheit genannt?«

»Nichts Genaues. Einmal sagte er, Gott habe seine Lehre beenden wollen und werde nun auch sein Leben beenden. Der Satz hat mich sehr betroffen gemacht, noch heute denke ich oft an ihn.«

»Was wollte er damit Eurer Meinung nach sagen?«

»Das weiß ich nicht. Es hatte etwas mit einer Kapelle zu tun.«

»Welche Kapelle?«

»Eine Kapelle in Neapel. Dort muss ihn etwas zutiefst erschüttert haben. Etwas, das mit seiner Lehre zu tun hat.«

Später, als ihn das Boot zurück in die Stadt brachte, fand Jean keinen Frieden. Der Kräuterkundige war überzeugt, dass Thomas im Kloster San Domenico in Neapel etwas zugestoßen war, genau dort, wo Yves le Breton sich gerade befand. Der Magister könnte in Gefahr sein, und er war nicht da, um ihn zu beschützen.

Kapitel 20

Der Engel der Apokalypse

Neapel, Kloster San Domenico,
10. Juni 1274, zur Komplet

Ich habe erneut versagt, wie in Tunis …«

Mit gesenktem Kopf ging Yves an der Seite von Berengario durch den Kreuzgang. Der Abend in Neapel roch nach dem Salz des Meeres und nach Blumen. Bernard hatte sich bereits zurückgezogen. In den letzten Tagen hatte er das oft getan, er wirkte traurig und schweigsam, als wäre er sich der bevorstehenden Niederlage bewusst.

»Das Schiff, das mich nach Arles zurückbringt, wird bald eintreffen«, fuhr der alte Inquisitor fort. »Ich werde dem Papst mitteilen müssen, dass ich die Wahrheit nicht gefunden habe. Um es mit Thomas' Worten zu sagen: Ich habe nichts außer Stroh.«

»Es war eine schwierige Mission, Magister, und Ihr habt alles Mögliche getan. Nur Gott kennt die Wahrheit.«

»Du hast recht … Allein Gott kennt die Wahrheit. Vor meiner Abreise kann ich mich nur noch an ihn wenden. Heute Nacht werde ich mich zum Gebet in die Kapelle San Nicola zurückziehen, genau wie es Thomas getan hat … Wirst du mich begleiten?«

»Es wäre mir eine Ehre, Magister.«

Später in dieser Nacht

Die Kapelle war in Dunkelheit getaucht, und das Licht der Öllampe, die Berengario in Händen hielt, warf unheimliche Schatten an die Wände. Die beiden Mönche blieben vor dem Altar mit dem Kruzifix stehen und knieten nieder. Berengario stellte die Lampe auf den Boden. Yves sprach das Vaterunser, dann das Ave-Maria, es folgten das Requiem und der Prolog des Johannes. Am Ende richtete er seinen Blick auf das Kreuz mit den

Worten: »Allmächtiger, genau wie in Fossanova vertraue ich dir auch hier die Seele unseres Bruders Thomas von Aquin an, eines heiligen und gütigen Mannes, den du aus diesem Leben abberufen hast. Es ist mir nicht gelungen, diejenigen zu bestrafen, die ihm etwas Böses angetan haben, aber ich bin mir sicher, dass sie ihre gerechte Strafe bekommen und in den Gehinnom geworfen werden, wo ihr Wurm nicht stirbt und das Feuer nicht verlöscht.«

In der Stille der Nacht war jetzt eine metallische Stimme zu hören, die vom Kreuz zu stammen schien: »Du weißt, wer ich bin. Du kannst versichert sein, dass sie im Gehinnom enden werden.«

Berengario sprang auf: »Soll das ein Scherz sein?«

Yves stand ebenfalls auf und antwortete ernst: »Das Gleiche, was du Thomas angetan hast … Das Gift, das ihn umgebracht hat.«

»Seid Ihr verrückt geworden?«

»Du weißt sehr wohl, dass ich das nicht bin. Du hast mir zu viele Lügen aufgetischt, Berengario. Du hast so getan, als würden dich Thomas' Schriften nicht interessieren, hast aber einen Kommentar zur Güte des Teufels erwähnt, ein Thema aus den *De substantiis separatis*, einem unvollendeten Werk. Du warst nicht im *scripto-*

rium, als ich mit Bernard darüber gesprochen habe. Wie hättest du also davon wissen sollen, wenn du dich nicht für seine Arbeit interessiert hast? In Wahrheit war es genau umgekehrt. Du hast es gewusst, und du konntest es nicht vergessen.«

»Das war Bernard, oder?« Berengario deutete auf das Kreuz.

»Ja, er hat aus dem Opäum in der Wand gesprochen, das man vom Klosterdach aus erreichen kann. Er trug einen schweren Ritterhelm, um seine Stimme zu verstellen. Ich weiß nicht, was du benutzt hast, vielleicht etwas Ähnliches. Warum hast du das getan, Berengario? Thomas war ein gütiger und harmloser Mann.«

Im diffusen Licht der Lampe lag das Gesicht des jungen Inquisitors im Halbdunkel. Plötzlich ähnelte er Mathieu de Bourbon noch mehr, auch sein Tonfall wurde harscher. »Er war nicht harmlos! Wenn ich ihn nicht aufgehalten hätte, hätte er unseren Orden zerstört. Er hat geschrieben, dass es nur eine einzige Substanz gibt, dass das Universum ewig ist wie Gott und dass es selbst für Sünden gegen Gott, wie die Häresie, eine brüderliche Strafe geben müsse. Hier in Neapel schrieb er über das Gute, das auch dem Teufel innewohne. Ihr habt es selbst gelesen. Mein Glaube, mein Amt als Inquisitor, alles, was Ihr mir beigebracht habt, drängte mich dazu, ihn aufzuhalten! Ihr hättet das Gleiche getan. Es war meine Pflicht, seine Arbeiten zu prüfen, jedenfalls nach seinem Weggang aus Paris und nachdem die bedeutendsten dominikanischen und franziskanischen Theologen wie Robert Kilwardby, Bonaventura da Bagnoregio, der Bischof von Paris und viele andere die häretischen Inhalte seiner Thesen angeprangert hatten. Er war verrückt geworden, und es gab keinen anderen Weg, um den Orden zu retten. Ich habe getan, was getan werden musste, und dabei nur das Wort und nicht das Feuer eines Scheiterhaufens benutzt. Das solltet Ihr wertschätzen.«

»War es auch deine Pflicht, Bonfiglio Coppa zu töten, einen armen Laienbruder?«

»Wie könnt Ihr das sagen?«, antwortete ihm Berengario mit eiskalter Stimme.

»Der Grund für alles ist in Thomas' Unterricht zu finden. Die Lehre, auf die er so stolz war, die aber von den von dir genannten Männern weder verstanden noch geschätzt wurde. Ich war nicht länger Inquisitor von Frankreich, und Giovanni da Vercelli ist kein Löwe. Um Thomas zu schützen, hat er ihn nach Neapel geschickt, wohin er nur zu gern gegangen ist. Er kannte und liebte diese Stadt. Hier hat er weitergearbeitet und auch die im Vergleich zu Paris ruhigeren Lebensumstände genossen. Du warst hier, um ihn zu kontrollieren. Vielleicht hast du Bonfiglio Coppa und sogar den Prior benutzt, die dir berichtet haben, was Thomas gerade schrieb. Als du von den getrennten Substanzen gehört hast, war es deine Pflicht, einzugreifen und ihn aufzuhalten, aber du konntest den berühmtesten Theologen der Dominikaner nicht der Häresie anklagen. Du musstest ihn davon überzeugen, von selbst aufzuhören. Oder ihn töten. Und da hast du gemerkt, wie schwach Thomas war. Er war nicht mehr der Jüngste, und er war krank. Vielleicht auch aufgrund der Kritik, die man ihm entgegenbrachte und der er sein ganzes Leben lang nur wenig Gewicht beigemessen hatte. Jetzt allerdings suchte er die Bestätigung Gottes für sein Werk. Er hatte mystische Visionen wie seine Begegnung mit den heiligen Aposteln, die ihm Jesaja erklärten, oder die Erscheinung von Romanus de Roma in seinem Traum. Oft kam er vor den Vigilien zum Beten hierher, und nicht nur der Küster, auch du hast ihn dabei beobachtet. Dabei hast du gehört, wie er das Kreuz befragte, ob Gott sein Werk wertschätze. Du hast das Opäum in der Wand entdeckt, das ein junger Mann wie du leicht über das Dach erreichen kann. Und du wolltest dir Thomas' Angst zunutze machen, wie Gott über sein Werk urteilen könnte, um ihn dazu zu bewegen, nicht mehr zu schreiben. Du hast dir einen schweren Helm oder etwas anderes besorgt, um deine Stimme zu verstellen. Wie Bernard vor ein paar Tagen herausgefunden hat, hast du den Verschluss des Opäums von außen entfernt, und du hast Thomas geantwortet, er habe Gutes geschrieben, und welchen Lohn er dafür haben wolle, als ob sein Werk bereits vollendet wäre. Thomas glaubte, er höre die Stimme Christi, ebenso Domenico di Caserta, der sich just in dieser Nacht in der Kapelle versteckt hatte. Es war dunkel, und der Küster war der festen Überzeugung, das Kreuz könne sprechen. Keiner der beiden hat daran gedacht oder wollte daran denken, dass jemand durch das Opäum in der Wand zu ihnen sprechen könnte. In einer der folgenden Nächte, wahrscheinlich zwischen dem 5. und 6. Dezember, hast du Thomas gezwungen, mit dem Schreiben aufzuhören, und ihn glauben lassen, all sein Werk sei nichts als Stroh. Du könntest den Engel der Apokalypse mit einem Gesicht wie die Sonne erwähnt haben, der Johannes befahl, alles geheim zu halten und nichts von dem aufzuschreiben, was die sieben Donner gesprochen hatten, und wer weiß, was sonst noch. Die Details spielen keine Rolle. Im Wesentlichen ging es darum, dass du ihm befohlen hast, nicht mehr zu schreiben, weil alles, was er geschrieben hatte, wertlos war. Und natürlich sollte er mit niemandem über diese Offenbarung sprechen. An jenem Nikolausmorgen war Thomas deshalb verwirrt, und während der Messe fühlte er sich schlecht. Ihr wart bereits bei anderen Gelegenheiten zugegen, wo es ihm ähnlich erging, etwa am Passionssonntag. Davon hast aber nicht du mir berichtet, sondern Filippo da Castrocielo. Das Unwohlsein am 6. Dezember war jedoch schlimmer. Möglicherweise wegen der Krankheit, die Filippo als Apoplexie bezeichnet hat. Zu diesem Zeitpunkt hat Thomas aufgehört zu schreiben, und auf Réginalds drängende Fragen hat er geantwortet, alles, was er bis dato geschrieben habe, sei nichts als Stroh. Mit der Zeit ging es ihm immer schlechter. Voller Sorge beschlossen Réginald und der Prior, ihn zu seiner Schwester Theodora zu bringen, damit er wieder zu Kräften kommen könne. Dort hat Réginald ihn noch intensiver befragt und ging dabei sogar über das Erlaubte hinaus, erhielt aber nochmals die Bestätigung, dass Thomas' Werk nur Stroh sei und er auf Gottes Befehl hin nicht mehr schreiben solle. Nach seiner Rückkehr nach Neapel blieb Thomas einige Tage in seiner

Zelle. Das hat dich nervös gemacht. Du hast befürchtet, Réginald oder Theodora könnten ihn von seinem Beschluss abgebracht haben. Da Thomas auch nicht mehr in die Kapelle kam, hast du beschlossen, dich in den Engel der Apokalypse zu verwandeln, der Johannes das Schreiben verboten hatte. Du bist nachts in seine Zelle eingedrungen, hast ihn geweckt und ihn nochmals an sein Versprechen erinnert. Dabei warst du in einen Umhang gehüllt, hattest dir eine schwarze Maske aufgezogen und eine Lampe vor den Kopf gehalten. Das Licht hat aber auch dich so sehr geblendet, dass du nicht bemerkt hast, dass Thomas nicht allein in der Zelle war. Dort befanden sich auch Bonfiglio Coppa und sein Bruder Nino, die an seinem Bett wachten. Oder besser gesagt, sie sollten wachen, doch Bonfiglio war eingenickt, und Nino döste im Halbschlaf. Der Junge sah das Licht und das Fenster, das sich durch den Luftzug bewegte, und dachte, ein Stern sei durch das Fenster hereingeschwebt. Als er seinen Bruder weckte, wurde dir klar, dass Thomas nicht allein war. Du bist sofort hinausgegangen, aber Bonfiglio hat dich gesehen. Offensichtlich hat er dich nicht erkannt und dich tatsächlich für den Engel der Apokalypse gehalten. Und das hat auch der kleine Nino gehört. Dies war übrigens nicht das erste

Mal, dass du die Maske benutzt hast. Ein anderer Klosterschüler, Giovanni Blasio, hat Guilelmus de Tocco berichtet, er habe Thomas gesehen, wie er einen schwarzen Dämon von der Terrasse vor seiner Zelle verjagte. Bonfiglio war durch das Auftauchen des Engels auf jeden Fall verängstigt. Für dich war es ein Leichtes herauszufinden, wer in dieser Nacht an Thomas' Bett gewacht hatte. Vielleicht kam Bonfiglio sogar zu dir, um deinen Rat einzuholen. Beeinflusst von dem, was Thomas ihm über die getrennten Substanzen diktiert hatte, wollte er wissen, was er zu sehen geglaubt hatte. Als du schließlich erfahren hast, dass ich aus Lyon anreisen würde – und ich bin überzeugt, dass du es wusstest, auch wenn du bei meinem Anblick überrascht getan hast –, konntest du das Risiko nicht eingehen, dass Bonfiglio mir von dem Engel erzählt. Der Herr wollte, dass Domenico di Caserta mit niemandem über das sprach, was er in der Kapelle San Nicola gesehen und gehört hatte, sonst hätte ich sicher auch ihn nicht mehr lebend vorgefunden. Ich glaube übrigens nicht, dass du Bonfiglio in der Gasse getötet hast, in der man ihn gefunden hat. Dort hätte dich jemand sehen können. Wahrscheinlich hast du ihn unter irgendeinem Vorwand in einen der unterirdischen Gänge gelockt, die vom Klostergarten aus ins Aquädukt führen. Dort hast du ihn umgebracht, ihn dann, als Bauer verkleidet, nach oben gebracht und dort abgelegt. Ich habe mich auch gefragt, warum du den Leichnam nicht einfach in den Höhlen hast liegen lassen. Aber dann wurde mir klar, dass Bonfiglios Verschwinden deutlich mehr unbequeme Fragen aufgeworfen hätte, als wenn er nachts in einer Gasse erstochen worden wäre. Und so war es auch. Du musst die unterirdischen Gänge gut kennen, wer weiß, wie oft du sie schon benutzt hast. Als ich dir aufgetragen habe, Réginald nicht aus dem Kloster entkommen zu lassen, hast du mir geantwortet, dass es wenig Sinn habe, die Ausgänge zu bewachen, und dann rasch das Thema gewechselt. Genau das wolltest du damit sagen: Es ist vergebliche Müh, die Ausgänge an der Oberfläche zu bewachen, wenn man so leicht durch einen unterirdischen Gang fliehen kann.«

»Bonfiglio war Thomas' Komplize und wusste genau, was er schrieb.«

»Sein Tod veranlasste jedoch den kleinen Nino, seinem Lehrer Guilelmus von der Episode mit dem Stern und der Bemerkung seines Bruders zum Engel der Apokalypse zu erzählen. Guilelmus de Tocco wurde klar, dass auch der Junge und seine Mutter in Gefahr schweben könnten, und als ich ihn fragte, wo sie wohnten, hat er sie so schnell wie möglich versteckt.«

»Wo sind sie?«

»In Sicherheit.«

»Vermutet Guilelmus etwas?«

Yves überging die Frage und fuhr fort: »Ende Januar traf Thomas' Ruf zum Konzil ein, und zwar ziemlich spät. Die ersten Aufrufe gab es bereits in der zweiten Hälfte des Jahres 1272, die anderen im letzten Jahr. Der Prior und Réginald beschlossen, Thomas trotz seiner schlechten Verfassung reisen zu lassen. Unser Bruder führte sein Werk über die Irrtümer der griechisch-orthodoxen Kirche mit sich, das er vor zehn Jahren für Papst Urban verfasst hatte, weil er glaubte, dies sei der Grund seines Rufes. In Wirklichkeit aber ging es um weitaus mehr, als selbst Réginald geahnt hatte. Bei seiner Abreise hast du bereits gewusst, dass er Lyon nie erreichen würde. Der Thomas, den wir kannten, war bereits in Neapel gestorben, wie es der Kräuterkundige in Fossanova bei seinem Anblick sofort erkannt hatte. Zu diesem Zeitpunkt brauchte es nur einen Ast, ein Aufbäumen des Maultiers oder ein heftiges Niesen, um seinem Leben endgültig ein Ende zu bereiten. Was genau es letztendlich war, werden wir nie erfahren, und es ist auch nicht von Belang. Bemerkenswert ist allerdings die Tatsache, dass keiner der Oberen unseres Ordens bei der Trauerfeier in Fossanova zugegen war. Der einzige anwesende Bischof war der von Terracina, ein Franziskaner. Ein Zeichen der Kälte gegenüber Thomas, das Ergebnis deiner Arbeit und der vieler anderer, aber nicht aller. Zumindest einer der hier anwesenden Inquisitoren, Paolo dell'Aquila, ein integrer Mann, hatte begriffen, dass eine Intrige gegen seinen Mitbruder im Gange war. Durch seine Vision, dass der heilige Paulus ihn mit sich genommen hatte, sandte er ein klares Zeichen an all seine Mitbrüder. Ein Zeichen, das du so gut verstanden hast, dass du ihn auf Ketzerjagd nach Sizilien geschickt hast. Dann hast du versucht, meinen Verdacht auf Charles von Anjou zu lenken, und dir sogar ein Treffen zwischen ihm und Thomas vor dessen Abreise nach Lyon ausgedacht. Wenn es das Treffen gegeben hätte, wäre es genau so abgelaufen, wie du es geschildert hast. Bei deiner Erzählung habe ich ihn fast vor mir sehen können, wie er die Antwort gibt: ›Einfach nur die Wahrheit.‹ Nur wer Thomas wirklich gut kannte, konnte ihn sich so vorstellen, und du hattest ein ganzes Jahr mit ihm verbracht. Aber dir ist noch ein weiterer Fehler unterlaufen. Angesichts des schlechten Zustands unseres

Mitbruders hätte das Treffen gar nicht stattfinden können. Ohne Réginald wäre Thomas in diesem Zustand nie nach Castel Capuano gereist, und der König wäre niemals hierher ins Kloster gekommen, davon hätten alle erfahren. Réginald hingegen hätte keinen Grund gehabt, das Treffen zu leugnen. Meine Ankunft hat offensichtlich den letzten Schritt deines Plans vereitelt. Nach meiner Abreise hättest du mit dem armen Réginald abgerechnet, der Thomas' Arbeit unbedingt weiterführen wollte. Was hattest du mit ihm vor? Einen weiteren Messerangriff? Oder ein reinigendes Feuer, um Thomas' Werke endgültig aus der Welt zu schaffen?«

»Ein Feuer hätte das gesamte Kloster gefährden können. Die Arbeit wäre lang und anstrengend gewesen, in den unterirdischen Gängen indes hätte alles Platz gefunden und wäre dem Vergessen anheimgefallen. Es tut mir leid, Magister. Ich wollte Euch nie etwas antun, aber ich kann Euch auch nicht lebend hier rausgehen lassen. Das Heil unseres Orden und der katholischen Kirche steht auf dem Spiel. Ich werde sagen, es habe einen Unfall gegeben … Ihr werdet nicht leiden, ich werde dafür sorgen, dass Ihr nichts merkt. Ihr werdet fallen und Euch den Kopf stoßen.«

»Und Bernard?«

»… wird ebenfalls einen Unfall erleiden. Schade, er ist ein vielversprechender junger Mann. Er wäre ein großartiger Inquisitor.«

»Es tut mir noch mehr leid, dich all diese Dinge sagen zu hören, das kannst du mir glauben«, entgegnete Yves leise und rief dann laut: »Er gehört Euch, meine Herren.«

Dann ging alles ganz schnell. Godefroy de Montreveil und Ruggero di San Floro sprangen aus den Sarkophagen und warfen sich auf Berengario, den sie ohne Schwierigkeiten fesselten. Der junge Mönch stieß einen animalisch klingenden Schrei aus, wie ein verwundetes Tier. Er versuchte sich vergeblich zu befreien, gegen die beiden erfahrenen Soldaten hatte er keine Chance, auch wenn er kräftig war. Im gleichen Augenblick kam Bernard angelaufen. Er hatte die Anweisung erhalten, vom Dach zu klettern und in der Kirche zu warten, bis er jemanden schreien hörte.

Yves sprach in ruhigem Ton: »Wie konntest du nur glauben, ich käme allein? Du erinnerst mich an einen Inquisitor, den ich kannte, als ich noch ein Junge war, Robert le Bougre. Auch er hielt sich für besonders schlau und beendete seine Tage im Gefängnis.«

Großspurig antwortete Berengario: »Niemand wird es wagen, mich zu verurteilen.«

»Es genügt, wenn ich dich verurteile, wegen Thomas von Aquin, Bonfiglio Coppa und … Agnes.«

Zum ersten Mal las Yves Hass in den Augen des jungen Mönches und fügte hinzu: »Ja, Berengario. Hinter der Maske des gläubigen Inquisitors bist du ein Opfer schändlicher Leidenschaften. Als ich an die Heilung Réginalds durch die Reliquien der heiligen Agnes dachte und deine plötzliche Vehemenz, als es um Thomas' Haltung gegenüber der Schönheit ging, habe ich mich an die Äbtissin von Benevent erinnert, vor der ich dich bereits vor acht Jahren gewarnt hatte. Als ich in Neapel mit der Äbtissin des Benediktinerklosters sprechen konnte, habe ich nach ihr gefragt. Ihre abweisende Reaktion hat meinen Verdacht bestätigt. Deshalb habe ich San Floro einen Brief an de Noyelles übergeben und die Justiz des Königs um Hilfe gebeten. Der Ritter ist gestern zurückgekehrt, nachdem er in Benevent zusammen mit dem königlichen *iudiciarius* Nachforschungen angestellt hat. Ich habe darum gebeten, deine Besuche bei der Äbtissin zu überprüfen und wenn nötig auch zu den *quaestiones* zu greifen. Da es sich um ein Kloster in Klausur handelt, ist Männern der Zutritt verwehrt, aber wir wissen, dass dem in jener Februarnacht vor acht Jahren nicht so war. Unter Androhung der Folter hat eine Schwester schließlich gestanden, dass Agnes unter größter Geheimhaltung ein paarmal den Inquisitor des Reiches, Berengario da Verona, getroffen hatte, der in Benevent ermittelt hat, wovon hier aber niemand Kenntnis hatte. Gott allein weiß, was du gewagt hast. Deshalb hast du so reagiert, als ich Bernard das Opfer der heiligen Agnes und das Problem der Schönheit im Werk von Thomas zusammengefasst habe. Am Ende war es die Schönheit, die dich verraten hat!«

Der junge Mönch antwortete voller Verachtung: »Es gibt etwas, das Ihr in Eurer eiskalten Logik niemals verstehen werdet, Magister: die Liebe. Genau wie Euer Freund Thomas dem Menschen die Fähigkeit absprach, die der Schöpfung eigenen Schönheit in ihrer Gänze zu erfassen. Am Ende dachte er sogar über die dem Teufel innewohnende Güte nach, weil Gott keine Fehler macht. Es liegt nichts Falsches und Sündhaftes in der Liebe, nicht einmal in der zwischen einer Nonne und einem Mönch. Wenn Gott Mann und Frau erschaffen hat, dann fühlen sie sich von Natur aus zueinander hingezogen und lieben sich. Die Liebe ist Gottes größtes Geschenk.«

Yves senkte den Blick und schwieg. Dann schaute er hoch und sagte leise: »Du hast recht, das sind Dinge, die ich nie verstehen werde … Aber so ist es geschehen.«

Auf sein Zeichen hin zog Godefroy de Montreveil ein Messer, und schnitt Berengario ohne jede Gefühlsregung mit einer schnellen Bewegung die Kehle durch, als ob er ein Zicklein schlachten würde. Blut spritzte aus der Wunde auf Bernards Tunika. Berengario sank zu Boden, mit dem gleichen erstaunten Gesichtsausdruck, den Yves in einer Nacht vor vielen Jahren bei einer jungen Frau namens Roxanne gesehen hatte.

Da begriff er, dass sich ein Kreis geschlossen hatte. Das war das Ende des Weges, der in Mont Huimeri begonnen hatte, und der Anfang zugleich, nur dass er an der Stelle des alten Magisters stand, während Bernard mit der blutbefleckten Soutane nun seinen Platz eingenommen hatte. Mathieu de Bourbon, da war sich Yves sicher, hatte den Epilog bereits gekannt und ihn genau deshalb ausgewählt. Er fragte sich, ob Bernard nach dieser Nacht die gleichen Albträume heimsuchen würden, wie er sie damals gehabt hatte.

Doch die Reaktion seines Schülers machte ihm deutlich, dass sich die Zeiten geändert hatten. Der junge Mann schaute auf Berengarios Körper, aus dem immer noch das Blut sickerte, und stellte eine Frage, die er selber damals nicht zu stellen gewagt hatte: »War das notwendig, Magister?«

In dem Bewusstsein, dass sein Meister ihm diese Frage nicht beantwortet hätte, sagte Yves: »Ja, Bernard. Das war notwendig. Wir können den Inquisitor des Königreichs nicht foltern, um die Namen seiner Komplizen herauszufinden, und ihm auch nicht den Prozess machen. Ein solcher Prozess würde die Idee der Inquisition selbst infrage stellen, und das dürfen wir nicht zulassen. Ich spüre großen Schmerz, aber diese Probleme müssen endgültig und ohne viel Aufsehen gelöst werden.«

»Warum sprecht Ihr von Komplizen? Denkt Ihr, Berengario habe nicht allein gehandelt?«

Yves ging langsam auf den Ausgang der Kapelle zu. Godefroy de Montreveil und Ruggero di San Floro würden sich um den Leichnam kümmern und die Kapelle noch vor den Vigilien reinigen. Mit seiner Antwort wartete er, bis sie in der Kirche angekommen waren: »Es ist offensichtlich, dass er nicht allein gehandelt hat. Jemand hat ihn nur bruchstückhaft und oberflächlich von Thomas' Konflikten in Paris unterrichtet und darüber, was er hier schrieb. Man hat Berengario glauben gemacht, Thomas sei verrückt und seine Lehre ketzerisch. Dieser Jemand hat ihn auch von meiner Ankunft in Kenntnis gesetzt und ihn gebeten, meinen Verdacht auf den König zu lenken. Gleichzeit hat er die Spione des Königs in Lyon informiert, sodass wir von ihnen getötet worden wären, wenn Gott in seiner Güte nicht die Wölfe geschickt hätte. Berengario war nur eine Schachfigur in einem größeren Spiel.«

»Und mit welchem Ziel?«

»Das ist die große Frage. Das Ziel zu kennen bedeutet, den Urheber zu kennen – neben dem Teufel, der ganz gewiss seine Finger im Spiel hat. Thomas war bei der Verwirklichung dieses Ziels sicher ein Hindernis und Charles d'Anjou das Bauernopfer. Und jetzt bin ich selbst das Hindernis, wie auch eine andere Person in Lyon.«

»Sind wir immer noch in Gefahr, Magister?«

»Wir haben nie aufgehört, in Gefahr zu sein. Warum hat man uns wohl eine Eskorte zur Seite gestellt?«

»Und was machen wir jetzt?«

»Wir gehen schlafen … Morgen früh werde ich mit den Klosterbrüdern sprechen, die sich wegen Berengarios Verschwinden Sorgen machen werden. Wir werden sagen, dass wir nicht wissen, wo er ist, und dass er womöglich allein in die unterirdischen Höhlen gegangen ist, wo viele Gefahren lauern. Ich werde Réginald dann ermutigen, Thomas' Werk fortzusetzen, und ihm die

Unterstützung des Ordens zusichern, und sobald die *Santa Maria* eintrifft, werden wir nach Lyon zurückkehren.«

»Was befürchtet Ihr?«

»Dass sie erneut töten werden.«

Kapitel 21

Das Begräbnis

Lyon, 15. Juli 1274,
vor der Vesper

Der Klang der Totenglocken empfing die kleine Gruppe von Reitern, die auf der Straße von Avignon das Südtor der Stadt erreichte. Die Rückreise hatte fast einen Monat gedauert. Nach Gegenwind aus dem Norden mussten sie zweihundert Meilen die Rhône aufwärts über Land reiten. Die Wachsoldaten verbeugten sich vor den Mönchen. Nachdem er ein Kreuz in die Luft gezeichnet hatte, fragte Yves einen von ihnen auf Französisch: »Wer ist gestorben?«

Der Mann enthüllte sein lückenhaftes Gebiss: »Es

sterben viele, Pater. Fast jeden Tag. Heute war Kardinal Bonaventura an der Reihe.«

Yves hielt sich die Hand vor die Augen, während Godefroy de Montreveil fragte: »Die Pest?«

Der Wachmann schüttelte den Kopf: »Nein, es ist nicht die Pest, aber mit dem Konzil gibt es zu viele alte Leute in der Stadt.« Er warf einen Blick auf Yves und schüttelte skeptisch den Kopf. Die Überlebenschancen des alten Mönches waren seiner Einschätzung nach nicht hoch. Yves fragte: »Wo ist er?«

»Im Kloster der Franziskaner. Die Beerdigung findet zur Vesper statt, in Anwesenheit des Papstes.«

Wortlos trieb Yves sein Maultier an.

Das Franziskanerkloster mit seiner kleinen Kirche lag auf der Halbinsel zwischen der Rhône und der Saône, im Stadtzentrum Lyons entlang der Tabourin-Straße. Menschenmassen füllten die Straßen. Yves stieg vom Maultier, aber nur mithilfe von Montreveil und seinen Männern kamen sie überhaupt voran. Am Eingang des Gebäudes erwartete sie Jean de Montfort. Als er sie kommen sah, eilte er ihnen entgegen.

»Magister! Ich freue mich, Euch wiederzusehen!«

Mit ernster Miene antwortete Yves: »*Pax vobiscum*, Jean. Ich bin zu spät gekommen.«

Der Graf sah ihn überrascht an, woraufhin der alte Inquisitor nur meinte: »Lass uns reingehen.«

Die Kirche war voller Menschen, und es roch intensiv nach Weihrauch. Die Messe unter der Leitung von Pierre de Tarentaise hatte bereits begonnen. Der Sarg stand vor dem Altar, in der Mitte der Apsis saß der Papst. Der Priester stieg auf die Kanzel, um die Trauerrede zu halten.

Yves fragte leise: »Er ist heute gestorben?«

»Heute Morgen. Sie wollten ihn sofort begraben.«

»Was ist passiert?«

»Ich weiß es nicht. Ich habe gehört, dass er noch bis vor einigen Tagen an den Gesprächen mit den byzantinischen Gesandten teilgenommen hat und dann plötzlich erkrankt ist.«

Der Inquisitor nickte, während Pierre de Tarentaise zu sprechen begann: »*Doleo super te, frater mi Jonatha…*«

Yves schaute zu dem Mann auf der Kanzel, dann zu dem in eine graue Franziskanerkutte gehüllten Leichnam und wisperte: »Wir sind zu spät gekommen, Bruder, aber ich habe dich verstanden. Alle dachten, du würdest der nächste Papst werden. Auch wenn du nicht im Kardinalskollegium warst, hast du dafür gesorgt, dass Tedaldo Visconti gewählt wurde. Als Kardinal wäre dein

Einfluss auf die Wahl von Gregors Nachfolger womöglich noch größer gewesen. Aber du wusstest, dass nicht du der Richtige warst, sondern Thomas, trotz aller Widrigkeiten. Weil du spürtest, dass es um deine Gesundheit nicht zum Besten stand und du bald ins Haus des Vaters zurückkehren würdest? Oder weil du Pierre de Tarentaise den Weg versperren wolltest und dachtest, dass es nur ein anderer Dominikaner schaffen könnte? Du warst in vielen theologischen Diskussionen Thomas' Gegner, ihm aber immer in loyaler und treuer Freundschaft verbunden. Mit Sorge hast du Pierres Aufstieg verfolgt, dessen Ehrgeiz du kanntest und fürchtetest. Deshalb hast du den Papst gebeten, Thomas zum Konzil zu rufen, damit er eine Eröffnungsrede zu einer der Sitzungen halten würde und du ihn zum Kardinal ernennen könntest. Den Rest hättest du auch noch erledigt. Papst Gregor hat Pierre jedoch über deine Bitte informiert, und ihm war sofort klar, was du vorhattest. Er versicherte dem Papst, sich darum zu kümmern, und schrieb sogleich an Berengario in Neapel, allerdings nicht, um Thomas zum Konzil zu rufen, sondern um ihn im Auge zu behalten. Er gab sich besorgt, dass Thomas' Werke einen Beigeschmack von Ketzerei hätten und man unseren Bruder aus Paris abberufen hatte, um einer Verurteilung durch den Bischof zu entgehen, die dem gesamten Orden schaden würde. Er machte Andeutungen über die Einzigartigkeit der Substanzen, die Ewigkeit des Universums und die brüderliche Bestrafung, genau so, wie er es vor meiner Abreise mir gegenüber getan hatte, um mir zu verdeutlichen, dass Thomas' Überlegungen über das Erlaubte hinausgingen. Tarentaise wusste genau, was Thomas in Neapel schrieb. Er wurde von Giovanni da Vercelli darüber informiert, der es wiederum vom Prior des Klosters San Domenico erfuhr. Das Thema der getrennten Substanzen war der ideale Anknüpfungspunkt für die Schlussphase eines Manövers, das schon lange im Gange war. Vielleicht schon seit dem Moment, als Pierre als Provinzvorsteher des Ordens in Frankreich dazu beigetragen hatte, dass Thomas Paris verließ, indem er zusammen mit Robert Kilwardby insgeheim einige seiner Lehrpositionen kritisierte. Mein Bruder, obwohl mich Giovanni da Vercelli vor dir warnte, habe ich dich sofort von der Liste der Verdächtigen gestrichen: Kein Dominikaner hätte jemals die Franziskaner darüber informiert, was Thomas in Neapel schrieb. Das war eine Verschwörung innerhalb unseres eigenen Ordens: Ein dominikanischer Kardinal überzeugt einen jungen Inquisitor, dem größten dominikanischen Theologen Einhalt zu gebieten. In seinem übergroßen Eifer und der festen Überzeugung, den Orden zu retten, beendete Berengario Thomas' Leben und sein Werk. Als der Ruf zum Konzil endlich in Neapel eingetroffen war, die letzte von über sechshundert Einladungen, ahnte Réginald, dass es nicht darum ging, über die Fehler in der Lehre der griechischen Kirche zu sprechen, sondern dass Thomas zum Kardinal ernannt werden sollte, möglicherweise sogar zum Papst. Er hat deshalb alles getan, um ihn zur Weiterfahrt nach Lyon zu bewegen, aber es war zu spät. Gerade der Tod unseres Bruders hat in dir aber neue Lebensgeister geweckt. Du hast entschieden, dich für den Heiligen Stuhl zu bewerben, und den Papst gebeten, mich nach Fossanova und nach Neapel zu schicken. Du hast ihn dabei glauben lassen, es ginge darum, Charles von Anjous Machenschaften rund um das Konzil aufzudecken. Du hast vorgeschlagen, Jean de Montfort nach Morlaix zu schicken, um mich nach Lyon zu bringen, notfalls auch mit Gewalt. Angesichts meiner Vergangenheit und meiner Verbindung zum König von Sizilien und den Inquisitoren des Reiches dachtest du, ich sei der Einzige, der die Wahrheit aufdecken könnte. All das hat jedoch Tarentaise alarmiert, der Berengario und die Spione des Königs über meine Ankunft informiert hat. Vielleicht hat er bereits in diesem Moment begonnen, deine Ermordung zu planen. Ich weiß nicht, ob es ihm gelungen ist, du warst sicher sehr vorsichtig. Vielleicht hat Gott dich auch zu sich gerufen. Thomas, Bonfiglio und auch Berengario allerdings waren Opfer seines perversen und diabolischen Plans. Du hast das klar erkannt, mein Freund, doch das Resultat sehen wir vor uns. Pierre de Tarentaise hält deine Trauerrede. Mögest du trotzdem in Frieden ruhen. Ich habe keine Beweise, ihn anzuklagen, aber Gottes Gerechtigkeit braucht keine Beweise.«

Am Ende der Trauerfeier, als er mit Jean im Schlepptau in Richtung Ausgang ging, berührte ihn jemand am Arm.

»Magister? Seid ihr es wirklich?«

Der Mönch drehte sich um und erkannte ihn sofort, selbst nach so langer Zeit. Ein Tempelritter, groß gewachsen und braun gebrannt, etwa vierzig Jahre alt mit himmelblauen Augen. Die Haare und der Bart, die Yves als blond in Erinnerung hatte, waren fast vollständig weiß. Guillaume de Beaujeu, der Mann, dessentwegen sein erster Schüler Nicolas de Hannapes zwanzig Jahre zuvor in Akkon geblieben war, auch wenn das keiner von beiden jemals zugeben würde.

Der Inquisitor rief überrascht: »Guillaume! Was machst du denn hier?«

»Ich nehme am Konzil teil, man hat mich zum Großmeister der Templer ernannt.«

»Gratuliere. Mit deiner Wahl haben deine Mitbrüder ausnahmsweise einmal eine gute Entscheidung getroffen.«

Der Mann lächelte ihn an, und Yves fragte: »Kommst du aus Akkon?«

»Ja, ich bin seit Mai hier.«

»Wie ist die Lage dort?«

»Sehr schwierig. Baibars hat uns schreckliche Niederlagen zugefügt, und wir verfügen nur noch über wenige Festungen: Akkon, Tripolis, Château Pèlerin, Tortosa und ein paar andere. Ohne einen weiteren Kreuzzug bleibt uns nur noch, im Kampf zu sterben.«

»Wie geht es Nicolas?«

»Gut. Er ist Prior im Dominikanerkloster in Akkon und …«

Ein alter Mönch im Dominikanergewand unterbrach sie: »Yves, lass dich umarmen.«

Er war hochgewachsen, ohne Bart, und in seinen blauen Augen standen Tränen. Yves erkannte ihn sofort: Albertus Magnus, Thomas von Aquins Lehrer.

Lyon, Schloss Pierre Scize,
16. Juli 1274, am Abend

Der Saal war derselbe, in dem sie sich auch Anfang Mai getroffen hatten. Zur Linken des Papstes saß an Bonaventuras Stelle nun Giovanni da Vercelli. Yves beendete gerade den Bericht zu seiner päpstlichen Mission: »Zusammenfassend lässt sich sagen, dass der arme Thomas, vielleicht auch aufgrund seines fieberhaften Arbeitseifers, am Nikolaustag einem Hirnschlag zum Opfer gefallen ist. Die Ärzte nennen das Apoplexie. Das hatte so tiefgreifende Auswirkungen, dass er nicht mehr schreiben konnte. Ehrerbietig und gehorsam wie immer, hat er sich trotz seines schlechten Gesundheitszustands auf die Reise nach Lyon gemacht, wurde aber unweit von Montecassino unglücklich von einem Ast getroffen, woraufhin sich sein Zustand weiter verschlechterte. In Fossanova kehrte er ins Haus des Vaters zurück, umgeben von den Gebeten und der Liebe der Klosterbrüder wie auch von Réginald de Piperno, der auf jede erdenkliche Art versucht hat, um ihm zu helfen und ihn zu schützen. Er wacht weiterhin über Thomas' Werk.«

Giovanni da Vercelli fügte hinzu: »Die hier im Juni abgehaltene Generalversammlung unseres Ordens hat

Réginald de Piperno damit beauftragt, einen Katalog von Thomas' Schriften anzufertigen.«

»Balduin de Courtenay hingegen«, sagte Yves, »ist mit seinen Gästen nach dem Verzehr von giftigen Pilzen gestorben. Ich habe keinerlei Beweise gefunden, dass Charles von Anjou oder andere daran beteiligt waren. Das ist alles, Eure Heiligkeit.«

Dies alles entsprach der Wahrheit, auch wenn es nicht die ganze Wahrheit war, hatte er doch Berengario, die Kapelle San Nicola und Thomas' Worte über das Stroh außen vor gelassen.

Der Papst nickte und meinte abschließend: »Wir danken Euch, Bruder Yves. Wir wussten, dass wir uns auf Eure Fähigkeiten verlassen können. Auch darin hatte Euer Mitbruder Bonaventura recht, der leider nicht mehr unter uns weilt. Er schätzte Euch sehr, und gestern Morgen, auf seinem Totenbett, als ich ihm selbst die letzte Ölung gab, hat er mich gebeten, Euch als Großinquisitor zu bestätigen. Dies ist also die Bitte, die wir an Euch richten.«

Bis zu diesem Augenblick hatte Pierre de Tarentaise schweigend auf den Terrakottaboden geblickt. Als er die Worte des Papstes hörte, hob er den Blick und sah zu Yves.

Im Laufe des Tages hatten Albertus Magnus, Guillaume de Beaujeu und Jean de Montfort dem Inquisitor bestätigt, dass der Erzbischof von Lyon als der neue aufgehende Stern der heiligen katholischen Kirche galt. Neben der Trauerrede für Bonaventura hatte er die Einführungspredigt für die dritte und vierte Sitzung des Konzils am 7. Juni und 6. Juli gehalten und an diesem Morgen in der Kathedrale Saint Jean einen Abgesandten des Tatarenkönigs Abaqa und dessen Gefährten getauft.

Yves schaute dem Kardinal fest in die Augen und antwortete: »Gottes Wille geschehe.«

Kapitel 22

Gottes Gerechtigkeit

Lyon, Gebäude neben der Kathedrale Saint Jean,
17. Juli 1274, zur Non

Die Alten weinen mehr als die Kinder, Yves.« Albertus Magnus hatte wieder Tränen in den Augen. Der Inquisitor hatte gerade seinen Bericht über die Ereignisse beendet, dieses Mal, ohne etwas auszulassen. Er brauchte Verbündete in seiner titanenhaften Aufgabe, dem schweren Kampf gegen das personifizierte Böse. Er versuchte ihn zu beruhigen.

»So alt bist du nun auch nicht, Albertus. Du bist nur wenige Jahre älter als ich.«

»Ich bin achtundsechzig, aber nach deinem Bericht

fühle ich mich wie ein Hundertjähriger. Das Licht des Christentums ist erloschen. Als er kaum zwanzig Jahre alt war, habe ich Thomas zum Studium Generale nach Köln mitgenommen. Dort nannten ihn seine Mitbrüder wegen seines Umfangs und seiner schweigsamen Art ›den stummen Ochsen‹. Als ich davon erfuhr, kommentierte ich das folgendermaßen: ›Ihr nennt ihn den stummen Ochsen; ich sage euch, dass dieser stumme Ochse einmal so laut brüllen wird, dass sein Gebrüll die Welt erfüllt.‹ Und so ist es gekommen. Ich war paradoxerweise auch Lehrer von Pierre de Tarentaise, seinem Altersgenossen. Auch er war ein brillanter Schüler, aber nicht so sehr wie Thomas, und als Giovanni da Vercelli ihn wegen seiner Kommentare zu den *Sentenzen* von Pietro Lombardo aus der Kathedrale von Paris warf, war es Thomas, der ihn unterstützte und somit rettete.«

»Das hat mir Pierre auch erzählt.«

»Wie kann es sein, dass derselbe Lehrer zwei so unterschiedliche Schüler hervorbringt? Habe ich einen Fehler gemacht?«

»Auch Kain und Abel waren Brüder.«

»Stimmt, du hast recht. Pierre hat sich von den Versuchungen des Teufels verführen lassen, die unser Herr in der Wüste erlebt hat. Es ist nicht leicht, sich ihnen zu entziehen. Du musst ihn aufhalten, Yves. Das war es, was Bonaventura dir sagen wollte, als er Gregor gebeten hat, dich im Amt zu belassen.«

»Das habe ich verstanden, aber ich habe keine Beweise, um ihn offen anzuklagen.«

»Die Gerechtigkeit Gottes ist geduldig. Lassen wir ihn Papst werden. Er wird nicht lange überdauern.«

»Was meinst du damit?«

»Er wurde gestürzt, der große Drache, die alte Schlange, die Teufel oder Satan heißt und die ganze Welt verführt; der Drache wurde auf die Erde gestürzt, und mit ihm wurden seine Engel hinabgeworfen. Ich muss beichten, nicht dem Inquisitor, sondern meinem Bruder.«

»Welche Sünden könntest du einem Inquisitor nicht beichten?«

»Ich habe in Köln und auch in Regensburg Untersuchungen über Metalle und andere Substanzen durchgeführt … Ich habe dabei ein altes Gift wiederentdeckt und isoliert, das jahrhundertelang in Vergessenheit geraten war. Aristoteles nannte es Sandarak, andere *arsenicon*.«

Yves glaubte seinen Ohren nicht zu trauen. »Du praktizierst Alchemie …«

Fast zwei Jahre später, in der Nacht vom 21. auf den 22. Juni 1276, im Lateranpalast in Rom

Der Diener des Herrn, Papst Innozenz V., schreckte aus dem Schlaf hoch: Ihm war schrecklich heiß. Das Zimmer lag im Dunkeln. Schon seit einigen Tagen fühlte er sich zunehmend schwächer, aber die Ärzte konnten die Ursache dafür nicht finden. Doch an ihren Gesichtern konnte er erkennen, dass der Herr ihn zu sich rief.

Vor weniger als fünf Monaten war er in Arezzo zum Papst gewählt worden, im ersten Wahlgang und einstimmig. Der erste Papst aus dem Dominikanerorden. Ein Ziel, das er ein Leben lang verfolgt hatte und das nun verblasste wie ein Traum in einem Traum. Er glaubte, einen Schatten zu sehen, und fragte mit schwacher Stimme: »Wer ist da? Yves, bist du das?«

Keine Antwort. Pierre de Tarentaise stellte weitere Fragen. »Wo hast du dich versteckt? Ich habe dich überall suchen lassen. Die Templer haben dich im Heiligen Land versteckt, nicht wahr? Warum haben die Wachen dich nicht aufgehalten? Hast du ihnen gesagt, dass ich ein Werkzeug des Teufels bin, und sie damit überzeugt, dich hereinzulassen. Du irrst.« Er verzog das Gesicht zu einem höhnischen Grinsen. »Ich war ein Werkzeug Gottes. Nachdem Bonaventura Gregor hat wählen lassen, der nicht einmal Bischof war, wollte er Thomas als nächsten Papst. Das wäre das Ende der Kirche gewesen, der Grundlage unserer Zivilisation. Bruder Thomas hatte sich in Spekulationen verrannt, die für das Gottesvolk verwirrend gewesen wären. Nachdem er Zweifel an der Auferstehung des Körpers und der Schöpfung des Universums gesät hatte, beschäftigte er sich mit den getrennten Substanzen, den Dämonen, und erklärte, dass in ihnen etwas Gutes wohnen würde. Als Papst hätte er die Kirche zu einer weiteren Spaltung geführt. Du hättest wissen müssen, dass Umbrüche von oben zum Scheitern verurteilt sind und alles zerstören … Berengario da Verona hat mir geschrieben, weil er besorgt war. Wenn du nicht nach Morlaix geflohen wärst, nachdem du den Kreuzzug ins Verderben geführt hast, hätte er sich sicher an dich gewandt. Ich habe ihm deshalb Anweisungen gegeben, wie er vorzugehen habe, und ihn von deiner Ankunft in Kenntnis gesetzt. Ich habe ihn sogar gebeten, dich aus dem Weg zu räumen, aber das wollte er nicht. Alles in allem war er ein schwacher Mensch, wie seine krankhafte Beziehung zu dieser Äbtissin zeigt … Du hast ihn verschwinden lassen, nicht wahr? Es heißt, er wäre in Neapel in einem unterirdischen Gang in einen Abgrund gefallen, aber ich bin überzeugt, dass du dich in deiner unerträglichen Arroganz an Gott gewandt hast, wie es schon dein blutrünstiger Meister getan hatte. Der alte Mathieu hat mit dir die richtige Wahl getroffen, und Bonaventura wusste das. Deshalb hat er dich wie einen Jagdhund auf meine Spur gesetzt … Nein, ich bitte dich, sag mir nicht, dass Dominikus unseren Orden wirklich gegründet hat, nachdem er im Traum einen schwarz-weißen Hund mit einer brennenden Fackel im Mund gesehen hat. Ich werde ohnehin bald sterben und sehen, wer von uns beiden recht hat. Die Ärzte wissen nicht, was mit mir los ist, aber du weißt es, oder? Noch einmal hast du entschieden, mich Gott zu überlassen! Schlussendlich sind es Menschen wie du, Yves, die die wahren Dämonen sind, genau wie es dein Freund Thomas gesagt hat, unendlich gut und überzeugt, nur Gutes zu tun«

Epilog

Kathedrale von Avignon,
18. Juli 1323, am Abend

In der Kirche auf dem Hügel hörte der alte Inquisitor Bernard Gui den Auszügen der Biografie über Thomas von Aquin zu, die er und Guilelmus de Tocco verfasst hatten. Um die Heiligsprechung zu ermöglichen, waren noch zwei Prozesse vorangegangen, die nichtdominikanische Inquisitoren durchgeführt hatten.

Der erste fand im Sommer 1319 in Neapel statt, unter dem Vorsitz des Erzbischofs der Diözese, Umberto d'Ormont. Es waren zahlreiche Zeugen gehört worden. Der alte Zisterziensermönch Pietro da Monte San Giovanni hatte an das Wunder mit den Heringen in Magentia und die letzten Tage seines Lebens in Fossanova erinnert. Der neapolitanische Notar Giovanni Coppa hatte vom Wunder mit dem Stern berichtet, dem er als Kind beigewohnt hatte, und der Arzt Giovanni Blasio erzählte von einem schwarzen Dämon, den Thomas von der Terrasse des Klosters San Domenico vertrieben hatte.

Die für Bernard interessanteste Aussage war die von Bartolomeo di Capua gewesen, Logothet und Protonotar des Königreichs Sizilien, ein mächtiger Mann, der viele Geheimnisse kannte und es gewohnt war, seine Worte sorgsam zu wählen. Er war der Freund und Vertraute von Giovanni da Gaeta gewesen, der Réginald de Piperno auf seinem Totenbett im Jahr 1290 die Beichte abgenommen hatte. Der Logothet hatte den Inquisitoren somit berichtet, was am 6. Dezember 1273 geschehen war, und das, was Thomas in San Severino zu Réginald gesagt hatte. Bartolomeo hatte auch Thomas' Mörder beim Namen genannt. Im Detail hatte er zudem die wiederholten Exhumierungen von Thomas' Körper durch die Mönche in Fossanova beschrieben, erstmals am Tag nach dem Begräbnis, da sie fürchteten, Pierre de Tarentaise, der gerade zum Papst gewählt worden war, würde die Rückgabe von Thomas' Körper an die Dominikaner fordern. Tarentaise war nur zwei Jahre nach Thomas' Tod auf den Petrusthron gestiegen und nach nur fünfmonatigem Pontifikat im Schlaf gestorben. Der Logothet war ein zu erfahrener Mann, dass ihm ein so grober Fehler in der Datierung unterlaufen wäre, das wussten die Inquisitoren sehr wohl. Allerdings hatte niemand es gewagt, ihm zu diesem Punkt weitere Fragen zu stellen, weshalb seine unglaubliche Aussage akzeptiert und notiert worden war. Konnte es sein, dass Bartolomeo den Auftraggeber des Mordes hatte nennen wollen, die Inquisitoren es aber vorgezogen hatten, über das Thema zu schweigen? Die Heringe, der Stern und alle anderen Wunder, die Thomas zugeschrieben wurden, hatten sie jedenfalls weitaus mehr interessiert.

Der zweite Prozess hatte im November 1321 in Fossanova stattgefunden und war von anderen Inquisitoren durchgeführt worden. Hier ging es allein um die Wunder und die Verehrung der Gläubigen für Thomas, die sich kurz nach seinem Tod spontan in der Gegend zwischen Piperno und Terracina verbreitet hatte.

Die Wunder. Als ob Thomas' Heiligkeit von ihnen abhinge, aber natürlich wurden sie auch in den Biografien erwähnt. Der Dialog mit dem Kreuz, dem Domenico di Caserta beigewohnt hatte, war nur von Guilelmus de Tocco berichtet worden, nicht von Bernard.

Der alte Inquisitor war überzeugt, dass Thomas' Heiligkeit und Größe von etwas anderem abhing, und zwar von seinem immensen Lebenswerk, das er der Menschheit überlassen hatte. Er hatte den Glauben aus dem Reich der Symbole und der Annahmen geholt. Und vor allem von seiner Methode. Er hatte den Menschen erklärt, dass man mit der von Gott selbst verliehenen Vernunft alles erreichen konnte, vielleicht sogar Gott selbst.

Schließlich lächelte Bernard mit Tränen in den Augen. Er hatte die Mission erfüllt, die sein Magister ihm vor vielen Jahren gestellt hatte, und nun hatte die Kirche einen neuen Heiligen.

Die letzte Hommage Yves le Bretons an seinen Freund Thomas:

Am 11. April 1567 hat Papst Pius V., Dominikaner, berühmter Inquisitor der römischen Kirche, mit der Bulle Mirabilis Deus *Thomas von Aquin zum Kirchenlehrer bestimmt.*

Seit diesem Moment ist die Theologie Thomas von Aquins auch die Theologie der katholischen Kirche.

Dank

Auch die Veröffentlichung dieses Bandes verdanke ich der professionellen Arbeit von Marco Garavaglia, dem ich von Herzen danke.

Ich danke Massimo Turchetta und dem Team von Rizzoli, allen voran Federica Magro und Paola Beretta, die meine Arbeit mit Leidenschaft und Kompetenz bis zur Veröffentlichung begleitet haben.

Mein Dank gilt auch Silvio Garofalo und Massimiliano Guerriero für ihre wertvollen Ratschläge und meinen persönlichen Erstlesern Francesca, Luca und Raniero. Ein besonderer Dank geht an Alfonsina für ihre andauernde und liebevolle Unterstützung.

Autor

Luigi Panella ist hauptberuflich Rechtsanwalt für Strafrecht und praktiziert in Rom. Die Trilogie um Yves le Breton, dem Inquisitor Ludwigs IX., ist sein erfolgreiches Debüt im Bereich des historischen Romans.

Luigi Panella im Goldmann Verlag

Der siebte Kreuzzug. Historischer Roman
Das Werk des Teufels. Historischer Roman
Der Auftrag des Papstes. Historischer Roman

(Alle auch als E-Book)

Unsere Leseempfehlung

448 Seiten
Auch als E-Book und
Hörbuch erhältlich

352 Seiten
Auch als E-Book und
Hörbuch erhältlich

448 Seiten
Auch als E-Book und
Hörbuch erhältlich

496 Seiten
Auch als E-Book
erhältlich

Die Medici.

Ihre Macht war unermesslich. Ihr Einfluss grenzenlos. Ihr Ehrgeiz tödlich. Die Geschichte einer Familie, die die Geschicke der ganzen Welt lenkte.

GOLDMANN

goldmann-verlag.de